Hermann Michael, geboren 1961 in Weißenstadt, ist von Beruf Braumeister. Der vorliegende zweite Kriminalroman *»Luftmassengewitter«* setzt eine spezielle Fichtelgebirgs-Krimireihe fort, die mit dem ersten Band *»Spitzenstrom«* startete. Im Mittelpunkt stehen Kriminalfälle der Bayreuther Kriminalhauptkommissarin Judith Streng.
Auch alle weiteren geplanten Bände über die Verbrecherjagden des Teams um Judith Streng spielen im Raum Weißenstadt und Umgebung.

Der Autor – er lebt mit seiner Frau in Weißenstadt – kennt die Fluren rund um seinen Heimatort seit seiner frühesten Jugend. Zwei erwachsene Töchter sind mit ihren Familien dem Fichtelgebirge als Heimat ebenfalls treu geblieben.

Lektorat: Birgit Freudemann | Tröstau
https://www.schreibwerkstatt-bf.de

Umschlagbild/-grafik: Hannes Bessermann

Gestaltung, Satz & Druck: Druckkultur Späthling

Verlag Heinz Späthling

ISBN 978-3-942668-80-4

LUFTMASSENGEWITTER

von Hermann Michael

Hermann Michael

LUFTMASSEN GEWITTER

Kriminalroman

HANDELNDE PERSONEN

Kriminalhauptkommissarin Judith Streng,
zukünftige Leiterin der *Soko Rudolfstein*; wohnt mit ihrem fünfjährigem Sohn Alexander in Kulmbach

Kriminalrat Ole van Kirk,
stellvertretender Leiter der *Soko Rudolfstein*; in einer Beziehung mit Helene Frank, Freifrau zu Coburg und Sonneberg

Kriminalkommissar Robert Jahn,
inzwischen liiert mit Claudia Kober, Kriminalobermeisterin; beide im Team der Sonderkommission.

Führungsebene Kriminalpolizei Bayreuth:
Kriminaldirektor von Gräfenberg
Kriminaloberrätin Melanie Herbst
Oberstaatsanwältin Karin Reiter
Staatsanwalt Dietmar Jakbusch
das Team der Kriminaltechnik und der Gerichtsmedizin
Kriminalkommissar Heinz Rütters
Kriminalrat Franz Wegener, Brandfahndung
Dr. Beate John, Gerichtsmedizinerin

Lebensgefährte von Judith: Carsten Schinner,
Stabsfeldwebel der Bundeswehr, stationiert in Bayreuth

Regine, Oles Schwester

Jakob Roth, von Judith getrennt lebend, Vater von Alexander

u.a.m.

RÜCKBLICK

Kriminalhauptkommissarin Judith Streng verließ zusammen mit Kriminalrat Ole van Kirk den Anhörungsraum im Landgericht Bayreuth. Der Untersuchungsausschuss der Staatsanwaltschaft Bayreuth hatte soeben beschlossen, gegen Judith keine Klage zu erheben. Ihr Vorgesetzter wurde vor dem Ausschuss zu der Verhaftung des Hauptverdächtigen im letzten, abgeschlossenen Fall befragt. In dem jetzt einen Monat zurückliegenden Fall war es um die Frage gegangen, ob Judith am Tod des Verdächtigen eine Mitschuld getragen habe.

Judith und Ole gingen die breite Steintreppe des Gerichtsgebäudes in Bayreuth schweigend hinunter und setzten sich in Oles Wagen.
»Die haben uns ganz schön in die Mangel genommen«, sagte Ole knapp und startete den Motor. Judith nickte nur leicht mit dem Kopf. Bei der Verhaftung des Hauptverdächtigen hatte sie diesen allein in sein Schlafzimmer gehen lassen, um für die Untersuchungshaft einige Sachen zu packen. Der Verhaftete nutzte aber den unbeobachteten Moment und erschoss sich daraufhin mit seiner eigenen Pistole. Judith machte sich seitdem schwere Vorwürfe, weil sie ihn nicht bewacht hatte. Die Staatsanwaltschaft aber kam nach fast vierstündiger Verhandlung zu dem Ergebnis, dass ihr keine Schuld am Tod des Mannes gegeben werden könne, da das Geschehen nicht vorhersehbar gewesen sei.
Ole, zu der Zeit noch Vorgesetzter von Judith, war ebenfalls ins Kreuzverhör der beiden Staatsanwälte genommen worden. Der oberste Chef der Kriminalpolizei

Bayreuth, Kriminaldirektor Otto von Gräfenberg, und dessen Stellvertreterin Kriminaloberrätin Melanie Herbst jedoch bescheinigten der gesamten Sonderkommission eine einwandfreie und umsichtige Ermittlungsarbeit. Besonders der Hartnäckigkeit von Hauptkommissarin Judith Streng sei es zu verdanken gewesen, dass dieser einmalige, schwierige Fall letztendlich gelöst werden konnte. Nach 45-minütiger Beratung kam auch der fünfköpfige Untersuchungsausschuss zu diesem Ergebnis. Dem Ausschuss gehörten an Oberstaatsanwältin Karin Reiter, Staatsanwalt Dietmar Jakbusch, die Richterin Jasmin Holzbeierlein sowie zwei Vertreter des Innenministeriums aus München.

KAPITEL 1

Judith und Ole erreichten das Polizeipräsidium in Bayreuth nach kurzer Fahrzeit. Sie gingen wortlos in ihr Büro im Erdgeschoss, wo bereits Kriminalkommissar Robert Jahn und Kriminalobermeisterin Claudia Kober auf die beiden warteten.

Judith und Ole nahmen ihre Plätze ein und sahen Robert und Claudia stumm an. Keiner wagte ein Wort zu sagen, bis schließlich Ole sich zurücklehnte und mit geschlossenen Augen flüsterte: »Ich habe kein anderes Urteil erwartet, keinen von uns trifft eine Schuld. Wir haben nur unsere Arbeit gemacht – und die verdammt gut.« Er beugte sich vor und sah Judith fest in die Augen. »Trotzdem, ein Mensch ist wegen mir gestorben. Nur weil ich zu nachlässig war.« – »Zwei Menschen sind gestorben, Judith, weil dieser Mann tatenlos zusah, wie seine Frau die beiden vergiftet hat. Hätte er damals schon eingegriffen und den Notarzt alarmiert, wären diese Menschen noch am Leben.«

Claudia Kober stand auf und legte ihre Hände auf Judiths Schultern. »Ole hat recht, Judith, dich trifft wirklich keine Schuld. Wir alle haben gemeinsam zugesehen, wie Herr Geiger ins Schlafzimmer ging, aber keiner von uns hat damit gerechnet, was dann passierte.«

Robert stimmte dem zu und meinte, Judith könne stolz sein auf die Aufklärung des Falles.

»Schon gut, ich weiß ja, dass der Geiger sich die Suppe selbst eingebrockt hat und wir die Handlung nicht voraussehen konnten.«

»Dann lasst uns jetzt den Schreibkram zu dem Fall noch zu Ende bringen. Ich schätze, in einer Stunde können wir dann Feierabend machen«, ermunterte Ole das Team und begann an seinem Rechner zu arbeiten.
Judith lächelte heute zum ersten Mal, fasste Claudia fest an den Händen und sagte: »Danke euch allen, danke für die Unterstützung während des Falles und danke dafür, dass ihr auch jetzt alle hinter mir steht. Ihr seid nicht nur Kollegen, sondern auch richtige Freunde.« Judith blickte auf den Bildschirm ihres Computers. Sie starrte jedoch vielmehr durch das Gerät hindurch und fühlte sich nicht in der Lage, auch nur eine Zeile zu schreiben. Robert beobachtete sie aus den Augenwinkeln und stupste Claudia mit dem Bleistift unter der Schreibtischplatte ans Bein. Auch Claudia beobachtete Judith und merkte, wie inzwischen auch Ole die geistige Abwesenheit ihrer Kollegin registrierte.
Judith sah von ihrem Bildschirm hoch, und blickte aus dem Fenster. Irgendwie kam ihr alles so fremd, so weit weg vor. Obwohl sie jetzt schon fast drei Jahre als Hauptkommissarin bei der Kriminalpolizei in Bayreuth tätig war, kam ihr plötzlich alles anders vor. Ole, ihr Vorgesetzter, wollte sich nach diesem letzten Fall endgültig zurückziehen und die Leitung der Abteilung drei, Gewaltverbrechen, an sie übergeben. Sie aber plagten Selbstzweifel, ob sie dieser Aufgabe gewachsen sein würde. Vielleicht hatte ja der von ihr getrennt lebende Ehemann recht, vielleicht sollte sie ihre Karriere hintanstellen und sich mehr ihrem Privatleben widmen.
Ole erhob sich von seinem Platz, nahm Judiths Sommerjacke vom überdimensionierten Kleiderständer neben der Tür, legte sie ihr über die Schultern und sagte, fast schon väterlich, dass sie für heute Feierabend machen

solle. Als ranghöchster Polizist dulde er auch keine Widerrede. Judith sah ihn von unten an und nickte mit dem Kopf. »Danke Ole, ich widerspreche auch nicht, brauche jetzt in der Tat ein paar Stunden für mich. Seid mir bitte nicht böse, aber ich bin fix und fertig.«
Claudia stand ebenfalls auf. »Jetzt geh du erst mal nach Hause und lass die Dinge sacken. Wir erledigen das hier schon und bringen den Bericht dann hoch zu Frau Herbst und unserem Kriminaldirektor.«
»Danke euch allen, bis morgen früh dann. Gebt oben bitte Bescheid, dass ich früher gegangen bin. Ich möchte keinen Ärger mit der Führung bekommen.« – »Geht klar, Judith, dann bis morgen.« Ole legte seine Hand auf ihre Schulter und fragte, ob er sie nach Hause fahren solle, was sie jedoch verneinte. Judith verabschiedete sich von ihren Kollegen mit einem blassen Lächeln, schloss die Tür hinter sich und verließ das Präsidium.

Die Fahrt nach Hause fühlte sich für Judith an wie eine Reise durch dichten Nebel. Am Ortseingang ihrer Heimatstadt Kulmbach überfuhr sie eine rote Ampel. Erst wildes Hupen aus der Seitenstraße führte sie zurück in die Realität. Sie entschuldigte sich gestenreich bei den Fahrern, die wild gestikulierend an ihr vorbeifuhren. Ein Blick auf die Uhr zeigt ihr, dass ihr noch über zwei Stunden blieben, ihren Sohn Alexander vom Kindergarten abzuholen. Auch ihr Lebensgefährte Carsten Schinner würde erst gegen halb sechs vom Dienst bei der Bundeswehr in Bayreuth zurück sein. Sie bog in die *Obere Stadt* ein und parkte den Wagen direkt vor ihrer Wohnung, steckte den Schlüssel ins Schloss der Haustüre … zog ihn jedoch sofort wieder heraus. Nein, sie konnte jetzt nicht in die Wohnung. Stattdessen lief sie einfach los und nahm, ohne es bewusst wahrzunehmen, die steile Straße hinauf zur Plassenburg. Obwohl sie den Weg hoch zum Wahrzeichen Kulmbachs schon als Kind gegangen war, seitdem bestimmt einige Hundert Male, kam ihr heute selbst der fremd vor. Oben im *Schönen Hof* setzte sie sich an einen freien Tisch des Cafés. Eine junge Bedienung kam sogleich und Judith bestellte einen Latte Macchiato. Sie sah über die Burgmauer hinunter auf ihre Stadt. Das frühsommerliche Wetter, jetzt Anfang Juni, war an diesem Tag eigentlich ein Traum. Keine Wolke störte den blauen Himmel. Judith zog ihre Jacke aus und legte diese über die Lehne des Nachbarstuhls. Zwei Spatzen flogen direkt vor ihr auf die Burgmauer und zankten sich um den Krümel einer Semmel, den irgendjemand für die kleinen Vögel hingelegt hatte. Judith schloss die Augen und hörte dem Gezwitscher zu. Als sie die Augen wieder öffnete, hatten sich schon fünf der bräunlichen Streithälse auf der Mauer versammelt. Eine auftauchende Amsel beendete abrupt das Schauspiel. *Wie im richtigen Leben,* dachte Judith, *die Großen entscheiden über das Schicksal der Kleinen.*

»Was machst du denn am schönsten Nachmittag hier oben?«, riss eine Stimme sie aus ihren Gedanken. Erschrocken fuhr sie herum und erblickte ihre langjährige Freundin Renate Schirmer, erhob sich und umarmte sie ganz fest. Renate bemerkte sofort, dass etwas mit ihrer Schulfreundin nicht stimmte – die auch gar nichts abzustreiten versuchte, eh völlig sinnlos bei Renate. Nach einer längeren Unterhaltung fühlte sich Judith schon viel besser als vorher. Sie bezahlten ihre Getränke und gingen zusammen noch eine Runde um die gesamte Burg. Der Blick heute, weithin bis in die

Fränkische Schweiz, war einfach überwältigend. Mit jedem Augenblick in Renates Gegenwart fühlte sich Judith besser. Renate bot ihr an, sie hinunter in die Stadt zu fahren, um Alexander vom Kindergarten abzuholen. Der Kleine war, wie immer, schon fertig angezogen und wartete auf einem der Stühle vor dem Ausgang. Als er seine Mutter in Begleitung von Renate sah, fragte er sofort, ob sie Himbeergummis dabei habe. Denn jedes Mal, wenn er mit zum Einkaufen in Renates Bioladen war, bekam er eine Packung Himbeerbärchen geschenkt. Die Packung wurde dann meist noch vor Ort geleert. Diesmal aber musste sie ihn enttäuschen und auf den nächsten Einkauf mit Mama vertrösten. Aus dem Handschuhfach ihres Wagens holte sie einen Rezeptblock und verschrieb Judith ein homöopathisches Mittel gegen innere Unruhe. Renate hatte unter anderem eine Ausbildung zur Heilpraktikerin absolviert und verfügte in Kulmbach in dieser Eigenschaft über einen festen Kundenstamm. Judith vertraute ihr diesbezüglich voll und ganz. Alexander zerrte plötzlich an ihren Armen, denn ihm war eingefallen, dass Carsten ihm heute eine Überraschung mitbringen wollte. Judith bedankte sich bei Renate für die seelische Unterstützung und versprach, das Medikament gleich in der Apotheke am Holzmarkt zu besorgen. Renate drückte die beiden herzlich und stieg in ihren Wagen.

Judith überquerte mit ihrem Sohn den Marktplatz, vorbei an den vier großen Holzbierfässern der Kulmbacher Brauereien, in die obere Stadt, hoch zu ihrer Wohnung. Schon von Weitem sah sie ein olivgrünes Geländeauto mit Flecktarnung auf dem Parkstreifen vor dem Haus stehen. Judith ahnte sofort, dass dies die Überraschung für Alex sein musste. Als Alexander den Wagen stehen sah, gab es für ihn kein Halten mehr. Er riss sich von der Hand seiner Mutter los und stürmte die Basteigasse hinauf. Zu gleicher Zeit stieg Carsten aus dem Mercedes-Geländewagen und öffnete die Beifahrertür, um Alexander auf den Beifahrersitz zu lassen. Carsten drehte sich zu Judith um und deutete mit dem Daumen sowohl nach oben als auch nach unten. Sie dagegen hielt einen Daumen waagerecht und zuckte dabei mit den Schultern.

»Soll ich lieber hierbleiben?«, fragte Carsten leise. – »Fahrt nur, das können wir später in Ruhe besprechen.« – »Wirklich?« – »Jaja, macht nur. Geht schon wieder.« Carsten sah Judith besorgt an, doch sie winkte ab. »Fahrt endlich.«

Nach etwa einer halben Stunde trafen die beiden wieder in der Wohnung ein. Der Kleine war außer sich vor Freude und erzählte wie ein Wasserfall, dass sie im Steinbruch einen ganz steilen Berg hochgefahren seien, das Auto aber nicht umkippte.

Nach dem Abendbrot kehrte allmählich Ruhe ein. Alexander durfte noch den Sandmann im Fernsehen ansehen und ging danach ohne Murren zu Bett. Judith war erleichtert, lag doch ein sehr harter und vor allem nervenaufreibender Tag hinter ihr. Carsten wollte eine Flasche Wein öffnen, doch war Judith nicht nach Alkohol zumute. Sie sprach mit Carsten über ihre berufliche Zukunft bei der Kriminalpolizei. Er verstand ihre Bedenken, meinte jedoch, es wäre schade, diesen Karrieresprung wegen dieses Vorfalls abzulehnen. Gerade jetzt müsse sie Führungsstärke und Durchsetzungskraft beweisen. Er gab ihr zudem zu bedenken, dass es jetzt auch völlig falsch wäre, die Flinte ins Korn zu werfen. Gerade dank ihrer erprobten Hartnäckigkeit bei der damaligen Soko Epprechtstein habe sie doch den Fall gegen alle Angriffe von außen letztendlich doch noch aufklären können. Seine Einwände stimmten Judith nachdenklich. Lange noch sprach sie mit Carsten, schlief aber irgendwann in seinen Armen ein.

KAPITEL 2

Carsten war am Morgen schon um drei Uhr aufgestanden, weil er seinen Vorgesetzten, Hauptmann Hollweg, vom Truppenübungsplatz Grafenwöhr abholen musste. Judith konnte seitdem nicht mehr schlafen, sondern grübelte unentwegt. Dann war sie wohl irgendwann doch wieder eingeschlafen, denn sie träumte von der Heirat ihrer Mutter Kerstin mit deren Lebensgefährten Gerhard Roßberg.

Nun aber richtig, wach musste sie unwillkürlich schmunzeln. Irgendwie war es ihr jetzt viel wohler in ihrer Haut. Erklären konnte sie sich diese Wandlung zwar nicht, fühlte sich jetzt aber befreiter und blieb noch einen Augenblick liegen. Da öffnete sich die Türe zum Schlafzimmer einen Spaltbreit. Alexander spitzte herein und erkannte, dass seine Mama allein war. Flugs sprang er zu ihr hoch ins Bett und verkroch sich unter ihrer Zudecke. Nach einer Kuschelrunde drängte Judith zum Aufstehen. Sie waren schon spät dran, sodass jetzt nur eine Katzenwäsche und ein schnelles Frühstück möglich war.

Judith lieferte ihren Sohn im Kindergarten ab und fuhr zu ihrer Dienststelle nach Bayreuth, parkte auf einer für die Kriminalpolizei reservierten Parkbuchten und ging in das gemeinsame Büro. Ole erwartete seine Kollegin bereits und begrüßte sie wie immer freundlich.

»Na Judith, wie geht es dir denn heute? Du siehst gut aus. Hast du auch einigermaßen geschlafen?« Ohne die Antwort abzuwarten redete er weiter. »Komm, wir gehen eine Runde im Park spazieren, ich muss mit dir reden.« – »So etwas in der Richtung habe ich mir schon gedacht, aber um deine Frage von soeben zu beantworten: Ja, ich habe geschlafen und es geht mir auch relativ gut. Ich hoffe, du änderst das jetzt nicht wieder.« – »Nein, Judith, das habe ich nicht vor, aber trotzdem müssen wir Klartext reden. Jetzt und sofort.« – »Ole, mich schockiert nichts mehr, also raus mit der Sprache.«

Die Morgenluft war noch relativ kühl, weshalb Judith ihren Mantel lieber zuknöpfte.

»Also gut«, begann Ole, »ich rede nicht um den heißen Brei herum.« Er blieb stehen und fasste sie mit beiden Händen an den Schultern. »Wie schaut es aus?« – »Ich mach es«, kam Judith ihm zuvor, »ja, ich mache es wirklich, bin seit gestern Abend bereit, die Leitung der Abteilung drei zu übernehmen.«

Ole sah sie verblüfft an und nahm die Hände von ihren Schultern. »Jetzt bin ich wirklich baff«, brachte er eher stockend heraus, »Judith, du bist immer wieder für Überraschungen gut. Ich habe mir die halbe Nacht überlegt, wie ich dich überreden könnte. Ich bin wirklich sprachlos. Kommt ja selten vor, aber heute hast du es geschafft.«

Judith wollte sich auf einer Parkbank niederlassen, doch Ole hielt sie zurück, holte erst sein Taschentuch hervor und wischte den kalten Tau von der Bank. Nun erst setzten sie sich und Ole sah seine Kollegin von der Seite an. »Ich bleibe dir natürlich erhalten, aber nur wenn du es willst!« – »Quatschkopf.« Judith stieß ihn in die Seite. »Logisch brauche ich dich, ohne dich würde ich es nicht tun. Komm, laufen wir noch ein Stück, ich krieg ’nen kalten Hintern.«

Eine Zeit lang liefen sie stumm nebeneinander her, bis Judith wieder stehen blieb und ihn ansah. »Ole, wer sagt denn überhaupt, dass ich es machen soll? Es ist noch kein Wort von der Obrigkeit gekommen, geschweige denn von ganz oben. Du weißt, wen ich meine, oder?« – »Natürlich weiß ich das. Die Herbst und der KD haben schon ihr Okay signalisiert. Noch weiter oben … das liegt nicht in meiner Hand. Aber das Wichtigste ist, das du dazu bereit bist. Ich kann jetzt keine Blamage brauchen, falls du im entscheidenden Moment womöglich einen Rückzieher machst. Das wäre saublöd.« – »Gestern, am frühen Abend, war ich noch nicht so weit. Du willst gar nicht wissen, was ich gestern beim Autofahren beinahe angestellt hätte. Frage bitte nicht, ich sag es dir nicht. Habe gestern Nachmittag aber gemerkt, dass ich auch noch Freunde habe, die bei mir sind, wenn ich ganz unten bin. Aber das nur nebenbei. Zurück zum Thema. Ja klar, wenn die Führung es will, trete ich die Nachfolge deines Amtes als Chefin der Abteilung an. Aber – und jetzt kommt das große Aber: Ich mache es nur unter den bisherigen Voraussetzungen, im Klartext: nur mit dem jetzigen Team. Wenn auch nur einer aussteigt, mache ich es nicht. Ist das klar?« – »Judith, das liegt natürlich auch nicht in meiner Hand, aber ich glaube nicht, dass Robert oder Claudia nicht bei dir bleiben möchten. Das kann ich mir beim besten Willen nicht vorstellen. Aber wir können sie ja noch fragen, bevor ich nach oben gehe und unserem KD und der Herbst Bericht erstatte. Ach übrigens, ich soll um neun oben sein.« – »Da haben wir ja noch eine halbe Stunde.« Judith nahm ihn am Arm. »Ole, ich mache es auch wegen dir, glaube mir das. Ich möchte, dass du mehr

Zeit für deine Mutter hast. Du hast da einiges nachzuholen, familienmäßig, meine ich.« – »Das kannst du laut sagen. Ich war die ganzen Jahre über blind. Habe nicht gesehen, wie meine Mutter nach Vaters Tod unter den Streitigkeiten zwischen mir und meiner Schwester gelitten hat. Meine Schwester ist übrigens seit mehr als zwei Jahren von ihrem Mann geschieden. Habe das gar nicht mitbekommen, vor lauter Egoismus. Ich muss das ändern. Regine kommt wieder zurück nach Deutschland, hierher nach Bayreuth.«
Judith wollte etwas erwidern, da blieb er stehen und sagte zu ihr: »Ach ja, nur der Vollständigkeit halber, es gibt sogar wieder eine Frau in meinem Leben. Ich wollte, dass du dies als Erste erfährst. Also noch ein Grund für meine Entscheidung, den ganzen Kram nur noch in Teilzeit zu machen. Jetzt weißt du es, jetzt ist es heraus.«
Judith brachte kein Wort hervor. Doch nach einer Weile, kurz vor dem Präsidium, hakte sie nach: »Kenne ich sie?« – »Glaube ich nicht. Helene ist nicht von hier, sie ist aus Coburg. Ich habe sie bei einer Stollenführung im Bergwerk Werra in Weißenstadt kennengelernt. Irgendwie war da sofort etwas. Etwas anderes. Judith, ich kenne das überhaupt nicht von mir.« – »Tja, das ist das, was man Liebe nennt, Herr Kollege. Ole, ich freue mich für dich. Hoffentlich wird es nicht wieder eine Enttäuschung.«

Sie gingen das kurze Stück zurück ins Büro, in dem sich schon Robert und Claudia eingefunden hatten. Claudia erkundigte sich umgehend nach Judiths Befinden. Statt ihrer berichtete Ole in aller Kürze, dass Judith nun bereit sei, die Leitung der Abteilung zu übernehmen, während diese an ihrem Schreibtisch saß und mit zurückgelehntem Kopf zuhörte.

»Claudia, Robert«, ergriff nun sie das Wort, »ich will es kurz machen. Es hat sich ja schon während des letzten Falles abgezeichnet, dass es so kommen könnte. Ich hatte mich mit dem Gedanken angefreundet und mich letztendlich auch darauf gefreut. Aber dann kam eben das mit Geiger dazwischen. Hätte der nach seiner Verhaftung nicht solchen Scheiß gemacht, hätte es überhaupt keine Frage gegeben. Aber so habe ich noch ganz schön daran zu kauen. Doch gestern, ich habe es vorhin schon Ole gesagt, merkte ich, dass dies eben auch zu unserem Job, zu unserem Beruf gehört. Auch meine Familie steht demonstrativ hinter mir. Ich habe halt auch noch andere Baustellen, wie ihr ja wisst, hoffe aber, dass sich in dieser Hinsicht demnächst endlich etwas tut, damit ich da den Kopf endlich frei bekomme.«

Robert und Claudia nickten, wussten sie doch, dass Judith damit die Scheidung von ihrem Mann Jakob meinte. »Du hast auf jeden Fall unsere volle Unterstützung. Nicht wahr, Claudia?« Robert sah seine Kollegin an. »Judith, wir stehen hinter dir, egal was kommt. Wir sind und werden weiterhin eine klasse Truppe sein, genauso, wie wir es bei der Soko Epprechstein waren. Vielleicht noch besser. Nein, nicht vielleicht, sondern ganz bestimmt.« Claudia klopfte nach ihrer kleinen Rede mit den Fingerknöcheln auf die Tischplatte des Schreibtisches, um ihrer Meinung Nachdruck zu verleihen.

»So, meine Herrschaften, jetzt werde ich eine meiner letzten Amtshandlungen tun. Ihr macht hier unten mal richtig Klarschiff, den ganzen Kram vom Whiteboard wegräumen und so weiter. Ihr wisst selber, was zu tun ist.«

Gesagt, getan. Ole ging auf die Tür zu, wandte sich aber noch mal kurz um und sah drei erhobene Daumen. Er nickte kurz: »Wird schon!«

Ole schloss die Tür hinter sich und ging die Treppe nach oben zum Zimmer 102. *Leitung: Mordkommission Otto von Gräfenberg, Kriminaldirektor, Stellvertretende Leitung: Melanie Herbst, Kriminaloberrätin* stand auf dem Schild an der Tür. Er holte tief Luft und klopfte mit zwei beherzten Klopfzeichen an die schwere schallgedämmte Tür.

»Kommen Sie bitte herein«, schallte es dumpf durch die Tür. Unverkennbar Herrn von Gräfenbergs tiefe Stimme. Ole trat ein und sah sich zu seinem Erstaunen neben Frau Herbst auch Oberstaatsanwältin Frau Karin Reiter und Staatsanwalt Dietmar Jakbusch gegenüber. Er ließ sich seine plötzliche Unsicherheit nicht anmerken und begrüßte die beiden anwesenden Damen der Rangfolge nach zuerst. Danach gab er Staatsanwalt Jakbusch und Kriminaldirektor von Gräfenberg die Hand. KD von Gräfenberg bat Ole, Platz zu nehmen. Ole setzte sich auf den ihm zugewiesenen Stuhl und kam sich vor wie bei einem Verhör. Direkt vor ihm der Schreibtisch des Kriminaldirektors, links daneben auf einem Stuhl Oberrätin Herbst und rechts des Schreibtisches die beiden Staatsanwälte.

Von Gräfenberg übernahm sofort und ohne Umschweife das Wort: »Nun, Herr Kriminalrat van Kirk, wir wollen nicht lange um den heißen Brei herumreden. Wir haben Sie hergebeten, um über die zukünftige Leitung der Abteilung drei zu sprechen. Sie selbst haben mehrfach den Wunsch geäußert, der Abteilung nicht mehr in vollem Umfang zur Verfügung stehen zu wollen und die

Leitung deshalb an Frau Kriminalhauptkommissarin Streng abzugeben. Ist dies so richtig beziehungsweise immer noch ihre Absicht?«
»Meine sehr verehrten Damen, meine sehr verehrten Herren, ja, genau so ist es. Ich möchte aus privaten Gründen bei der Kriminalpolizei Bayreuth nunmehr in eine Teilzeitbeschäftigung wechseln.« Ole merkte, wie ihm der Schweiß von der Stirne rann und holte ein Papiertaschentuch aus seiner Jackettasche.
Staatsanwalt Jakbusch meldete sich zu Wort und hakte nach, wie Ole sich das denn vorstelle. Schließlich könne man nicht jemanden aus der Abteilung halb herausnehmen und die Vakanz mit einer Vollzeitstelle besetzen. Zudem wären dreieinhalb Beamte wiederum zu wenig. Oberstaatsanwältin Reiter warf ein, dass dies hier doch noch gar nicht zur Debatte stünde. Es ginge doch erst einmal vorrangig um die Nachbesetzung der Leitung der Abteilung drei, eventuell durch Frau Streng.
»Judith, ich meine Frau Hauptkommissarin Streng hat doch im letzten Fall bewiesen, das Zeug für diesen Posten zu haben. Ohne ihre Hartnäckigkeit und vorausschauende Art wäre der Fall vielleicht nie gelöst worden. Ich finde – und ich kenne sie jetzt seit über zwei Jahren –, sie ist dieser Aufgabe voll und ganz gewachsen«, bekräftigte Ole seinen Standpunkt.
Kriminaloberrätin Herbst meldete sich per Handzeichen: »Herr Kriminalrat, wie schätzen Sie das persönliche Umfeld von Frau Streng ein?«
»Wenn Sie auf ihre familiäre Situation hinauswollen, so denke ich, hat Judith, Frau Streng einen enormen Rückhalt durch ihre Familie. Gerade eben erzählte Sie mir von Gesprächen mit ihrer engsten Freundin wie auch ihrem Lebensgefährten gestern Nachmittag,

im Anschluss an die Anhörung vom Vormittag. Auch die Erziehung ihres Sohnes hat sie als alleinerziehende Mutter fest im Griff. Ich sehe hier überhaupt keinen Grund zum Zweifel.«

»Nun, fachlich gibt es diesen Grund ja auch nicht. Frau Streng hat die Prüfungen zum gehobenen Dienst mit Bravour bestanden – in allen relevanten Fächern mit der Höchstzahl an zu erreichenden Punkten.«

Kriminaldirektor von Gräfenberg hielt zur Demonstration Judiths Akte hoch und überreichte sie Staatsanwalt Jakbusch. Nach kurzem Durchblättern nickte er zu Oberstaatsanwältin Reiter hin: »Tadellos, in der Tat eine Einserkandidatin.« Er gab die Akte wieder zurück an Herrn von Gräfenberg. Der KD blätterte sie nochmals kurz durch und blickte in die Runde: »Von meiner Seite her gibt es keinerlei Bedenken. Es spricht nichts dagegen, dass Frau Streng die Leitung übernimmt.«

»Wenn Sie mich vor zwei Monaten um meine Meinung gefragt hätten, wäre ich noch hundertprozentig dagegen gewesen. Im zurückliegenden Fall jedoch musste ich meine Meinung gegenüber unserer Hauptkommissarin von Grund auf ändern. Ich finde, sie hat das notwendige Rüstzeug für diesen Posten. Überrascht war ich – und das meine ich im positiven Sinn – von ihrer Beharrlichkeit im Fall Epprechtstein. Ebenfalls hat mich ihr Durchsetzungsvermögen uns gegenüber beeindruckt. Wie sie ja alle wissen, war ich anfangs nicht besonders begeistert von der Art ihrer Ermittlungen. Aber lassen Sie das Schnee von gestern sein. Ich finde auch, Frau Streng hat diese Chance verdient.« Frau Herbst blickte zu Ole, der zustimmend nickte.

»Nun, meine Dame, meine Herren, ich denke, dann werden auch wir der Beförderung und Ernennung zur

Leiterin der Abteilung drei zustimmen.« Oberstaatsanwältin Karin Reiter sah ihren Kollegen Jakbusch an, der ebenfalls keine Einwände hatte, die gegen eine Ernennung von Judith gesprochen hätten.
Kriminaldirektor von Gräfenberg erhob sich von seinem Platz: »Dann werden wir alles Notwendige in die Wege leiten, um schnellstmöglich eine neue Leitung ernennen zu können. Ach ja ... wegen der halben Stelle, die dann fehlt, machen Sie sich bitte keine Sorgen, Herr Staatsanwalt. So viel ich mitbekommen habe, wäre eine Stelle sowieso eingespart worden. Wegen der halben Stelle von Kriminalrat van Kirk mache ich mir keine Sorgen. Das kriege ich so durch.« Er sah Ole an und grinste. »So manches Problem entsteht oft gar nicht, wenn man nur Zeit hat.«
Ole sah ihn verwirrt an, bis er begriff, was der Kriminaldirektor meinte. Vermutlich wäre Claudia wieder aus der Abteilung abgezogen worden. »Nun, selten ein Schaden, der keinen Nutzen mit sich bringt«, murmelte er und verabschiedete sich von allen per Handschlag. Ole schloss die Tür hinter sich und ging die Treppe hinab zum Büro der Soko.
Robert stand bereits voller Ungeduld im Türrahmen und wartete auf neue Nachrichten. Ole allerdings schaute über Roberts Schulter und bedeutete Judith mitzukommen. »Wir beide gehen jetzt mal kurz an die frische Luft«, bestimmte er und wartete, bis sie ihren Mantel übergeworfen hatte.

KAPITEL 3

Nach einem doch recht kurzen Arbeitstag fuhr Judith mit gemischten Gefühlen auf der Bundesstraße 85 wieder nach Kulmbach. Es kam ihr sehr gelegen, dass Ole nach dem zweiten Gespräch mit ihr im Park den Dienstschluss angeordnet hatte. Lachend hatte er gemeint, dies sei seine letzte Amtshandlung als Abteilungsleiter gewesen. Zwar wollte sie ihm widersprechen, aber er hatte den Zeigefinger auf die Lippen gelegt, woraufhin sie klein beigab. Es hätte eh keinen Sinn gehabt, Ole zu widersprechen – hatte sie auch nicht beabsichtigt –, denn er schien sich und sein Leben jetzt wieder neu ordnen zu wollen und dies auch zu können. Sie fand es folglich besser, einfach einmal still zu sein.

Carstens Auto stand schon auf dem Parkplatz. *Schön, dass er da ist,* dachte Judith und freute sich auf einen gemeinsamen Nachmittag mit ihm allein.
Bei einer Tasse Tee erzählte sie ihm von dem Gespräch mit Ole. Am Montag sollte sie sich dann bei Kriminaldirektor von Gräfenberg einfinden. Judith war froh, dass dies heute nicht mehr nötig gewesen war, wollte sie doch erst mit Carsten darüber reden. Inmitten ihres Gesprächs klingelte es an der Haustür. Carsten stand auf, betätigte die Sprechanlage und öffnete ohne ein weiteres Wort die Tür. Judith sah ihm über die Schulter, neugierig, war da erscheinen würde … Zu ihrer Freude kam ihre Mutter mit ihrem Lebensgefährten Gerhard Roßberg die Treppe hoch.

»Ja was für eine nette Überraschung! Was treibt euch denn hierher?« – »Grüß Gott erst mal alle zusammen. Wir wollten fragen, ob wir Alexander vorzeitig vom Kindergarten abholen dürften, um mit ihm einen Ausflug nach Kronach auf die Feste Rosenberg zu machen.« – »Gute Idee. Oder wolltest du etwas mit Alex unternehmen?«, fragte Judith ihren Freund Carsten.
Auch er hatte keine Einwände, und so verabschiedeten sich die beiden gleich wieder. Judith war schon sehr froh über dieses unerwartete Angebot, hatte sie doch jetzt mehr Zeit, um mit Carsten über ihre neue Aufgabe zu reden. Nach längerem Gespräch, währenddessen Carsten wiederholt begrüßte, dass Judith die Beförderung annehmen wollte, entschieden sie, den freien Nachmittag bei einem guten Essen in der Stadtschänke in Kulmbachs Innenstadt ausklingen zu lassen.

Der Zufall wollte es, dass sie sich abends in der Stadt mit ihrer Mutter und Alexander trafen. Der Kleine erzählte ganz aufgeregt davon, dass auf der Burg in Kronach die Verwandten des Ritters von der Plassenburg wohnten und er unbedingt mit Judith und Carsten nochmals dorthin wolle. Ein wirklich schöner Tag neigte sich seinem Ende zu, indessen Judith, dank Carstens Verständnis ein gutes Gefühl hegte, hinsichtlich ihrer weiteren Karriere bei der Kriminalpolizei. Für den Samstag hatten die drei vor, einen ganztägigen Ausflug an den Weißenstädter See zu machen.

Tags darauf in Weißenstadt am See

Der Tag hätte nicht schöner sein können für diesen Ausflug an den schönen See im Herzen des Fichtelgebirges.

Judith hatte ein reichhaltiges Picknick eingepackt, was bei Carsten nicht so gut ankam, wollte er doch lieber im Strandcafé des direkt am See gelegenen Hotels etwas verzehren. Judith erfüllte ihm nachmittags diesen Wunsch dann auch. Vom Badestrand aus fuhren sie mit ihren Rollerskates zum Hotel auf der gegenüberliegenden Seite des Sees. Ein Blick auf die Kirchturmuhr … 15:30 Uhr. Carsten zog, sehr zur Freude Alexanders, diesen in seinem Bollerwagen hinterher.
Die nette Bedienung des Strandcafés erkannte die kleine Familie von früheren Besuchen her und war gerade im Begriff, die Bestellung aufzunehmen, als in Weißenstadt und im kleinen Dorf dicht beim Hotel die Sirenen heulten. Als Carsten die Getränke bestellte, fuhren schon erste Einsatzfahrzeuge der Feuerwehr die Hauptstraße entlang. Ein nicht enden wollender Konvoi von Polizei-, Rettungs- und Feuerwehrfahrzeugen fuhr den kurzen, aber steilen Berg hoch in das nächstgelegene Dorf.
Die drei bekamen die Getränke serviert und niemand dachte mehr an den Feuerwehreinsatz von soeben. Den Spielplatz vor dem Hotel verließ Alexander nur unter heftigstem Protest, hatte er doch eine Spielkameradin gefunden, die er nur sehr ungern allein ließ.
Mittlerweile war es jedoch an der Zeit, den Samstagnachmittag hier in Weißenstadt ausklingen zu lassen. Judith hatte ihrer Mutter am Abend zuvor noch versprochen, sie auf dem Rückweg in Kemnath zu besuchen und dort das Abendbrot einzunehmen. Bei der Rückfahrt mit den Skates zum Großparkplatz deutete Carsten auf die riesige Rauchwolke, die sich im Südwesten in den Himmel schob. Am Parkplatz stellten sie dann fest, dass die Straße in Richtung Bischofsgrün

durch die Feuerwehr gerade gesperrt wurde. Judith kannte aber eine Ausweichroute über die Bundesstraße 303 in die Oberpfalz nach Kemnath.

Alexander freute sich schon auf seine Oma und Onkel Gerhard, wie er Gerhard Roßberg nannte. Judiths Vater starb vor fünf Jahren nach einem tragischen Verkehrsunfall mit Fahrerflucht. Ihre Mutter kam nach und nach, seit sie mit Gerhard zusammen war, wieder aus ihrem trüben Tal heraus. Gerhard war der langjährige Vorgesetzte von Judiths Vater in einer Kulmbacher Malzfabrik gewesen. Und so hatte sich über die Zeit eine Freundschaft zwischen den beiden Familien ergeben. Gerhards Frau Anne starb im selben Jahr wie Judiths Vater an Krebs.

Der gemeinsame Abend in Kemnath erwies sich als schöner Abschluss des Tages. Alexander, von den vielen Ereignissen des Tages ziemlich geschafft, schlief auf der Rückfahrt nach Kulmbach sofort ein. Judith und Carsten ließen den Abend bei einem Glas Müller-Thurgau ihres Lieblingswinzers aus Mainstockheim ausklingen. Eng umschlungen schliefen sie bei offenem Fenster und einer sternenklaren Vollmondnacht ein.

KAPITEL 4

Sonntag

Verschlafen sah Judith auf den Wecker, löste sich aus Carstens Arm, ging zu dem Liegefenster des Schlafzimmers und schaute runter, direkt auf den Kulmbacher Marktplatz. Um diese Zeit, halb sieben am Sonntagmorgen, war außer zwei Nachtschwärmern, die grölend in Richtung Ortsteil Grünwehr zogen, niemand unterwegs. Judith streckte sich und erschrak, als ihr Handy auf der Kommode im Flur klingelte. Ein ungutes Gefühl überkam sie und wurde heftiger, als sich Oberstaatsanwältin Reiter meldete.

»Guten Morgen Frau Hauptkommissarin, ich störe nur sehr ungern an einem Sonntag, aber wir haben es mit einem Todesfall zu tun. Ich weiß auch noch nichts Genaues, nur so viel, dass bei einem Brand in einer ehemaligen Gaststätte eine Leiche gefunden wurde.« – »Jetzt sagen Sie bitte nicht in Weißenstadt«, unterbrach Judith sie. – »Doch, aber woher wissen Sie das, Frau Hauptkommissarin Streng?« – »Ich war gestern Nachmittag in Weißenstadt, als dort die Sirenen liefen und alles, was rote Autos hatte, raus ist aus Weißenstadt.« – »Ja richtig, der Brand ist beim Ortsteil Schönlind, eine ehemalige Gaststätte mitten im Wald, nur schwer zu erreichen. So viel jedenfalls von der Polizeiinspektion Wunsiedel. Die Kollegen der PI erwarten sie in besagtem Dorf.« – »Weiß Kriminalrat van Kirk schon Bescheid?« – »Nein, Frau Hauptkommissarin, als Leiterin der Abteilung drei ist

dies nun ihre Arbeit. Wir sehen uns am Brandort. Auf Wiederhören.«
»Bis gleich ...« Judith legte auf. Carsten stand hinter ihr, er hatte mitgehört. »Ich koch dir 'nen Kaffee.« – »Danke, lieb von dir.«
Judith verschwand wieder im Schlafzimmer und zog sich an. Trank den starken Espresso nahezu in einem Zug und nahm ihren Schlüsselbund vom Brett über der Kommode. »Carsten, ich melde mich, sobald ich Näheres weiß«, sagte sie knapp und verschwand im Treppenhaus.

Sie startete den Wagen und wartete, bis die Bluetooth-Verbindung zu ihrem Handy hergestellt war. Als Erstes rief sie Ole an, der sich verschlafen meldete. Judith spürte, er war nicht allein, doch war ihr Kollege mit einem Schlag hellwach.
»Ich verständige die Herbst und den KD, du rufst Robert und Claudia an. Wir treffen uns im Präsidium.«
»Geht klar«, sagte Ole knapp, »bin schon unterwegs.«

Etwa eine halbe Stunde darauf trafen alle vier kurz hintereinander im Präsidium ein. Judith berichtete, was sie von Oberstaatsanwältin Reiter erfahren hatte, auch von ihren eigenen Beobachtungen am Samstag in Weißenstadt. Sie wählte die Nummer des Chefs der Kriminaltechnik in Bamberg, Kriminaloberkommissar Heinz Rütters. Nach kurzem Warten ging dieser ran und meldete sich, ohne seinen Namen genannt zu haben.
»Judith, was gibt's? Du rufst sicher nicht aus Langeweile an.« – »Nein, Heinz. Erst mal guten Morgen. Wir haben einen Gebäudebrand in Weißenstadt mit einer

Leiche. Ich weiß auch noch nichts Näheres, wollte dich aber vorab informieren, denn sicher brauchen wir euch.« – »Ich bin beim Joggen, laufe jetzt zurück und verständige Beate. Wenn du etwas Genaueres hast, melde dich bitte wieder.« – »Genauso habe ich es mir auch gedacht. Also tschüss bis demnächst.« – »Bis dann, ich warte auf deinen Anruf.«
»Also auf dann, Herrschaften. Ole, du fährst.«
»Robert, fahr lieber du. Ich weiß nicht, wie viel ich noch von gestern Abend übrig habe. Wäre zu blöd, wenn die Kollegen was spitzbekämen.«
Robert, grinsend, nahm den Schlüssel an sich und setzte sich hinters Steuer. Judith empfahl ihm, den Weg über das hohe Fichtelgebirge entlang der Bundesstraße 303 zu nehmen, weil sie dann ja direkt oberhalb von Schönlind herauskämen.

Die Fahrt durch Bayreuth war um diese Uhrzeit völlig problemlos, waren doch noch viele Ampeln ausgeschaltet, sodass die vier Polizisten fast freie Straßen hatten. Nach der Markgrafenkaserne stadtauswärts gab Robert für seinen doch eher ruhigen Fahrstil erstaunlich viel Gas.
»Ich bin echt gespannt, was uns oben in Weißenstadt erwartet. Dies ist ja mein erster Fall, bei dem ich von Anfang an so richtig mit dabei bin.« Die Anspannung war Claudia anzumerken, sah sie doch ständig zwischen den Vordersitzen nach vorn, als ob sie etwas verpassen könnte.
»Du wirst auch noch ruhiger, Mädchen.« Ole schaute dabei ohne jede Regung aus dem Fenster.
Nach etwa zwanzig Minuten lag der Wintersportort Bischofsgrün direkt vor ihnen. An der Rehaklinik

vorbei ging es eine 14-prozentige Steigung hinauf ins Fichtelgebirge. Nach der letzten Rechtskurve bot sich ein herrlicher Blick auf Weißenstadt und den See. Der große Waldstein spiegelte sich darin; es wirkte wie eine riesige Fotografie.

Für diese Naturschönheiten allerdings hatten die vier Kommissare derzeit keinen Sinn, standen doch die Autos zahlreicher Schaulustiger schon weit vor dem Brandort den Berg hinauf. Judith hoffte, die Feuerwehr und Kollegen der Schutzpolizei hatten die Angelegenheit im Griff und den Bereich weiträumig abgesichert. Langsam fuhren sie auf der linken Seite an der Autoschlange vorbei, bis ein junger Feuerwehrmann diensteifrig mit seiner Kelle den Fahrer zum Halten aufforderte. Robert ließ das Fenster herunter und stellte sich und seine Kollegen vor. Erschrocken scheuchte der Feuerwehranwärter eine nicht geringe Anzahl Schaulustiger weg, um dem Wagen der Kriminalpolizei freie Durchfahrt zu ermöglichen. Nach kurzer Fahrt war jedoch ein Durchkommen zum Tatort unmöglich, da verschiedene Einsatzfahrzeuge die schmale Straße blockierten.
Robert parkte direkt hinter einem Einsatzfahrzeug der Wunsiedler Polizeikollegen. Eine uniformierte Polizistin kam ihnen aus etwa zwanzig Meter Entfernung entgegen. Judith erkannte die Polizeimeisterin und winkte ihr zu.
»Hallo Frau Gebhard. Na, wer hätte gedacht, dass wir uns so bald wiedersehen.« – »Hallo Frau Streng, schön, Sie zu sehen. Ich habe gehört, der Fall vom Waldheim ist gelöst. Nun ja, schon sehen wir uns wieder. Ich informiere meinen Kollegen Gesell vorne, dass sie

hinkommen. Ich muss hier bleiben. Es ist der Wahnsinn, was für Menschenmassen seit gestern Abend hier herumturnen.« – »Danke, Frau Polizeimeisterin, wir gehen dann mal vor.«

Judith regte sich über die Feuerwehrmänner und -frauen auf, die ihrer Ansicht nach die Zufahrtsstraßen viel weiter vor dem Brandort hätten absperren müssen. Sie werde sich den Einsatzleiter noch vorknöpfen, sagte sie zu Robert, der sich sogleich in Richtung des Feuerwehrmannes mit der gelben Einsatzjacke machte. Judith erkannte den Chef der Wunsiedler Polizeiinspektion, Polizeioberrat Klaasen, der nun auf sie zukam und sie und ihre Kollegen begrüßte.

»Guten Morgen Herr Polizeioberrat«, erwiderte Judith seinen Gruß, »geben Sie uns doch bitte einen Überblick über das ganze hier.« – »Ja gut, gestern Nachmittag, genauer um fünfzehn Uhr zweiundzwanzig, ging über die integrierte Leitstelle Hochfranken der Notruf eines Wanderers ein, dass hier dieses Anwesen lichterloh brenne. Die Leitstelle alarmierte daraufhin insgesamt sechs Feuerwehren aus dem Landkreis Wunsiedel und zwei aus dem Nachbarlandkreis Bayreuth. Gegen zweiundzwanzig Uhr meldete der Einsatzleiter der zuständigen Ortsfeuerwehr, der Brand sei unter Kontrolle.« – »Ist der Einsatzleiter Herr Wolfrum von der Feuerwehr Weißenstadt?«, fragte Judith. »Nein, sein Name ist Riedel von der Ortswehr Voitsumra; die ist hier örtlich zuständig. Das übliche Kompetenzgerangel halt.«

Robert, er stand neben Judith, notierte sich den Namen auf seinem Notizblock. Polizeioberrat Klaasen zuckte mit den Schultern und führte seine Ausführungen fort. »Drei der Wehren hielten dann heute Nacht die

Brandwache, unterstützt von einem unserer Teams. Gegen fünf heute früh entdeckte dann ein Atemschutztrupp der Weißenstädter Wehr die Leiche eines Menschen im ersten Obergeschoss des Anwesens. Hierauf alarmierte ich sofort den Kriminaldauerdienst in Bayreuth. Die Kripo Hof ist ja immer noch mit ihrem Fall, gemeinsam mit den tschechischen Kollegen, außen vor.« – »Schon in Ordnung, wir werden bis auf Weiteres dieses Gebiet hier betreuen. Ich denke fast, das wird in Zukunft auch so bleiben«, sagte Judith und ging auf das immer noch qualmende Gebäude zu. Ole tippte ihr von hinten auf die Schulter und meinte, er würde jetzt Heinz Rütters in Bamberg anrufen. Judith nickte und ging mit Herrn Klaasen fast bis ganz an das Gebäude heran.

»Frau Kollegin, wir müssen hier warten, bis das Technische Hilfswerk mit den Abstützmaßnahmen fertig ist. Zuvor können wir nicht hinein, es besteht akute Einsturzgefahr.« – »Wir müssen sowieso warten, bis die KTU und die Gerichtsmedizin hier sind.« Judith ging mit Klaasen ein Stück zurück. Da kam Ole hinzu und grinste: »Rütters ist mit Beate schon kurz vor Gefrees auf der Autobahn, er hat es mal wieder nicht abwarten können, bis wir ihn verständigten.« – »Ihr habt da aber etwas gemeinsam, Ole.« Judith spielte damit auf Oles guten Riecher im letzten Fall an. »Tja, lange genug machen wir diese Arbeit jetzt schon.« Ole klopfte dabei seinem Wunsiedler Kollegen auf die Schulter. Der nickte zustimmend, beide lachten. Judith erkundigte sich bei dem Kollegen aus Wunsiedel nach dem VW-Bus als Besprechungsfahrzeug. Klaasen wiederum fragte bei Polizeimeisterin Gebhard nach dem Verbleib des

angeforderten Fahrzeuges. Die rothaarige Polizistin versprach, sich sofort darum zu kümmern.
Judith rief Robert und Claudia zu sich und bat sie, sich einen Eindruck rund um das Gebäude zu verschaffen. In diesem Augenblick kam der Einsatzleiter der Feuerwehr die schmale Straße zur ehemaligen Gaststätte herauf und direkt auf Judith zu. *Der kommt mir gerade recht*, dachte sie und wartete ab, bis er sich vorgestellt hatte.
»Was tun eigentlich ihre Leute im Augenblick?«, fragte Judith in scharfem Ton den völlig überraschten Mann. »Außer hier herumzustehen und nichts zu tun anscheinend nicht viel. Sorgen Sie augenblicklich dafür, dass die Schaulustigen hier verschwinden – und das möglichst weiträumig. Ich will im Umkreis von mindestens fünfhundert Meter keinen Menschen mehr sehen, der hier nichts verloren hat. Sorgen sie außerdem dafür, dass der Verkehr weiträumig umgeleitet wird. Denken Sie, dass Sie das hinkriegen? Oder soll ich Ihnen die Weißenstädter Kameraden zur Unterstützung schicken?« – »Selbstverständlich, Frau ääh…« – »Streng, Hauptkommissarin Judith Streng, Kriminalpolizei Bayreuth. Merken Sie sich meinen Namen gut, Herr Riedel.« – »Geht in Ordnung, Frau Streng, machen wir sofort.«
So, das hätten wir ein für alle Mal geklärt, dachte Judith zufrieden und wandte sich wieder Ole zu.
»Na, schon wieder ganz die Alte, so kenne ich meine Judith.« Ole grinste. Aus der Brandruine der ehemaligen Waldgaststätte kam ein Helfer des THW heran und erkundigte sich, ob schon jemand von der Kriminalpolizei hier sei.
Ole stellte Judith kurz als die ermittelnde Beamtin der Kripo vor.

»Das trifft sich ja sehr gut, mein Name ist Stefan Hein, ich bin der Zugtrupp-Führer des THW aus Marktredwitz. Wir haben jetzt den Brandort soweit abgesichert, dass er einigermaßen gefahrlos begangen werden kann.« – »Das ist sehr gut«, erwiderte Judith, »denn die Kollegen von der Kriminaltechnik werden gleich hier sein und sich sodann an die Arbeit machen. Können Sie uns vorab schon einen Überblick darüber geben, was uns drinnen erwartet?« – »Natürlich, Frau Hauptkommissarin, folgen Sie mir.«
Judith und Ole liefen hinter Herrn Hein durch die verbrannte Eingangstür in das Gebäude. Das Türgewand aus Granitsteinen schien völlig unversehrt den Brand überstanden zu haben. Die Männer des THW hatten die Decke im Gebäude mit starken Bohlen abgestützt, denn sie schien an mehreren Stellen eingestürzt zu sein. Hinter dem ehemaligen Hauseingang führte eine steinerne Treppe ins Obergeschoß.
»Ist es in Ordnung, wenn ich vorausgehe?«, fragte der Truppführer. – »Alles gut, Sie waren ja schon oben. Ich hoffe nur, dass Sie keine Spuren für die Kollegen der Kriminaltechnik zerstört haben.« – »Nun ja, ganz ohne wird es nie abgehen, aber meine Leute haben da schon Erfahrung. Wir machen so etwas nicht zum ersten Mal.«
Die Kommissare gingen ab jetzt im Lichtkegel der Taschenlampe hinter dem Mann her. Das Dach war an mehreren Stellen durchgebrannt, dort aber, wo sie sich soeben befanden, nicht völlig zerstört. Herr Hein kam Judiths Frage zuvor, indem er erklärte, dass die Rückseite des Gebäudes mit einem Blechdach eingedeckt war, das ein Durchbrechen des Feuers an dieser Stelle erschwert hatte. Das Obergeschoss des Gebäudes

bildete sozusagen das Dach der Gaststätte und schien einst als Wohnung genutzt worden zu sein.
Die Gruppe blieb am Eingang der ehemaligen Wohnstube stehen. Herr Hein leuchtete mit seiner lichtstarken Taschenlampe auf einen schweren, anscheinend aus massivem Eichenholz gefertigten großen Schrank, dessen rechte Tür halb verbrannt herunterhing. Er wollte gerade etwas sagen, doch Ole winkte ab. »Wir sehen es auch so, Herr Hein.«
In der rechten Hälfte des wuchtigen Schranks saß zusammengekauert eine menschliche Gestalt, deren einer Arm heraushing und auf den verkohlten Dielenbrettern auflag.
»Ich denke, wir haben genug gesehen«, sagte Judith, »das hier überlassen wir Heinz. Der sollte ja auch langsam eingetroffen sein. Gehen wir wieder nach unten.«
Die drei kehrten um und verließen die Brandruine auf dem gleichen Weg, den sie gekommen waren. Im Freien erwartete sie schon eine ganze Abordnung an Kollegen. Allen voran Heinz Rütters, der Judith und Ole recht herzlich begrüßte. Auch Beate John, die Leiterin der Gerichtsmedizin, begrüßte die beiden Kommissare. »So schnell sieht man sich wieder, Judith, » ich hoffe, dir geht es gut, du schaust etwas müde aus. Oder bilde ich mir das nur ein?« – »Nun ja, es war etwas turbulent bei uns die letzten Tage, aber das erzähle ich euch später. Jetzt erst mal zu dem, was wir hier haben. Gestern Abend brach in diesem Gebäude aus bis jetzt noch ungeklärter Ursache ein Feuer aus. Das für sich betrachtet wäre halb so schlimm. Aber wir haben es hier auch mit einer Leiche in dem Anwesen zu tun. Viel mehr wissen wir bis jetzt auch nicht.«

Claudia und Robert kamen von ihrer Begehung um das Haus zurück und begrüßten ebenfalls die Kollegen aus Bamberg. Beate John gab Claudia die Hand und sah sie dabei fragend an. »Wir haben uns aber noch nicht gesehen, oder?« – »Ich bin erst seit Kurzem in Bayreuth, mein Name ist Claudia Kober, Kriminalobermeisterin Kober.« – »Schön, Sie kennenzulernen, Frau Kober. Ich weiß nicht, aber wir halten uns hier in diesem erlauchten Kreis meist nicht lange mit dem Sie auf. Ich bin Beate, Beate John von der Gerichtsmedizin. Den Doktor kannst du dir auch gleich sparen.« – »Ja herrlich diese Offenheit hier, ich bin die Claudia.«
Robert war unterdessen zu Judith gegangen, um ihr von einer interessanten Entdeckung hinterm Haus zu berichten. Während ihres Rundganges hatten er und Claudia ein offenes Fenster und Spuren im Gras festgestellt, Spuren, die eindeutig vom Haus weg führten. Judith bat ihn, auch Claudia, dies sofort an die KTU beziehungsweise an Heinz Rütters weiterzugeben.
Endlich kam jetzt auch Bewegung in die Menge der Schaulustigen. Angehörige der Feuerwehr beorderten, teils lautstark, die Menschen weg vom Tatort, bis hinter die inzwischen errichteten Absperrungen. Judith sah mit Erleichterung, dass nun auch der angeforderte Einsatzbus die schmale Straße zu ihnen hochkam. Dahinter folgte der weiße Sprinter der Kriminaltechnischen Untersuchung aus Bamberg.
Ole, er stand hinter Judith, meinte, endlich täte sich hier was, worauf ihm Judith nur recht geben konnte.
Heinz Rütters konnte das Eintreffen seiner Mannschaft kaum erwarten, weshalb er dem Einsatzfahrzeug entgegenlief. Durch Handzeichen dirigierte er die beiden Wagen bis zu ihrer endgültigen Parkposition. Ein drittes

Fahrzeug, ebenfalls mit Bamberger Kennzeichen, hielt unten an, kurz nach dem Einbiegen von der Straße. Ein Streifenpolizist der PI Wunsiedel bedeutete dem Fahrer, weiter nach oben zu fahren.

Langsam begann die Lage sich in geregelte Bahnen zu entwickeln. Judith nahm dies mit Wohlwollen auf. Auch ein silbergrauer 7er BMW versuchte sich einen Weg nach oben zu bahnen. Ole sagte Judith, dass dies die Staatsanwaltschaft sei und er die Leute persönlich unten abholen werde. Sie war über die Routine ihres Kollegen hocherfreut, brachte dies doch auch ein bisschen Ruhe in die ganze Angelegenheit. Polizeihauptmeister Rüdiger Gesell, der Kollege aus Wunsiedel, übergab ihr auf Anordnung seines Chefs drei Handsprechfunkgeräte, die sie dankbar entgegennahm, konnten diese Dinger auf dem weitläufigen Gelände doch recht hilfreich sein. Die Mannschaft des Mercedes Sprinter, vier Polizeibeamte, luden diverse Utensilien aus. Kriminaloberkommissar Heinz Rütters deutete einem Kollegen an, zu ihm zu kommen. Er stellte Ole als den Chef der Bayreuther Kollegen vor, was Ole sofort und energisch zurückwies.
»Ich bin da ab sofort einmal weg, ab heute ist Frau Hauptkommissarin Judith Streng die Vorgesetzte der Abteilung drei der Kriminalpolizei Bayreuth. Das war ursprünglich erst für morgen geplant, aber besondere Umstände erfordern besondere Maßnahmen«, schloss er seinen Hinweis und schob Judith sanft ein Stück nach vorn.
»Wenn das so ist«, begann Heinz, »darf ich euch Kriminalrat Franz Wegener vorstellen. Franz ist bei uns für die Brandfahndung zuständig. Ich habe ihn gleich mitgebracht, da wir ihn ja vermutlich brauchen werden.«

Franz Wegener stellte sich den beiden Bayreuther Kollegen selbst nochmals vor und erklärte seine weitere Vorgehensweise. Judith gab zu bedenken, dass hierzu erst noch die Staatsanwaltschaft gehört werden müsse, sie dies aber sofort abklären würde. Sie sah den BMW weiter unten in einem Holzrückeweg geparkt und sogleich auch Oberstaatsanwältin Karin Reiter die Straße hochkommen. Sie lief Frau Reiter entgegen und begrüßte sie. Nach einem kurzen Überblick über die vorgefundene Lage hielten beide es für sinnvoll, im dafür vorgesehenen Fahrzeug eine Lagebesprechung mit der KTU und der Brandfahndung zu organisieren. Kurze Zeit darauf drohte der VW-Bus wegen Überfüllung zu platzen, weshalb Robert und Claudia vor dem Fahrzeug an der Besprechung teilnehmen mussten. Robert berührte Claudias Hand – und wie zufällig verhakten sich ihre Finger ineinander. Judith bat Frau Reiter, die Besprechungsrunde zu eröffnen, doch erteilte diese das Wort an die Kommissarin. Judith fühlte eine gewisse Nervosität wegen ihrer hervorgehobenen Stellung. Ole bemerkte dies und stupste sie unter dem Klapptischchen an. Mit der rechten Hand deutete er ihr an, ruhig zu bleiben. Seine Aufmunterung entlockte ihr ein Grinsen – und sie begann das Gespräch mit Heinz Rütters von der KTU. Heinz schlug vor, mit seinem Team erst mal zu versuchen, die wichtigsten Spuren zu sichern. Währenddessen sah er Robert und Claudia an und wies darauf hin, schon einen Teil seiner Leute hinter die Brandruine zur Sicherung der Spuren im Gras geschickt zu haben. Grob geschätzt stufte er das Alter der Spuren auf etwa eineinhalb Stunden ein. Es spräche aber auch nichts dagegen, wenn Frau John gleich mit ins Gebäude ginge, um ihre Arbeit aufzunehmen. Franz

Wegener von der Brandfahndung erklärte, er könne seine Arbeit derweil von außen in Angriff nehmen und erst nach der Kriminaltechnik das Gebäude auf die Brandursache hin untersuchen.
Judith übernahm wieder das Wort und sah dabei auf ihre Armbanduhr. »Wir haben jetzt neun Uhr fünfzehn. Ich schlage vor, dass wir uns Punkt elf wieder hier treffen.«
Es gab keine Einwände, und so verließen alle Beteiligten den VW-Bus, um sich ihren Aufgaben zu widmen. Judith rief den Chef der Spurensicherung nochmals zu sich und bat Heinz Rütters um die Abstellung von einem seiner Männer zur Dokumentation und Sicherung von Reifen und Fußspuren rund um das Anwesen. Rütters meinte, zwei seiner Kollegen seien dafür eigentlich schon eingeteilt und hinter dem Haus zugange. Daraufhin beorderte Judith Claudia und Robert zu den beiden Kommissaren der Spurensicherung. Ole und sie setzten sich wieder in den Einsatzwagen und schlossen die Schiebetür.
»Du darfst dir deine Nervosität nicht anmerken lassen, Judith. Bleib einfach ruhig, du bist die Chefin, und bis jetzt kann man noch nichts falsch machen. Die da draußen machen ihre Arbeit – und wir warten ab, was dabei herauskommt. Dann entscheidest du, wie es weitergeht. Ist doch ganz einfach.« Judith sah Ole an: »Du hast gut reden. Warst du bei deinem ersten richtigen Fall nicht auch nervös?« Ohne ihre Frage zu beantworten, erinnerte er sie daran, doch schon einen Fall gelöst zu haben, dies folglich nicht ihr erster Fall sei. »Es gibt somit keinen Grund, nervös zu sein.« Er grinste und deutete auf den Weg unten, wo sich der Dienstwagen von Herrn Kriminaldirektor von Gräfenberg den Weg nach oben bahnte.

»Na gut«, sagte Judith und fuhr fort, »es scheint, die Herbst ist mit von der Partie. Die beiden übernehme ich und du kümmerst dich bitte um den Einsatzleiter der Feuerwehr, diesen Riedel. Mich interessiert vor allem, welchen ersten Eindruck die Feuerwehrleute bei der Anfahrt hatten.«
Sie kletterten aus dem Bus und begrüßten ihre beiden obersten Vorgesetzten. Judith bat den KD und Frau Herbst noch um einen kleinen Augenblick Geduld und nahm über Sprechfunk Kontakt mit dem Leiter der PI Wunsiedel, Polizeioberrat Klaasen, auf. Sie bat ihn zu sich und zur Leitung der Kripo zu kommen. Klaasen begrüßte Judiths Vorgesetzten. Die drei schienen sich schon länger zu kennen, denn sie duzten sich und gingen sehr vertraut miteinander um. Nach kurzem Smalltalk gab Judith einen Umriss darüber ab, was geschehen war.

Zu viert stiegen sie auf Judiths Wunsch in den VW-Bus. Judith befragte dann Polizeioberrat Klaasen hinsichtlich der Alarmierung der Feuerwehr. Er entnahm seiner Umschlagmappe ein Fax, das er von der ILS Hof angefordert hatte. Die sogenannte Integrierte Leitstelle, kurz ILS, ist Anlaufstelle für jeden, der den Notruf 112 für Feuerwehr und Rettungswesen wählt. Jeder Notruf wird dort auf Band aufgezeichnet, auch die Telefonnummer des Anrufers, selbst dann, wenn diese unterdrückt ist. So hat niemand eine Chance, Unfug mit dem Notruf zu betreiben. Klaasen reichte das Protokoll über den Tisch, sodass Judith und auch der Kriminaldirektor es einsehen konnten. Dem Protokoll war zu entnehmen, dass der Notruf am Samstag, 11.07., genau um vierzehn Uhr dreiundvierzig und achtundzwanzig

Sekunden bei der Leitstelle in Hof/Saale einging. Die Handynummer des Anrufers war ebenfalls aufgeführt. Der Anrufer hatte sich gemeldet und dem Protokoll gemäß den Brand einer stillgelegten Gaststätte am Fuße des Schneeberges nahe einer Ortschaft angegeben. Eine Nachfrage des Assistenten bei dem Anrufer ergab, dass dieser nicht ortsunkundig sei und nur wisse, dass sich die Ortschaft in der Nähe von Weißenstadt befinde. Diese Angaben reichten, um die Feuerwehr aus Weißenstadt und umliegenden Ortsteilen zu alarmieren. Laut Protokoll meldete sich die Feuerwehr Voitsumra als Erste über Feuerwehrfunk bei der Leitstelle und bestätigte, den Brand schon lokalisiert zu haben. Am Einsatzort berichtete die Feuerwehr schließlich noch mal mit einem Lagebericht, worauf die nächsthöhere Alarmstufe ausgerufen wurde. Zahlreiche Wehren, auch aus dem Landkreis Bayreuth, wurden daraufhin nachalarmiert.

»Gut, jetzt haben wir schon etwas mehr in der Hand. Bleibt uns jetzt vor allem, den Anrufer ausfindig zu machen und zu befragen. Ich werde dies sofort veranlassen.«

Kriminaloberrätin Herbst sah Judith an und meinte: »Frau Streng, ich denke, Sie haben vor Ort noch genug zu tun, ich kümmere mich um die Rückverfolgung des Anrufers und werde ihn zur Befragung an Sie weiterleiten.« Judith bedankte sich für diese Unterstützung und verließ den Besprechungsbus. Von Gräfenberg ergriff wieder das Wort und betonte, dass er Judith und ihre Kollegen nicht weiter von den Ermittlungen abhalten wolle und wünschte ihr alles Gute bei ihrem ersten Fall, den sie allein zu verantworten habe. Auch bei ihm bedankte sich Judith, dann verließ der KD den Bus.

Draußen kam KORin Herbst auf Judith zu und teilte ihr mit, dass sich ein Kollege im Präsidium um die Nachverfolgung beim Mobilfunkanbieter kümmern und sie dann informieren werde. In diesem Augenblick meldete sich Ole über das Funkgerät. Von Gräfenberg nickte ihr zu und verabschiedete sich und Frau Herbst mit einem kurzen Gruß. Ole bat Judith, zu ihm an den Holzrückeweg etwas unterhalb der Brandruine zu kommen.

Die Feuerwehr hatte wirklich gute Arbeit geleistet, denn es befanden sich keine Schaulustigen mehr am Brandort. Eine Kollegin in weißem Overall mit dem Aufdruck *Kriminaltechnik* grüßte freundlich und schoss mit einer Kamera Bilder der Örtlichkeit aus allen möglichen Perspektiven. Judith erwiderte den Gruß und ging die schmale Straße weiter hinunter. Das Sträßchen war in einem sehr schlechten Zustand, was auf die finanzielle Situation der Stadt schließen ließ. Ole winkte seine Chefin heran und deutete auf eine Reifenspur im aufgeweichten Waldboden. »Anscheinend hatte es jemand verdammt eilig, von hier wegzukommen.« Der morastige Untergrund war von durchdrehenden Reifen tief eingegraben; allem Anschein nach hatte der Fahrer des Wagens kräftig Gas gegeben. Judith rief eine Beamtin der Kriminaltechnik zu sich und bat sie, diese Spur gemeinsam mit ihrem Chef zu sichern.
Nun beratschlagten Ole und Judith, ob es sinnvoll wäre, diesen Tag aufzuteilen, bis die Spurensicherung erste Ergebnisse für die Kommissare hätte. Man einigte sich darauf, dies mit Rütters abzusprechen. Der Chef der Kriminaltechnik befand sich mit Franz Wegener im Gebäude. Also betraten sie dieses wieder und fanden

die beiden damit beschäftigt, den Brandherd zu lokalisieren. Judith blickte auf ihr Handy, es vibrierte, sah die Nummer ihrer Mutter und drückte das Gespräch sofort weg. Sie würde später zurückrufen. Heinz Rütters winkte die beiden heran und deutete auf ein völlig ausgebranntes Zimmer, in dem die Reste eines Büros zu erkennen waren. Selbst der massive Schreibtisch war an den Seiten durchgebrannt. Es dürfte hier eine enorme, schlagartig sich entwickelnde Hitze gegeben haben, vermeldete der Chef der Brandfahndung, denn solch ein Brandbild lasse mit hoher Wahrscheinlichkeit auf die Verwendung von Brandbeschleuniger schließen. Auf Oles Frage, wann denn mit ersten Ergebnissen zu rechnen sei, meinte Wegener, dies könne erst im Labor endgültig geklärt werden. Der Ort des Brandausbruches sei aber auf jeden Fall dieser Raum. Heinz Rütters bat die beiden in einen Nebenraum zu Frau John, die schon erste Ergebnisse wegen der Leiche hatte.
»Also«, begann Beate John, »unsere Leiche ist auf jeden Fall weiblich, schätzungsweise Mitte vierzig. Zur Todesursache kann ich noch nichts sagen, dazu muss sie zu mir in die Pathologie gebracht werden. Heinz wird dies nach seiner Arbeit veranlassen.« – »Weist sie irgendwelche äußeren Verletzungen auf, die uns schon etwas weiterbringen könnten?« – »Ole, falls du damit meinst, ob dies hier der Tatort ist oder aber sie hierher gebracht wurde, so muss ich dich enttäuschen. Wie schon gesagt, ich brauche sie auf dem Tisch.«
Judith entschied, mit Ole zum Besprechungsfahrzeug zu gehen und Robert und Claudia – sie warteten beide vor dem Haus – gleich mitzunehmen. Ole blieb stehen, noch im Schatten des Hauseinganges, stupste Judith in die Seite und wies mit dem Kopf in Richtung der beiden

jungen Kollegen. Claudia und Robert standen eng beieinander und hielten sich an den Händen. »Nachtigall, ick hör dir trapsen«, raunte er und grinste.

KAPITEL 5

Ole hatte sich bereit erklärt, mit Robert so lange am Tatort zu bleiben, bis die Kollegen erste Spuren für die Kommissare hätten. Seiner Meinung nach brachte es jetzt nichts mehr, wenn sie zu viert hier blieben: Er hätte heute sowieso nichts weiter vor. Also einigten sie sich darauf, dass Judith und Claudia nach Hause fahren könnten und auf einen Anruf entweder von Robert oder Ole warten sollten. Judith hatte nichts gegen diese Form der Arbeitsteilung einzuwenden. Und mit einem Mal fiel ihr ein, dass sie ihre Mutter zurückrufen wollte. Bestimmt wollte die sich mit Gerhard zu einem Sonntagsbesuch bei ihr anmelden. Judith wählte ihre Nummer, doch war der Teilnehmer nicht erreichbar, wie die Computerstimme vom Band leierte. Ein Blick auf die Uhr in Judiths Wagen zeigte ihr, dass aus dem restlichen Sonntag nicht mehr viel werden würde, weil sie zum andern ja auch jederzeit für Ole und Robert erreichbar sein musste.

In Bayreuth verabschiedeten sich die beiden Kolleginnen einstweilen. Judith fuhr weiter nach Kulmbach und versuchte Carsten anzurufen. Stattdessen meldete sich Alexander. »Hier spricht der grausame Ritter Alexander von der Plassenburg. Ich bestrafe dich jetzt, weil du heute früh einfach abgehauen bist und mir keinen Kuss gegeben hast.« – »Oh, entschuldige bitte, großer Ritter, aber der König hat mich gerufen, um einen bösen Mann zu fangen. Aber jetzt komme ich nach Hause, dann kannst du mich bestrafen.«

»Schön dass du kommst.« Carsten war jetzt am Telefon. »Wir warten auf dich, deine Mutter und Gerhard sind auch hier.« – »Ja gut, bin gleich da, ich sehe schon die Burg von Ritter Alexander. Bis gleich.« – »Bis gleich.«

Am Kulmbacher Ortseingang war sie nur noch circa fünf Minuten von zu Hause entfernt. Ausnahmsweise war an diesem Sonntag die gesamte *Obere Stadt* mal nicht von Sonntagausflüglern zugeparkt. So fand sie direkt vor ihrer Wohnung einen Parkplatz. Wie erwartet stand ihr Sohn auf der letzten Stufe der Treppe und ließ sich einfach in die Arme seiner Mama fallen. Judith gab ihm einen Kuss auf die Wange und trug ihn in die Wohnung. Auch Carsten umarmte seine Freundin und bat sie sogleich ins Wohnzimmer der kleinen Wohnung. Ihre Mutter und Gerhard Roßberg hatten bereits am gedeckten Tisch Platz genommen. Carsten hatte mit Kerstins Hilfe belegte Semmeln, Sonntagskuchen und verschiedene Getränke bereitgestellt. Judith nahm gern eine Brotzeit an, hatte sie doch heute noch nichts gegessen und auch fast nichts getrunken. Carsten fragte, ob sie ein Bier zur Brotzeit haben wolle, doch sie lehnte dankend ab. »Es kann sein, dass ich noch mal nach Bayreuth oder auch nach Weißenstadt zum Tatort muss.« Sie berichtete kurz, was in Weißenstadt vorgefallen war, verschwieg jedoch Einzelheiten zu nennen. Es fragte auch keiner nach, wussten sie doch, dass Judith niemals Einzelheiten zu einem Fall preisgeben würde.
Verstohlen blickte sie immer wieder auf ihr Handy, das in Sichtweite auf dem Tisch vor ihr lag. Carsten sah sie an und nahm ihre Hand. »Jetzt sag schon, wie war's denn so, das erste Mal als Chefin, so ganz vorne

dran?« – »Also wenn ich ganz ehrlich sein soll, auch nicht anders als beim letzten Mal. Ole und ich haben das wie immer gemeinsam gemacht. Und Robert und Claudia sind auch schon ein eingespieltes Team, auf das ich mich verlassen kann. Aber dennoch macht es mich schon auch ein bisschen stolz, dass nun alle zu mir kommen und fragen, wie es weitergeht oder mich davon informieren, was sie herausgefunden haben.« Carsten nahm Judith in den Arm und drückte sie ganz fest. »Du schaffst das, mein Mädchen, du schaffst das, ganz sicher.«

Sie gab ihm einen Kuss auf die Wange und hatte dabei Tränen in den Augen.

»Judith, ich bin so stolz auf dich, aber bitte pass auch auf dich auf. Als Gerhard und ich es heute früh von Carsten erfahren haben, waren wir schon in Sorge um dich.« Judith beruhigte ihre Mutter und meinte, sie sei schon auch froh, mit Ole einen erfahrenen Kollegen an ihrer Seite zu haben. Unruhig sah sie immer wieder zur Uhr. Carsten verwickelte sie zwar hin und wieder in ein belangloses Gespräch in der Absicht, sie dadurch etwas abzulenken. Ihre Gedanken jedoch waren unentwegt bei dem neuen Fall. *Wieso bin ich denn überhaupt aus Weißenstadt weggefahren?* Die Selbstvorwürfe – sie wurden zunehmend stärker.

Eine Erlösung war es, als endlich das Handy vibrierte. Blitzschnell ergriff sie das Gerät. »Ole, was gibt's?« Ihr Puls beschleunigte sich, sie merkte, wie der Adrenalinspiegel stieg. »Soll ich kommen?« – »Nein, nein«, beruhigte er sie, »wir rücken auch bald hier ab. Ich habe mit Heinz und Franz Wegener ausgemacht, dass sie uns mit zurücknehmen nach Bayreuth. Morgen früh um acht treffen wir uns wieder im Präsidium in Bayreuth,

okay?« – »Nein, Ole, ich fahre jetzt auch noch mal nach Weißenstadt und mach mir selbst ein Bild von der aktuellen Lage. Du und Robert, ihr bleibt oben. Wir sehen uns in knapp fünfundvierzig Minuten. Tschau, bis gleich.« Eine Antwort wartete sie erst gar nicht ab, sondern legte hastig auf.
»Ich wusste es,« bemerkte Carsten, »verstehe aber, du bist die Frontfrau, das muss auch allen bewusst sein. Soll ich dich fahren?« – »Nein, Carsten, lieb von dir, aber ich versuche noch Claudia zu erreichen. Schätze, in zwei, bis drei Stunden bin ich wieder hier.«

Nach hastigem Abschied stieg Judith in ihren Wagen und wählte Claudias Nummer. Sie war sofort am Apparat, hatte sie doch ebenso gespannt auf den Anruf ihrer Chefin gewartet.
»Ich bin in fünf Minuten am Präsidium. Du kannst auch bei mir mitfahren.« Judith aber war es lieber, dass sie mit ihrem Wagen fuhren, war doch Claudias Auto noch nicht für Dienstfahrten genehmigt, weshalb sie im Schadensfall keinen Versicherungsschutz hätte. Am Parkplatz stieg also Claudia zu – und diesmal ging's über die Autobahn in Richtung Weißenstadt.
Unterwegs versuchten sie verschiedene Szenarien sowohl zum Tathergang als auch für das Tatmotiv durchzuspielen. Es war jedoch noch viel zu früh für Spekulationen, worüber sich beide schnell im Klaren waren. Kurz vor der Autobahnausfahrt Gefrees – ab hier waren es nur mehr gute zehn Kilometer bis zum Tatort – konnte sich Judith nicht mehr länger zurückhalten. »Sag mal, läuft zwischen dir und Robert etwas?«
Die Frage kam für Claudia völlig überraschend. Sie spürte Unsicherheit in sich aufsteigen. Was sollte sie

darauf antworten? Ihre Chefin war ja nicht von gestern, hatte ja auch Augen im Kopf. Claudia war sich sicher, dass Judith etwas gesehen haben musste. Also wozu noch etwas abstreiten. Sie merkte, wie ihr das Blut in den Kopf schoss. »Ich weiß, dass Robert in festen Händen ist, aber …« Sie stockte kurz, »aber was soll ich machen? Ich kann nichts dagegen tun, Robert anscheinend auch nicht.« Claudia hielt sich beide Hände kurz vors Gesicht, sah dann aber Judith wieder an. »Sag mir, was ich tun soll, Judith. Ich bin so hin- und hergerissen, empfinde so viel für ihn.«
Judith schien nachzudenken, meinte dann aber, dass die beiden das unter sich ausmachen müssten, Robert aber wohl erst mal mit seiner Freundin in Pottenstein reinen Tisch machen müsse.
»Ja, Judith, ich bin der gleichen Meinung und werde mit Robert auch bald darüber reden. Ich bitte dich aber, die Geschichte noch nicht an die große Glocke zu hängen.« – »Nein, nein, Claudia, das tue ich sicherlich nicht, habe mir aber halt auch meine Gedanken gemacht. Es ist eure Angelegenheit.« – »In erster Linie ist es Roberts Angelegenheit.« Claudia sah Judith hilfesuchend an. Die nickte stumm, womit die Sache für die beiden Kolleginnen einstweilen besprochen war.
Schnell lenkte Judith das Gesprächsthema wieder auf den vorliegenden Fall.
Kurz vor der Abfahrt zum Tatort sah Claudia ihre Chefin nochmals lächelnd an und legte ihre Hand auf Judiths Hand. »Danke, dass du es angesprochen hast. Du bist nicht nur meine Vorgesetzte, sondern eine echte Freundin. Danke.«
Judith lächelte und bog in die Einfahrt zur ehemaligen Gaststätte ein.

Robert und Ole standen neben dem Einsatzbus, demonstrativ mit vor der Brust verschränkten Armen, als wollten sie sagen, es wäre nicht nötig gewesen, dass die beiden nochmals hierher kamen. Dennoch, Ole berichtete, dass die Spurensicherung nach Aussage von Heinz Rütters noch bis in die Abendstunden dauern würde. Judith bat daraufhin Claudia, Ausschau zu halten nach dem Kommandanten der Feuerwehr, Herrn Riedel, und ihn zu bitten, zu ihr zu kommen. »Ich möchte mir selbst noch einmal einen Eindruck des Ganzen hier verschaffen«, sagte sie und lief in Richtung Eingang. Ihre drei Kollegen folgten. Dass Claudia und Robert sich etwas zurückfallen ließen, bemerkte Judith gleich nach den ersten Metern und musste unwillkürlich grinsen. Am Haupteingang kam Franz Wegener von der Brandfahndung aus dem Gebäude heraus direkt auf Judith zu.

»Hast du mal kurz Zeit für mich?« – »Ja selbstverständlich, Franz. Hast du schon erste Ergebnisse?« – »Hm... ja, auf jeden Fall kann ich schon sagen, dass der Brand absichtlich gelegt wurde. Der Brandausbruch war, wie wir ja schon heute Mittag vermutet hatten, im Büro. Unzählige Akten lagen auf einem Haufen übereinander, die höchstwahrscheinlich mit Brandbeschleuniger in Brand gesetzt wurden. Ich bin mir aber hundertprozentig sicher, dass der Aktenberg nicht einfach mit dem Feuerzeug angezündet wurde. Wir haben graue bis schwarze harte Brösel rund um den Brandherd gefunden ... Ich habe eine Vermutung, möchte aber erst den Laborbefund abwarten. Falls ich jetzt gleich zurückfahre, kann ich noch heute Abend erste Ergebnisse haben. Ich würde dich dann anrufen.« – »Prima«, freute sich Judith, »du kannst anrufen, wann immer du willst, ich habe ja mein Handy stets bei mir.« – »Ach ja, ehe ich es vergesse, es kann sein, das ich morgen früh dann noch mal komme. Der Tatort wird doch heute Nacht gesichert?« – »Klar. Ich habe Claudia schon losgeschickt, den Einsatzleiter der Feuerwehr zu holen; der soll das organisieren. Ich weiß nicht wo die bleiben ...«

Judith betrat nun das Gebäude, wo sie Beate John und Heinz Rütters antraf. Beate bat sie, ihr zu folgen. Sie gingen, begleitet von Ole und Robert, die Treppe hinauf in das ehemalige Büro der Gaststätte, in dem der Leichnam lag.

»Also dafür, dass sich hier oben eine enorme Hitze entwickelt haben muss, ist unsere Leiche noch relativ gut erhalten. Heinz meint, die Schranktür hätte das Gröbste abgehalten. Erst im Laufe des Brandes habe sich der Schrank verwunden und den Körper freigegeben«, erklärte Beate.

Heinz Rütters steuerte auf den massiven Holzschrank zu und erläuterte die Einwirkung des Feuers auf das Möbelstück. »Als dann irgendwann die Tür nachgab und aufging, muss aber der Löscheinsatz schon Wirkung gezeigt haben.«

»Nun ja«, führte Beate die Betrachtung fort, »wie ihr hier seht, sind eigentlich nur der linke Arm, die linke Gesichtshälfte und ebenfalls der linke Teil des Oberkörpers durch Feuereinwirkung entstellt. Die Beine lagen noch im Schutz der vorderen Tür; die blieb ja zu. Somit stehen die Chancen eigentlich gut, dass wir bei der Obduktion brauchbare Ergebnisse bekommen. Aber dazu ...« – »Brauchst du ihn erst auf den Tisch«, unterbrach sie Ole mit einem verstohlenem Lachen.

»Haste schon viel von mir gelernt, mein kleines Dickerchen«, fiel Beate in sein Lachen ein und stupste ihn mit dem Zeigefinger in seinen leichten Bauchansatz.
Im Eingangsbereich des Gebäudes trafen zeitgleich Claudia und Herr Riedel von der Feuerwehr sowie der Dienststellenleiter der PI Wunsiedel ein. Judith vereinbarte mit Beate John und den beiden Kommissaren Rütters und Wegener ein Meeting am nächsten Morgen um acht in Bayreuth.
»Ja, das geht klar. So haben wir es vorhin auch mit Ole besprochen«, stimmte Heinz Rütters zu und wies einen Kollegen an, weitere Details vom Tatort mit der Kamera zu dokumentieren. Auch Franz Wegener ging wieder an die Arbeit und zeigte Ole diejenige Stelle, an der das Feuer durch das Dach brach.
Unterdessen ging Judith nach unten und wandte sich zuerst an Herrn Riedel. »Herr Riedel, ich möchte, dass sie hier für die Nacht nochmals eine Brandwacht beziehungsweise eine Sicherheitswacht organisieren und denke, die Kollegen von der Wunsiedler Polizei werden Sie hierbei bestimmt unterstützen.« Fragend sah sie Gert Klaasen an, der sofort nickte. »Natürlich stelle ich zwei Beamte mit ab, die dann unseren VW-Bus als Einsatzfahrzeug nutzen können.« Judith bedankte sich und meinte, hiergegen sei nichts einzuwenden, da sie und ihre Kollegen über Nacht eh nicht vor Ort sein würden. Gert Klaasen bat Judith, gerade im Begriff zurückzulaufen, nochmals um Gehör. »Die Kollegen in Wunsiedel«, begann er, »haben den Anrufer des Notrufs von gestern ausfindig gemacht. Es handelt sich um Herrn Wolfgang Mühlhans. Er wohnte bis heute Vormittag im Kurzentrum in Weißenstadt.

Leider ist er heute früh mit seiner Frau abgereist.« Er übergab ihr einen Zettel mit der Telefonnummer von Herrn Mühlhans.
»Ich danke ihnen, Herr Klaasen.« Judith steckte die Information in ihre Blockmappe. »Schade, dass er nicht mehr hier ist, aber wahrscheinlich ist sonntags immer Bettenwechsel in dem Hotel. Haben Sie ihn aufgefordert, sich zu unserer Verfügung zu halten?« – »Aber selbstverständlich, Frau Streng, also ich bitte Sie ...« – »Entschuldigen Sie bitte, Herr Polizeioberrat, natürlich habe ich nichts anderes erwartet.« Judith fühlte, wie sie einen roten Kopf bekam; Dieser Lapsus war ihr sichtlich peinlich. *So etwas darf mir nicht mehr passieren,* dachte sie und lief mit geneigtem Kopf geradewegs auf Ole zu.
»Ole, du kümmerst dich morgen früh bitte gleich um diesen Herrn Mühlhans, oder noch besser, wir fahren auf dem Rückweg ja direkt am Hotel vorbei und holen uns schnell noch die Anschrift der Herrschaften.«
Über Funk rief sie Claudia und Robert zu sich. Die beiden waren mit Herrn Riedel unterwegs, um sich um die Absperrung des Areals für die Nacht zu kümmern. Heinz Rütters und Franz Wegener verließen mit ihren Spezialkoffern das Gebäude und meldeten sich bis zum Morgen bei Judith ab.
Auch ihre Truppe war jetzt vollständig; sie nahmen in Judiths Dienstwagen Platz. Diesmal hatte sich Claudia freiwillig fürs Fahren gemeldet. Judith dirigierte sie nach Weißenstadt, um sich im Kurzentrum rasch noch die vollständige Adresse der Familie Mühlhans geben zu lassen. Am Parkplatz vor dem direkt am See gelegenen Hotel meldete sich Ole von der Rückbank zu Wort. »Also wenn ihr mich fragt – der Sonntag ist eh

schon für die Katz –, wir sollten jetzt und hier etwas Anständiges essen und trinken.«

Judith wollte schon protestieren, ermahnte sich jedoch zur Ruhe. Auch sie musste auch einfach mal loskommen von dem Gedanken, zu Hause irgendetwas zu versäumen. Auch Robert und Claudia waren von Oles Vorschlag angetan. Und so betraten die vier die Lobby und fanden gerade noch einen letzten freien Tisch. Die Hotellobby war an so einem schönen Sonntag immer randvoll mit Tagesausflüglern vom nahegelegenen See.

»Nachdem ja jetzt Feierabend ist, hätte ich gern ein schönes frisches Weißenstädter Pils.« Ole rief schon ungeduldig die Bedienung herbei. »Momentchen, mein Herr, bin gleich bei Ihnen. Wären Sie eher gekommen, hätten Sie schon. Wer zu spät kommt, den bestraft bekanntlich das Leben«, fertigte ihn die Kellnerin mit freundlichem, aber bestimmtem Lächeln ab. Kurz darauf kam sie wieder und nahm die Bestellungen entgegen, nicht ohne Ole mit einem Augenzwinkern zu fragen, ob er sich endlich entschieden habe.

»Jaja, Ole, da bist du jetzt einmal an die Richtige geraten mit deiner Art, ›hoppla jetzt komm ich‹«, sagte Judith und grinste. Auch Robert und Claudia konnten sich das Lachen nicht verkneifen. »Deinen Namen merke ich mir«, sagte Ole und grinste ebenfalls, »Eva, das kriegst du wieder.«

Nachdem die Bestellung aufgenommen war, ging Judith an die Rezeption, um die Personalien der Familie Mühlhans aufzunehmen. Sie zeigte der jungen Mitarbeiterin ihren Dienstausweis und brachte ihr Anliegen vor. Die Dame bat Judith, sie kurz zu entschuldigen und verschwand nach hinten. Nach kurzer Zeit kam sie mit einem groß gewachsenen Herrn wieder, der sich als der

Direktor des Hotels vorstellte. »Unsere Mitarbeiter sind natürlich angewiesen, keine Kundendaten an Dritte herauszugeben, das verstehen Sie doch sicher. Aber ja, wenn Sie bitte mitkommen möchten ...« Judith folgte ihm in sein Büro und erhielt dort die notwendigen Daten.
Am Tisch waren die Getränke bereits serviert; alle warteten nur darauf, mit Judith anzustoßen. »Lasst uns auf eine erfolgreiche Ermittlungsarbeit anstoßen«, sagte Claudia und sah dabei Judith an, »und darauf, dass unsere Chefin immer ein gutes Gespür hat.« Sie stießen mit den Gläsern an und prosteten sich zu. Ole genoss sichtlich sein Pils und hielt schon wieder nach der Bedienung Ausschau, um, wie er betonte, dieses köstliche Getränk nochmals zu bestellen. Bald darauf traf auch das bestellte Essen ein, das ihnen vorzüglich schmeckte. Judith wollte zwar noch kurz den weiteren Ablauf der Ermittlungen ansprechen, aber zwischenzeitlich hatte sich unter den Gästen herumgesprochen, wer die vier an dem kleinen Tisch waren. Folglich unterließ sie das, ging stattdessen an den Tresen der Hotelbar und beglich die Rechnung für sich und ihre Kollegen. Zwar führte dies zum Protest ihrer Kollegen, die ihren Anteil selbst übernehmen wollten. Judith beschwichtigte sie jedoch und meinte, das sei schon in Ordnung und die Einkehr hier ein guter Anlass gewesen, um ihren Einstand als Leiterin der Abteilung zu geben. Die Kommissare standen auf, rückten die Stühle akkurat zurecht und verließen das Hotel, gefolgt von den Blicken der Gäste.
Draußen fragte Robert in die Runde, ob denn auf ihrer Stirn Polizei geschrieben stünde. »Die Buschtrommel funktioniert hier anscheinend richtig gut«, bemerkte Claudia und nahm auf dem Fahrersitz Platz.

Auf dem Weg zur Autobahn fragte Robert, wann denn der erste Bericht für den KD geschrieben würde und wer das übernähme. »Immer der, der fragt, macht das.« Ole lehnte sich entspannt auf dem Rücksitz zurück. Roberts Gesichtsausdruck verriet, dass er dies überhaupt nicht lustig fand, zog es aber vor, hierauf besser nichts zu antworten. Judith allerdings drehte sich zu den beiden um und sah dabei Ole direkt an. »Ole, ich glaube, das ist diesmal vorrangig meine Aufgabe, doch wäre es toll, wenn du mich heute noch dabei unterstützen würdest.« Er sah auf seine Armbanduhr und nickte zustimmend. »Jetzt ist es viertel vor sechs, in fünfzehn Minuten sind wir im Präsidium. Geben wir Gas, sind wir bis neunzehn Uhr dreißig fertig. Das ist dann auch genug für den heutigen Tag.« – »Wir werden auch in Zukunft alle Berichte pünktlich zum Dienstschluss beim KD und der Herbst oben haben. Darauf lege ich größten Wert. Ich möchte nicht wegen eventueller Verzögerungen bei der Führung antreten müssen und auch nicht irgendwelches Gerangel ums Schreiben der Berichte haben. Können wir uns darauf einigen?« Judith sah sie der Reihe nach an – und jeder versprach, alles dazu beizutragen, damit dies auch reibungslos klappt. »Fangen wir doch gleich heute damit an«, schlug Claudia vor, »den ersten Bericht schreiben wir jetzt gleich miteinander. So ist der morgen früh bei Dienstbeginn schon oben in der Chefetage.« Judith nahm erfreut zur Kenntnis, dass alle einverstanden waren und keiner eine Ausrede hatte, den angebrochenen Sonntag doch noch abzukürzen.

In Bayreuth war dann der Bericht in nicht mal einer Dreiviertelstunde zu Papier gebracht. Judith legte den Dienstbeginn für Montagmorgen auf 6:30 Uhr fest.

Wegen des starken Ausflugsverkehrs an diesem herrlichen Sonntag dauerte die Fahrt nach Kulmbach entsprechend länger. Immer wieder Stop-and-go-Verkehr und kleinere Staus, hervorgerufen meist durch die üblichen Sonntagsfahrer. Kurz vorm Ortsanfang der Bierstadt Kulmbach wählte Judith Carstens Nummer und legte wieder auf – das verabredete Zeichen; er wusste nun, dass sie gleich ankommen würde. Dann, in der oberen Stadt, sah sie ihren Alexander schon von Weitem in einer für ihn viel zu großen Bundeswehrfeldjacke Carstens und mit seiner Spielzeugkelle – Aufschrift *Feuerwehr* – vor ihrem Parkplatz stehen. Er lachte übers ganze Gesicht und konnte es kaum erwarten, dass seine Mama in der Parklücke stand. Ungeduldig versuchte er die Fahrertür zu öffnen, die aber dank Automatik von innen verriegelt war. Kaum hatte Judith die Türe geöffnet, überfiel er seine Mutter mit einem Redeschwall: Die Feuerwehr habe ihn angerufen, er müsse unbedingt den Parkplatz für seine Mama freihalten und so weiter. Judith lobte ihn und erklärte ihm, dass Feuerwehrleute ganz wichtige Menschen seien, die immer für andere da wären. Alex nahm sie an der Hand und beide gingen zur Haustür, wo Carsten hinter dem Türspalt auf den Parkplatzbewacher aufgepasst hatte. Carsten nahm Judith in den Arm und begleitete die zwei hinauf in die Penthouse-Wohnung. Dort war bereits der Abendbrottisch gedeckt. Judith fand das zwar ganz lieb von Carsten, musste jedoch gestehen, schon mit den Kollegen gegessen zu haben.

Den Abend empfand Judith als sehr entspannend, konnte sie doch überraschenderweise den Fall für ein paar Stunden hintanstellen. Carsten erzählte später, er hätte am Morgen einen Termin mit dem

Kompaniechef, aber keinen blassen Schimmer, um was es gehen könnte. »Ich mache mir schon den ganzen Tag Gedanken, was Major Gruhn von mir will. Keine Ahnung. Das macht mich wahnsinnig kirre.« – »Nun mach dir doch mal keine Sorgen. Oder meinst du, es ist vielleicht was Unangenehmes?« – »Wenn ich das nur wüsste, wäre mir wesentlich wohler.«
Judith nahm ihn in den Arm und flüsterte ihm ins Ohr, er solle sich keine Gedanken machen, wahrscheinlich sei es ja nichts Schlimmes. »Das sagt genau die Richtige«, lachte er und fügte hinzu: »Wer macht sich denn bei jeder Ungewissheit fast in die Hose?« Judith drückte ihm ein Sofakissen ins Gesicht. Alexander, ausnahmsweise durfte er etwas länger aufbleiben, jauchzte vor Vergnügen und hüpfte aufs Sofa, um bei der vermeintlichen Kissenschlacht mitzumischen.
Der Tagesausklang gestaltete sich so doch noch zu einem schönen Familienabend. Alexander ging erstaunlicherweise freiwillig zu Bett, ohne dass Judith ihn hätte nötigen müssen. Die obligatorische Geschichte der Ritter von der Plassenburg übernahm Carsten.
Nach einem gemeinsamen Glas Wein spürte Judith, wie die Müdigkeit sie übermannte. Ein kurzer Gedanke an den heutigen Fall aber ließ sie wieder hellwach werden. Hatte Franz Wegener nicht vorgehabt, heute noch anzurufen? Nervös checkte sie die Zeit: genau 22 Uhr. Konnte sie den Brandfahnder jetzt noch stören? Oder hatte er noch kein Ergebnis? Sie löste sich aus Carstens Umarmung, ging in die Küche, holte das Handy, klappte das Gerät auf und sah sofort den Eingang einer SMS. Mit zittrigen Fingern öffnete sie die Nachricht: Franz! Sie enthielt nur ein einziges Wort und war vor sieben Minuten eingegangen: *Magnesium!* Für Judith

war klar, der Täter hatte den Brand mit Magnesiumspänen beschleunigt. Sie wusste, dass dieses Metall in Verbindung mit Sauerstoff eine enorme Hitze entwickelt. Daher auch die fast vollständige Verbrennung der Aktenordner. *Aber genügt Magnesium alleine?*
Judith zwang sich zur Ruhe. *Morgen ist auch noch ein Tag,* versuchte sie sich einzureden.
Carsten hatte ihr schon ein zweites Glas ihres bevorzugten Weins aus dem fränkischen Mainstockheim eingeschenkt. Eigentlich wollte sie nichts mehr trinken, andererseits gab sich Carsten so viel Mühe, sie vom Tagesgeschehen etwas abzulenken. Hatte er doch selbst den Kopf voller Gedanken. Gegen dreiundzwanzig Uhr konnten beide die Augen kaum noch offen halten, sie beschlossen den Tag zu beenden und gingen schlafen.

KAPITEL 6

Montag, Tag zwei nach dem Brand

Judith hatte diese Nacht nicht besonders gut geschlafen. Ständig waren ihre Gedanken bei dem neuen Fall gewesen. Gegen 6:30 Uhr war für sie dann die Nacht beendet. Nach ausgiebigem Duschen und einem guten Frühstück brachte sie Alexander in den Kindergarten. Frau Hein, die Leiterin des Kindergartens, wollte mit ihr unbedingt wegen ihrer Streitigkeiten vor gut drei Wochen sprechen. Judith, gegenüber dieser Erzieherin noch immer sehr reserviert, fragte Frau Hein, ob sie nicht lieber mit ihrem in Scheidung lebenden Mann sprechen wolle. »Zu dem haben Sie doch einen sehr guten Draht. Das haben Sie ja schon mehrfach bewiesen«, sagte sie spitz. Judith hatte seinerzeit aufgrund eines Versprechers ihres Sohnes herausbekommen, dass Frau Hein ihrem Nochehemann Jacob ständig persönliche Dinge über Alexanders Mutter steckte. Dies veranlasste Jacob Roth dann, über seinen Anwalt Judith das Sorgerecht über Alexander streitig zu machen.
Judith schlug Frau Hein einen Termin irgendwann die kommende Woche vor. Als sie schon kurz vor der Ausgangstür war, bat Frau Hein trotzdem kurz um ihre Aufmerksamkeit. Judith war innerlich schon bereit, sie einfach stehen zu lassen, doch bat Frau Hein ohne Umschweife um Entschuldigung für ihre Indiskretion. Also drehte Judith sich kurz um und lächelte sie an. »Wir sprechen die nächste Woche darüber, okay?«

Frau Hein schien ein Stein vom Herzen zu fallen, sie reichte Judith die Hand. »Bis nächste Woche, Frau Streng, danke.«
Judith lächelte erneut und ging zu ihren Wagen.

Die Fahrt nach Bayreuth verlief zügig, nachdem die Rushhour in der Regel erst gegen acht Uhr einsetzte. Judith war die Erste im Präsidium und bereitete einstweilen das Whiteboard vor. Kurz darauf erschien Ole. Judith besprach mit ihm nochmals die Ereignisse des gestrigen Sonntages.
»Also viel haben wir ja noch nicht«, begann sie, »wenn man es genau nimmt, gar nichts.« – »Na ja, so ist es nun ja auch wieder nicht«, entgegnete Ole, »wir haben eine Tote und ein abgefackeltes altes Wirtshaus.« – »Toll, damit ist der Fall ja so gut wie aufgeklärt. Fehlt nur noch der Täter«, stichelte Judith. »Jetzt sei doch nicht so ungeduldig. Wann kommen Heinz und Beate?« – »Um acht wollen sie hier sein.« Judith sah auf die Uhr – viertel vor acht. Robert und Claudia kamen gerade herein und wünschten einen guten Morgen.
»Ich gehe jetzt erst mal hoch in die Chefetage und lege den gestrigen Bericht vor.« Judith nahm die auf ihrem Schreibtisch liegende rote Mappe und ging die Tür öffnen, als Kriminaldirektor von Gräfenberg und seine Kollegin Melanie Herbst unverhofft hereinkamen. KD von Gräfenberg begrüßte alle Anwesenden und übernahm das weitere Gespräch.
»Also, meine verehrten Kommissarinnen, meine Herren, wie Sie ja vielleicht wissen, ist eines meiner Steckenpferde die Erhaltung alter Wirtshauskulturen in Oberfranken. Hierbei beschäftigt sich unser Verein, der Verein Fränkische Bierstraße, auch mit stillgelegten oder

wiedereröffneten Traditionswirtshäusern. Ich habe mich gestern Abend noch mit zwei Vereinsmitgliedern aus Bamberg und Weißenstadt über das Brandobjekt unterhalten. Unser Vereinsmitglied aus Weißenstadt ist Herr Baum.« Er legte eine kleine Kunstpause ein und sah Judith und Ole lächelnd an.

»Unser Herr Baum von der Stadtverwaltung in Weißenstadt?«

»Genau der. Er wird mir eine Historie dieser alten Restauration zukommen lassen.« Von Gräfenberg konnte seinen Stolz nicht verbergen. »Nun, meine Damen und Herren, machen Sie etwas daraus. Ich wünsche ihnen noch einen schönen Tag und eine erfolgreiche Ermittlungsarbeit.« Der Chef der Bayreuther Mordkommission verließ das Büro und schloss die Tür hinter sich.

Kriminaloberrätin Melanie Herbst lehnte noch lässig an der Wand und grinste ebenfalls. »Nun ja, das ist er, unser Chef!« Auch sie war im Begriff das Büro zu verlassen. Judith hielt sie kurz zurück und fragte, ob sie ihr den Bericht des gestrigen Tages gleich mitgeben dürfe. KORin Herbst lobte Judith für die schnelle Erstellung des Berichtes. »Ach ja, bevor ich es vergesse, unser Kind hat ja noch keinen Namen. Die letzte Soko hieß doch *Epprechstein*. Herr von Gräfenberg und ich finden, wir sollten die Serie mit unseren Hausbergen fortsetzen und fänden Soko *Rudolfstein* doch sehr passend. Hat jemand einen anderen Vorschlag?« Sie ließ erst gar keine Widerrede zu, sondern bat darum, tägliche Berichte zu erhalten.

»Wir werden auch in Zukunft um eine zeitnahe Berichterstattung bemüht sein«, versicherte Judith und gab Frau Herbst die Hand.

Melanie Herbst entfernte sich. Dann blickte Judith in die Runde und sprach Robert direkt an. »Du hast es gehört. Klemm dich ans Telefon und kümmere dich um die Adresse des jetzigen Besitzers der Gastwirtschaft, auch der Vorbesitzer. Ist doch schon komisch, dass gestern und während des Brandes niemand am Brandort war.«

Robert bestätigte den Auftrag und setzte sich an seinen Schreibtisch.

Draußen auf dem Parkplatz herrschte auf einmal reges Treiben. Judith schob den blickdichten Vorhang etwas zur Seite. Heinz Rütters und Franz Wegener schritten mit ihren schweren Aktenkoffern auf das Dienstgebäude zu.

»Wo ist denn Beate?« Ole, hinter Judith stehend, sah ihr über die Schulter. »Keine Ahnung, aber wir werden es gleich erfahren.«

Er ging vor die Tür, öffnete den Flügel des Haupteingangs und begrüßte die beiden Kollegen. »Guten Morgen, die Herren, habt ihr unsere Gerichtsmedizinerin vergessen?«

Heinz Rütters erklärte, Beate John habe die Leiche erst nachts um halb elf in die Gerichtsmedizin bekommen, eine Begutachtung dann aber nicht mehr vorgenommen. Sobald sie Konkretes habe, würde sie es ihnen mitteilen. »Aber Ole, mach dir keine Sorgen, Franz und ich haben genug Material für euch. Ich glaube nicht, dass ihr an Arbeitsmangel leiden werdet.« – »Na dann mal rein in die gute Stube.« Ole hielt ihnen die Tür auf; an den bereitgestellten Tischen im Büro nahmen sie sodann Platz. Claudia begrüßte beide per Handschlag, Judith nahm Heinz Rütters in den Arm und gab Franz Wegener die Hand. Robert sah von seinem Schreibtisch

auf und grüßte per Handzeichen, während er weiter mit der Stadtverwaltung in Weißenstadt telefonierte.
»Dann schießt mal los. Was konntet ihr in der Kürze der Zeit für uns tun?« Judith schaltete das Licht am Whiteboard an und zeichnete ein stilisiertes Haus oben mittig. Kriminalrat Wegener erhob sich von seinem Platz und fragte, ob er den Beamer benutzen dürfe. Judith entschuldigte sich sogleich für die Unaufmerksamkeit und versuchte das Gerät anzuschließen. Ole eilte hinzu und half ihr. Eine Minute später war es bereit, Franz schloss seinen Laptop an und fuhr ihn hoch. Robert beendete sein Gespräch mit Herrn Baum von der Stadtverwaltung in Weißenstadt und blickte ebenfalls auf die Leinwand, wo momentan nur der Schriftzug des Geräteherstellers zu sehen war. Einstweilen setzte er seine Kollegen darüber in Kenntnis, dass Herr Baum eine Liste mit den Besitzern des Gasthofes seit 1889 in Kürze per Mail senden würde. Seine Mitteilung führte zur allgemeinen Erheiterung aller. »Als Erstes sollten wir mit den Besitzern von achtzehnhundert … schlag mich tot … beginnen. Die sind höchst tatverdächtig«, vermeldete Heinz. » … oder die während des ersten Weltkrieges«, setzte Ole nach.
Als schließlich Ruhe eingekehrt war, begann Franz mit seinem Bericht. »Ich hatte ja noch gestern Abend an euch, Ole und Judith, eine kurze WhatsApp-Nachricht geschickt. Der Brand wurde tatsächlich mit Magnesiumspänen entfacht und am Brennen gehalten. Dazu muss ich ein bisschen tiefer in die Physik eintauchen. Magnesiumspäne haben aufgrund ihrer Herstellung eine ziemlich große Oberfläche. Magnesium brennt auch dann, wenn überhaupt kein Sauerstoff vorhanden ist. Es verbindet sich dann mit Stickstoff aus der Luft

und bildet Magnesiumnitrid. Und jetzt kommt es ...« Es folgte eine kurze Pause, dann sah er in die Runde. »Bei Löschversuchen mit Wasser reagiert es aggressiv mit dem frei werdenden Wasserstoffgas. Also einfach gesagt, die Feuerwehr hat dem Brandstifter ungewollt bei der Brandentwicklung geholfen.« – »Genau«, warf Robert ein, »indem sie mit Wasser gelöscht haben.« – »Richtig. Aber das konnten die Jungs ja nicht wissen. Aufgrund der Löschtätigkeiten konnte die wahrscheinlich nicht eben geringe Menge an Magnesiumspänen erst richtig brennen und eine enorme Hitze entwickeln. Zweitausend Grad Celsius und mehr sind hier locker möglich. Deshalb ist auch der vermeintliche Aktenstapel, der als Träger für das Metall diente, restlos verbrannt – selbst der Hebelmechanismus in den Ordnern ... Habt ihr kurz mal einen Leitzordner für mich?«

Ole griff in den Aktenschrank und reichte Franz einen der Ordner. Der öffnete ihn und zeigte, zum besseren Verständnis, den von ihm gemeinten Mechanismus. Die Kommissare nickten. »Ich fand auch noch Rückstände von Ethanol sowie Butanol und verschiedenen Methyl-Hepatonen. Ich möchte hier aber nicht tiefer in die Materie eingehen. Sehe ich doch, dass es für euch langweilig ist.« *Aber nein.* Fleißig schüttelten alle den Kopf. »Nun, dann kann ich ja getrost weitermachen ...« Franz holte aus zum nächsten Satz, doch da schüttelte plötzlich jeder den Kopf. »Dachte ich mir doch«, grinste er, »aber was ich damit sagen will, ist, dass ich Brennspiritus als Brandbeschleuniger festgestellt habe. Das wäre vorerst alles von mir. Denke, mit diesen Infos seid ihr erst mal gut versorgt. Mehr jetzt von Heinz.«

Franz Wegener überließ seinen Laptop jetzt Heinz Rütters, der einen USB-Stick einschob. Die Datei war rasch geöffnet. Nun zeigte er Aufnahmen des Brandorts mit einigen Details, die vermutlich noch von Bedeutung sein könnten. »Ich komme zu einem späteren Zeitpunkt auf diese Detailaufnahmen zurück.« Ein weiteres Foto zeigte Reifenspuren im Morast des Holzrückewegs. »Diese Reifen sind eindeutig der Größe 265 75 R 18 zuzuordnen. Das Profil entspricht einem Reifen von Pirelli. Diese Größe wird sehr häufig auf großen, sehr großen Geländewagen montiert. Ich kann mich hier auf kein Fabrikat festlegen, aber um einen kleinen Suzuki oder Ähnliches handelt es sich nicht. Interessant ist auch noch, dass der rechte vordere Reifen stärker abgenutzt ist als der linke. Dies deutet auf einen Spurfehler auf der Vorderachse hin. Das muss aber keinen Zusammenhang des Fahrzeugs mit dem Brand und dem Toten bedeuten. Es kann sich auch um das Fahrzeug eines Försters oder Waldbauern handeln. Ich weiß es nicht. Das müsst schon ihr herausfinden. Aber wenn es im Zusammenhang mit unserem Fall steht, sollte das Auffinden eines solchen Fahrzeuges nicht das große Problem sein. Zu dem niedergetrampelten Gras hinter dem Brandobjekt kann ich auch schon etwas sagen. Die Schuhabdrücke, die wir gefunden haben, sind auch beachtenswert. Es handelt sich mindesten um die Größe neunundvierzig. Das Profil ist eindeutig dasjenige eines großen Arbeitsbekleidungsherstellers. Auch hier denke ich, dass man den Träger über die Firma ausfindig machen kann. Derartige Waldbrandaustreter sind eher die Ausnahme. An dem Bewuchs hinter dem Haus – es handelt sich überwiegend um Deutsches Weidelgras, Wiesenfuchsschwanz, Gemeine Rispen und vielleicht noch fünfzig andere Gewächse – haben wir aber auch noch interessante Spuren gefunden. Neben Metallstaub

und Mineralöl hat jemand auch Magnesiumspuren hinterlassen. Stofffasern, gefunden an einem größeren Stein, sind noch im Labor. Anscheinend ist die Person einmal gestolpert und auf dem Felsen aufgeschlagen.«
Heinz Rütters machte eine Pause, da Judiths Festnetztelefon klingelte. Judith hob den Hörer ab und meldete sich.

KAPITEL 7

»Kripo Bayreuth, Hauptkommissarin Streng. Was kann ich für Sie tun?« Judith hörte dem Anrufer zu und hob dabei den Arm, um die Aufmerksamkeit aller Anwesenden auf sich zu ziehen, drückte die Lautsprechertaste und die Bandaufzeichnungstaste des Telefons. »Wie war bitte noch mal ihr Name?« Judith versuchte das Gespräch von vorn zu rekapitulieren: »Ihr Name ist Volkmann, Ralf Volkmann aus Fichtelberg, und Sie sind der Besitzer des ehemaligen Gasthofs zur Waldmühle in Schönlind? Habe ich das so richtig verstanden?«
Herr Volkmann bestätigte dies und fragte aufgeregt nach, ob es denn wahr sei, dass seine Waldmühle in Schönlind bei Weißenstadt abgebrannt ist. »Ja, Herr Volkmann, das stimmt. Am Samstag gegen halb vier am Nachmittag brach in dem Anwesen ein Großbrand aus.«
Die Kollegen scharten sich ums Telefon.
»Nun beruhigen Sie sich doch, Herr Volkmann. Warum waren Sie denn am Samstag bei dem Brand nicht am Brandort? Ah … ich verstehe, Sie sind derzeit in Essen bei einem Geschäftspartner.«
Ole hielt ihr einen Zettel mit der Notiz *kein Wort von der Leiche!* vor die Nase. Sie sah ihn verwundert an, nickte jedoch. »Und wie haben Sie von dem Brand erfahren, Herr Volkmann?«
Der Anrufer erklärte, ein Mitarbeiter seines Unternehmens in Fichtelberg habe ihn gerade angerufen, nachdem er von dem Brand in der Zeitung gelesen hatte. Er fragte nach, ob es bei dem Brand Verletzte gegeben hätte, was Judith verneinte. »Herr Volkmann,

Sie melden sich jetzt bitte sofort auf der nächsten Polizeidienststelle in Essen und begeben sich anschließend unverzüglich auf die Fahrt zu uns ins Präsidium nach Bayreuth. Die Telefonnummer, die ich hier angezeigt bekomme – ist das ihr Handy?«

Der Anrufer bestätigte dies und versicherte, Essen sofort zu verlassen und nach Bayreuth zu fahren. Judith trichterte ihm nochmals ein, sich unbedingt erst in Essen auf der nächsten Polizeidienststelle zu melden.

Ole deutete ihr an, ihm das Gespräch zu übergeben, was sie zwar verwunderte, es aber zuließ.

»Hier spricht Kriminalrat van Kirk, Kripo Bayreuth. Herr Volkmann, wo genau befinden Sie sich zur Zeit in Essen?«

Der Anrufer nannte das Hotel *Essener Hof,* direkt in der Stadtmitte der Ruhrmetropole. Unterdessen rief Robert den Standort des Hotels auf und suchte, wie Ole es ihm bedeutet hatte, die nächstgelegene Polizeidienststelle. In Windeseile war Robert fündig geworden und hatte die Daten Ole vorgelegt.

Ole sprach weiter: »Sie fahren jetzt in die Straße *Hagen drei,* dort befindet sich die Polizeiwache *Mitte eins.* Dort rufe ich jetzt an, damit man Sie empfängt. Haben Sie mich verstanden?«

Herr Volkmann wiederholte Straße und Hausnummer sowie den Namen der Polizeiwache und versprach, sich umgehend dort zu melden.

Judith übernahm wieder das Gespräch. »Herr Volkmann, mit was für einem Wagen sind Sie unterwegs?« Er nannte seinen Privatwagen, einen Mercedes E-Klasse Coupé. »Und die Zulassungsnummer?« Er nannte auch diese, wurde aber jetzt spürbar ärgerlich: »Was soll das denn jetzt? Werde ich etwa behandelt wie

ein Schwerverbrecher? Ich haue schon nicht ab. Keine Bange.« – »Herr Volkmann, hier geht es nicht darum, wie wir Sie behandeln, sondern darum, Sie zweifelsfrei zu identifizieren. Vorgestern Abend ist ihr Besitz abgebrannt, Sie aber waren nicht hier.« – »Ach, bin ich jetzt verdächtig, die Bude angesteckt zu haben?«
Der Besitzer des Gasthofes wurde nun mit jedem neuerlichen Satz lauter.
»Herr Volkmann, Sie begeben sich jetzt in die Polizeiwache, die ihnen Kollege van Kirk soeben genannt hat, und dann fahren Sie sofort nach Bayreuth, ist das klar?«
Judith konnte auch energisch. Herr Volkmann ruderte zurück und versprach, jetzt gleich zu besagter Dienststelle in Essen Mitte zu fahren und sich dort zu melden. Ole hatte in der Zwischenzeit bereits mit einem Kollegen dieser Polizeistation telefoniert. Der sagte zu, sich persönlich um Volkmann zu kümmern.
Judith verabschiedete sich von Volkmann und legte auf.
»Gemäß der Liste der Besitzer des Gasthauses, die ich erhalten habe, stimmt es, dass als letzter Besitzer Ralf Volkmann aus Fichtelberg eingetragen ist.« Robert reichte Judith die Liste von Herrn Baum. »Das glaub ich ja, aber was, wenn der jetzt in Essen stiften geht? Leute, mir geht die Düse.« Judith stand auf und sah ihre Kollegen der Reihe nach an. »Was soll ich machen? Wir kriegen doch nie und nimmer einen Haftbefehl!« – »Das kannst du in der Tat vergessen.« Heinz Rütters schüttelte den Kopf. »Übrigens klasse von dir, nach dem Fahrzeug gefragt zu haben. Es ist schon mal kein Fahrzeug mit dem Profil des Reifens vom Tatort.«
»Alutec GmbH Fichtelberg, Inhaber Ralf und Gerlinde Volkmann, Herstellung von Aluminiumdruckgüssen nach Kundenwunsch. Anfertigung von individuellen

Aluminiumfelgen für alle gängigen Kfz mit Kraftfahrtbundesamt- und TÜV-Eintrag«, las Claudia laut vor, ohne den Blick vom Bildschirm zu heben.

»Na, wer sagt's denn?«, stieß Judith erfreut hervor, »das ist doch schon mal 'ne Ansage.«

»Heinz, ich glaube, wir sind hier überflüssig. Wir schicken euch unsere Berichte per Mail.« Franz Wegener lachte, nahm seinen Aktenkoffer und schloss ihn. Heinz Rütters tat es ihm gleich, doch blieben beide auf Oles Bitte hin noch im Kommissariat.

Judith zwang sich innerlich, Ruhe zu bewahren. Die Runde diskutierte das weitere Vorgehen in dem noch recht jungen Kriminalfall. Unterdessen meldete sich aus Essen Hauptkommissar Fendrich und teilte mit, dass sich Herr Volkmann bei ihm eingefunden habe. Judith bat den Kollegen im Rheinland um die Feststellung der Personalien, was dieser selbstverständlich schon erledigt hatte.

»Ich kann jetzt nur hoffen, dass der wirklich nicht abhaut«, sagte Judith. Heinz Wegener teilte Judiths Bedenken, doch Ole, Franz, Claudia und Robert meinten, sie solle sich deswegen keine Gedanken machen. Den Gedanken allerdings an eine Anordnung zur Überwachung per Handyortung verwarfen die Kriminalbeamten gleich wieder. Keiner sah auch nur die kleinste Chance, dass eine solche Maßnahme genehmigt würde. Judith war nun der Ansicht, es sei an der Zeit, die Staatsanwaltschaft und KD von Gräfenberg zu informieren, weshalb sie sich ein eine Etage höher begab. Oberstaatsanwältin Karin Reiter empfing sie freundlich und hörte sich die neuesten Ermittlungsergebnisse interessiert an, versprach Judith zudem jegliche Unterstützung in diesem sicher nicht einfachen Fall.

Nach einem Gespräch mit Kriminaldirektor von Gräfenberg und Kriminaloberrätin Reiter kam Judith zurück ins Büro.
Sie als Leiterin der Soko Rudolfstein beratschlagte sich nun mit Ole anlässlich eines kleinen Spaziergangs durch den Park vorm Präsidium über das weitere Vorgehen. Die Kollegen hatten sich darauf verständigt, eine kurze Pause von etwa einer Viertelstunde zum Durchatmen einzulegen – und so flanierten auch Robert und Claudia in der kleinen Grünanlage, jedoch genau in entgegengesetzter Richtung. Heinz Rütters und Franz Wegener hatten sich mit einem Becher Automatenkaffee auf einer von der Sonne beschienenen Bank niedergelassen.
Auf dem Rückweg, kurz vorm Haupteingang der Dienststelle, klingelte Oles Handy. Ein Blick darauf ließ ihn nichts Gutes ahnen. »Klinikum Hohe Warte«, brummte er besorgt vor sich hin. Ole meldete sich und antwortete mehrmals mit einem knappen *ja.* »In fünfzehn Minuten bin ich oben«, beendete er das Gespräch. Judith sah ihn besorgt an. »Geh schon, Ole, ich komme auch allein klar. Bist du wieder einsatzbereit, melde dich.« – »Die Ärztin sagt, es sei so weit, Mutter würde diesen Tag nicht überleben. Ich fahre hoch zum Krankenhaus. Weiß ich Näheres, melde ich mich bei dir.« – »Hau endlich ab!« Judith versetzte ihm einen kleinen Stoß zwischen die Schultern.
Oles Mutter lag schon seit etwa vier Wochen, nach einem Schlaganfall, im Krankenhaus. Vergangene Woche hatte sich ihr Zustand derart verschlechtert, dass sie auf die Intensivstation verlegt werden musste. Nach flüchtiger Verabschiedung wählte Ole die

Nummer seiner Schwester Regine. Judith bekam gerade noch mit, wie er ihr mitteilte, es sei so weit.
Vor dem Präsidium warteten schon die Kollegen und wunderten sich, dass Judith allein ankam. Kurz erklärte sie die Umstände und bat Claudia, Ole beim Chef für heute zu entschuldigen. Claudia machte sich sofort auf den Weg nach oben.
Judith saß nun wieder an ihrem Schreibtisch, sah das rote Anrufsymbol der Anruferliste blinken und erkannte die Bamberger Nummer von Beate John. Sie rief zurück ... und die Gerichtsmedizinerin meldete sich. »Na, ihr Vöglein, alle ausgeflogen? Oder was ist los bei euch?« Judith erklärte ihr kurz den Grund ihrer vorübergehenden Abwesenheit und Oles plötzlichem Verschwinden. »Nun ja, Judith, ich habe einige Informationen über den Leichnam aus dem Brandobjekt. Ihr habt die Leiche ja auch gesehen, also brauche ich dir nichts über den Zustand des Opfers zu sagen.«
Judith erwiderte, dass sie am Brandort den leblosen Körper nicht näher hätte inspizieren können, da ihr aufgrund der Einsturzgefahr ein weiteres Betreten des Raumes zu riskant erschienen sei.
»Also gut, bei unserer Leiche handelt es sich um eine Frau, so viel war ja schon am Samstag klar.«
Wieder warf Judith ein, an jenem Tag nicht bis zu dem Schrank vorgedrungen zu sein. Zudem sei ja auch noch das Technische Hilfswerk vor Ort gewesen, um den Tatort abzusichern.
Beate fuhr unbeirrt fort: »Sie war circa vierzig bis fünfundvierzig Jahre alt, trug dunkelblondes mittellanges Haar. Die Statur würde ich als sportlich bezeichnen. Sie trug keinerlei Schmuck und hatte, zumindest auf der rechten Körperhälfte, einige auffällige Tätowierungen.

Die Bilder habe ich dir bereits geschickt. Die linke Seite des Leichnams ist aufgrund der starken Hitzeeinwirkung sehr stark entstellt und somit für eine Obduktion so gut wie unbrauchbar. Trotzdem kannst du der Feuerwehr schon mal ein großes Lob von mir aussprechen. Denn hätte das Feuer weiter gewütet, wäre von unserer Dame nicht viel oder gar nichts übrig geblieben. Zur Todesursache kann ich noch nichts weiter sagen.«
Judith unterbrach Beates Redeschwall. »Wie lange, glaubst du, war die Frau vor dem Brand schon tot?« – »Lass mich doch ausreden, Kind. Also gerichtsverwertbar ist das jetzt noch nicht, dafür brauche ich noch ein bisschen Zeit, aber ich vermute, dass sie schon einige Tage in dem Schrank gelegen hatte. Die Totenstarre – vorläufig eine reine Vermutung von mir – ist höchstwahrscheinlich in der Haltung eingetreten, in der wir sie vorfanden. Wirklich nur eine Vermutung, aber ich bin mir fast hundertprozentig sicher.« – »Wann, denkst du, kannst du mir etwas über die Todesursache berichten?« – »Judith, vielleicht morgen später Nachmittag, aber nein, eher übermorgen früh bin ich so weit. Die Begutachtung der Leiche ist gerade in vollem Gange, wir sind zu zweit dran.« – »Prima, Beate, vielen Dank für diese ersten Ergebnisse; die helfen mir schon mal ein schönes Stück weiter. Bin heute Nachmittag auf jeden Fall erreichbar, wenn nicht hier, dann auf dem Handy. Ruf mich an, sobald du was weißt. Danke nochmals.«
Judith wollte fast schon auflegen, als Beate noch eine Frage wichtig war: »Weißt du denn eigentlich, wann unser Neubau in Bayreuth endlich mal fertig werden soll? Mich regt das so auf, dass wir unsere Arbeit hier in Bamberg machen müssen. Jetzt zieht sich das schon über ein Jahr hin. Auch Heinz nervt das gewaltig; hat

er noch nichts gesagt?« – »Nein, Beate, aber was ich so mitbekomme, steht da gerade mal der Rohbau; seit dem Frühjahr hat sich dort drüben so gut wie nichts getan. Ich mach mich bei Gelegenheit mal schlau.« – »Na ja, ist auch nicht so wichtig, aber halt auch kein Dauerzustand. Also dann, bis heute irgendwann. Tschüss Judith.« – »Tschüss Beate.«

Mit einem Mal dachte Judith auch darüber nach, dass sowohl die Gerichtsmedizin als auch die Kriminaltechnik schon vor über einem Jahr von Bayreuth nach Bamberg ausquartiert worden waren. Der Altbau im Herzen von Bayreuth war im vorigen Jahr nach einem Dachstuhlbrand und Löschwasserschaden in der Folge abgerissen worden. Seitdem waren die Kollegen in Bamberg in einer ehemaligen US-Kaserne mehr schlecht als recht untergebracht.

Heinz Rütters und Franz Wegener hatten das Telefonat Judiths mit Beate mitgehört. »Ich sage überhaupt nichts mehr zu dem Scheiß in der Kaserne. Man gewöhnt sich ja bekanntlich an alles, muss es aber nicht.« Heinz merkte man den Ärger über den derzeitigen Zustand der Ermittler schon deutlich an. Franz nickte stumm dazu.

»Gut, Judith, du hast genug zu tun. Wir fahren zurück nach Bamberg. Falls was ist, melde dich und sag Ole alles Gute von uns zweien.« – »Mach ich, Heinz, kommt gut nach Hause. Robert, hilf den beiden bitte, ihre Sachen nach draußen zu bringen.« Robert sprang sofort von seinem Platz auf und begleitete die beiden nach draußen zu ihrem Fahrzeug.

Claudia erhob sich ebenfalls, schob aber die Bürotür von innen zu. Judith ahnte, was folgen würde. Und in der Tat ... Claudia sprach davon, dass sie Robert ein Limit gesetzt habe, sich zwischen seiner Freundin Frauke aus Pottenstein und ihr zu entscheiden. »Das ist gut so, Claudia, du brauchst Gewissheit. Aber was machst du, falls er sich für Frauke entscheidet?« Claudia konnte darauf nicht mehr darauf antworten, weil Robert schon nahte. Judith raunte ihr nur noch zu, dass sie ein andermal darüber sprechen würden. Claudia nickte dankbar. Judith hatte Bedenken und auch etwas Angst, womöglich eine gute Mitarbeiterin zu verlieren. Aber das war eine Angelegenheit, die noch Zeit hatte.

Judith stand vor dem noch immer leeren Whiteboard, war aber in Gedanken bei der Frauenleiche im Büroschrank. *Wer mochte sie gewesen sein und warum musste sie sterben?* Sie nahm eine Aufnahme der Brandruine, die Ole ausgedruckt hatte, und befestigte sie mit einem Magneten in der Mitte der Schautafel. Links daneben schrieb sie *Alutec Fichtelberg* und *Ralf Volkmann,* lehnte mit dem Rücken, die Hände dahinter verschränkt, an der Schreibtischkante, schaute auf das Whitheboard und überlegte, Claudia und Robert eventuell nach Fichtelberg zu schicken für Ermittlungen vor Ort. Doch tiefe Zweifel, ob dies eine gute Idee sei, kamen in ihr hoch, denn wären die beiden allein unterwegs, hätten sie doch keinen Kopf für den Fall. Folglich verschob sie den Gedanken daran. Wenn nur Ole hier wäre.
Die große Uhr über der Eingangstür zeigte jetzt 11:20 Uhr.
Ralf Volkmann ist etwa gegen neun Uhr dreißig am Morgen in Essen losgefahren … Bei gutem Durchkommen braucht er mindestens fünf Stunden, vermutlich sechs. Seine Ankunft in Bayreuth dürfte folglich nicht vor fünfzehn Uhr dreißig zu erwarten sein …

Kurzerhand entschied sie, selbst und nur mit Robert nach Fichtelberg zu fahren und Claudia hier im Büro zu lassen. Sie setzte Claudia von ihrem Vorhaben in Kenntnis, sah ihr aber sofort an, dass ihr das nicht passte. Zum jetzigen Zeitpunkt war das Judith jedoch egal, musste sie doch daran denken, diesen Fall – ihren ersten allein verantwortlich – schnellstens zu lösen.
Robert nahm die Autoschlüssel an sich und warf Claudia im Gehen einen Blick über die Schulter zu, betont durch ein Achselzucken. Judith war nahe daran, die beiden zurechtzuweisen. Hatten sie doch keinerlei Anspruch darauf, wegen ihrer Heimlichkeiten ständig beisammen zu sein. Knapp davor, ihrem Ärger freien Lauf zu lassen, wurde sie durch den Eingang einer WhatsApp-Message abgelenkt… Carsten. Nervös öffnete sie das mitgesandte Foto. Auch wenn sie nicht viel wusste über die Rangabzeichen bei der Bundeswehr, ahnte sie doch, dass dies etwas mit einer Beförderung zu tun haben musste. Zumal Carsten drei lachende Smileys daruntergesetzt hatte. Anscheinend hatte er keine Gelegenheit zu telefonieren gehabt, sonst hätte er sicher angerufen.
Judith lächelte und forderte Robert auf, endlich zu fahren.

»Dachte, ich solle warten«, brummte er missmutig. Judith schenkte der Bemerkung keinerlei Beachtung, war sie doch mit einem Mal innerlich völlig ruhig. *Wenigstens hat Carsten keine Probleme mit Major Gruhn.* Anscheinend war der Grund ihrer Besprechung etwas Erfreuliches.
Sie schwiegen. Die Fahrt führte über die B303 von Bayreuth bis zur Abfahrt nach Fichtelberg. Nur das

Navi unterbrach ab und zu die Stille. Am Ortseingang des Luftkurortes Fichtelberg übersah ein junger Mopedfahrer den vorfahrtsberechtigten BMW der Kommissare. Robert wurde zu einer Vollbremsung genötigt und machte seinem angestauten Ärger mittels diverser Kraftausdrücke, dem Mopedfahrer zugedacht, Luft. Nun riss aber auch endlich Judiths Geduldsfaden. Sie befahl Robert, an einer Bushaltestelle anzuhalten – dann folgte eine lautstarke Standpauke bezüglich seiner privaten Beziehungen während der Dienstzeit. Er sackte immer tiefer in den Fahrersitz, keiner Widerrede mehr fähig, die Judith auch nicht zugelassen hätte. Sie wies ihn an, die Fahrt fortzusetzen.
Ein Hinweisschild *Alutec.* Sie bogen am Ortsende rechts in einen schmalen, steil abfallenden Weg ab. Über der Einfahrt des Betriebsgeländes prangte ein übergroßes Firmenschild. Robert parkte – *Nur für Besucher* – direkt vor dem Firmenbüro. Sie stiegen aus und sahen sich auf dem Betriebsgelände um. Da stieß Robert Judith leicht in die Seite und deutete auf einen auffälligen Geländewagen der amerikanischen Marke General Motors, der etwas abseits hinter einigen Paletten mit Aluminiumblechen stand. Judith nickte und zeigte damit an, das Fahrzeug ebenfalls bemerkt zu haben. Hinter dem einzigen Fenster des vermeintlichen Büros zeigten sich zwei Personen, die zu ihnen herübersahen. Die Kommissare gingen direkt darauf zu. Eine der beiden, eine etwa vierzigjährige Frau, deutete einen Bogen nach rechts an zu einer halb offen stehenden Eingangstür. Sogleich erschien auch ein, schätzungsweise, Zwei-Meter-Mann im Türrahmen. Den Kopf musste er leicht schräg halten, um nicht dagegen zu stoßen.

Unversehens sah Judith dem Hünen sofort auf die Füße. Ihr kam beim Anblick derart riesiger Schuhe Carsten in den Sinn, der seine Schuhgröße stets als *Kindersärge* bezeichnete. Seine derbe Ausdrucksweise missfiel Judith von Mal zu Mal. Mit diesem Mann tauchte auch die blonde Frau auf, die eben noch am Fenster hinter ihm gestanden hatte.
Judith und Robert präsentierten ihre Dienstausweise und stellten sich vor: »Hauptkommissarin Judith Streng, Kripo Bayreuth. Dies ist mein Kollege Kriminalkommissar Robert Jahn. Dürfen wir reinkommen?
»Um was geht es denn?«, fragte der Riese.
»Damit eines von vornherein klar ist«, reagierte Judith und erhob die Stimme, »die Fragen hier stelle ich. Wenn wir jetzt bitte nach drinnen gehen könnten …«
Wortlos drehten sich die beiden Firmenangehörigen um und gingen voran in ein unaufgeräumtes Büro. Eilig räumte die blonde Frau zwei Plastikstühle frei und bat die Kommissare, sich zu setzen. *Geht doch,* dachte Judith und sah die beiden an.
Der Mann stellte sich nunmehr als Ben Johnson vor. Er sei hier der Vorarbeiter und Stellvertreter seines Chefs.
»Gerlinde Volkmann. Meinem Mann und mir gehört hier die Werkstatt. Sie kommen bestimmt wegen des Brandes in Weißenstadt?«
»Genau deswegen sind wir hier.« Judith stand wieder auf. Sie fühlte sich nicht sonderlich wohl angesichts des neben ihr stehenden riesigen Mannes. »Warum waren Sie am Nachmittag des Brandes nicht in Weißenstadt? Das Gebäude gehört doch ihnen und ihrem Mann?«
Judith behielt Ben Johnson während der Befragung stets im Auge.

»Ich erfuhr erst Montagfrüh aus der Zeitung, dass es in unserem Haus gebrannt hat. Dann habe ich auch gleich meinen Mann angerufen. Der hat mir dann erzählt, dass Ben ihn schon informiert und er bereits mit der Polizei gesprochen habe.«
»Wann war das genau, um welche Uhrzeit?« Robert holte wieder seinen Schreibblock aus dem Sakko.
»Ach, die genaue Uhrzeit weiß ich jetzt nicht mehr, irgendwann zwischen acht und halb zehn. Um halb zehn bin ich raus in die Pause zu den Männern und habe es ihnen erzählt.« – »Sie haben es also aus der Zeitung erfahren?«, hakte Robert nach. Gerlinde Volkmann nickte und wurde sichtlich nervös. »Warum haben Sie, Herr Johnson, ihrer Chefin nichts von dem Feuer erzählt? Sie haben es doch anscheinend vor Frau Volkmann gewusst.« – »Ich war mit dem Auto unterwegs, Ersatzteile holen in Bayreuth. Habe Ralf von unterwegs aus angerufen und die Zeitung an der Tankstelle in Bad Berneck gelesen; das können Sie nachprüfen.« – »Das werden wir auch tun, darauf können Sie sich verlassen. Gibt es einen Tankbeleg oder eine sonstige Quittung von der Tankstelle? Das würde die Sache sehr beschleunigen.« – »Ich habe nur einen Kaffee und Kippen an der Tanke gekauft, dazu brauche ich keine Rechnung in fünffacher Ausfertigung«, spottete Johnson. »Nun, auch das werden wir nachprüfen.« – »Tun Sie, was Sie nicht lassen können.«
Ben Johnson griff in die Innentasche seiner Jacke, worauf Robert erschrocken hochfuhr und seine Waffe aus dem Holster riss. Johnson grinste breit und hielt ein Päckchen Zigaretten der Marke Marlboro hoch. »Dir geht ganz schön die Düse, was?« Er grinste.

»Ich kann mich nicht erinnern, Ihnen erlaubt zu haben, mich zu duzen.« Robert steckte seine Dienstwaffe zurück.
Gerlinde Volkmann hinterm Schreibtisch verfolgte sichtlich ängstlich die sich langsam hochschaukelnde Situation.
»Dann noch mal zu Ihnen, Frau Volkmann. Ist Ihnen inzwischen vielleicht eine genauere Uhrzeit eingefallen?« Judith stützte sich vor ihr ab, mit beiden Händen auf dem mit Papieren übersäten Schreibtisch, und sah der Frau dabei fest ins Gesicht. Verlegen sah die wohl eher Mittvierzigerin zur Seite und schüttelte den Kopf. Judith war nahe daran, den beiden zu offenbaren, das es sich nicht nur um Brandstiftung, sondern auch um einen Mord handelte. *Wusste womöglich einer oder wussten sogar beide, was in dem Gasthaus wirklich geschehen war?* Auf keinen Fall aber wollte sie eine Flucht von Ralf Volkmann riskieren … *Falls dieser nicht schon getürmt war.* Judith sah auf ihr Handy. Kein Anruf, keine Nachricht. 13:10 Uhr. *Noch gut zwei Stunden, dann müsste Volkmann in Bayreuth aufschlagen. Wenn!* Zum ersten Mal vermisste sie Ole, sie war unsicher, durfte sich dies jedoch nicht anmerken lassen. Schon allein Roberts wegen nicht.
»Haben Sie Ihren Mann vom Festnetz oder vom Handy aus angerufen?« – »Ich verstehe nicht, wozu das gut sein soll, das ist doch scheißegal«, mischte Johnson sich ein. »Herr Johnson, falls es Ihnen lieber ist, können wir Sie beide auch getrennt befragen, bei uns in Bayreuth.« Da gab Ben Johnson plötzlich klein bei und sah seine Chefin an, die wie verstört hinter ihrem Schreibtisch saß. Immer wieder sah sie ihren Mitarbeiter an, der sich jetzt aber ruhig verhielt. Gerlinde Volkmann gab nun

an, ihren Mann vom Festnetz aus angerufen zu haben, und den Zeitpunkt lege sie jetzt fest zwischen halb neun und neun am Montagmorgen.
Robert notierte sich die Aussagen der beiden eifrig auf seinem Notizblock.
Mit einem Mal schien es, als habe Frau Volkmann ihren ganzen Mut zusammengenommen. Sie stand auf, lehnte sich an die Wand neben dem einzigen Fenster und verschränkte die Arme vor der Brust. »Was soll das hier eigentlich werden?«, fragte sie, an Judith gerichtet. »Soll das etwa ein Verhör sein? Werden wir etwa verdächtigt, Ralfs Heiligtum angesteckt zu haben?« – »Frau Volkmann, wir verdächtigen hier niemanden, wir verhören Sie auch nicht. Dafür gibt es überhaupt keine Rechtslage. Wir möchten uns nur ein allgemeines Bild von den Umständen des Anwesens in Weißenstadt machen. Alle Anzeichen sprechen dafür, dass hier Brandstiftung vorliegt. Es ist unsere Aufgabe, die näheren Umstände zu ermitteln und natürlich auch den Täter zu stellen. Wenn Sie sich unseren Ermittlungen widersetzen, liegt es doch nahe, dass wir Sie zum Kreis der Verdächtigen zählen. Es liegt also bei Ihnen, mit uns zusammenzuarbeiten und somit beizutragen, die Tat aufzuklären. Mehr wollen wir nicht. Wenn Sie uns jetzt noch erzählen, wo Sie sich am Samstag, sagen wir von zehn Uhr vormittags bis drei Uhr nachmittags aufgehalten haben, sind wir auch schon wieder weg.«
»Also sind wir doch verdächtig!«
Judith ignorierte die Bemerkung von Johnson und sah Frau Volkmann und ihn auffordernd an.
»Ich war am Samstag den ganzen Tag in der Werkstatt«, sagte Ben Johnson, »und Gerlinde kann das

bestätigen. Sie war nämlich auch den ganzen Tag im Geschäft. Bei uns ist nicht schon Freitagmittag Feierabend, wir haben Aufträge, die erledigt werden müssen.
Robert sah von seinem Block hoch und fragte direkt Gerlinde Volkmann. »Sie können doch bestimmt selbst sagen, wo Sie sich am Samstag aufgehalten haben, Frau Volkmann« – »Natürlich kann ich das«, erwiderte sie patzig, »wie Ben schon gesagt hat: Ich war hier im Büro, habe Rechnungen überwiesen und halt sonst noch einiges an Büroarbeit erledigt.«
»Gut, dann wollen wir Sie nicht länger aufhalten, werden aber ihre Aussagen selbstverständlich überprüfen.« Robert blätterte seinen Notizblock weiter und hielt kurz inne, als ob ihm noch etwas eingefallen wäre. »Halt, ja, wir bräuchten dann noch ihre Personalien. Wenn ich kurz ihre Ausweise sehen dürfte ...«
Frau Volkmann holte ihre Handtasche, die über einem der Stühle hing. Umständlich kramte sie ihre Papiere heraus und gab den Personalausweis an Robert weiter. Ben Johnson sagte gereizt, er müsse den Ausweis erst aus seinem Wagen holen und ging raus. Kam nach wenigen Minuten mit einem abgelaufenen Militärausweis der US-Streitkräfte zurück und übergab ihn an Robert, der ihn sich kurz ansah und an Judith weiterreichte. Sie überflog ihn kurz.
»Herr Johnson, was soll das? Weshalb arbeiten Sie ständig gegen uns? Dieses Dokument hat seine Gültigkeit im April 2015 verloren. Besitzen Sie eigentlich keine deutsche Staatsangehörigkeit?« Judith wurde mit einem Schlag ziemlich mulmig, denn in diesem Fall läge die ganze Angelegenheit bei der amerikanischen Militärpolizei.

»Doch, doch«, antwortete Johnson, »ich habe meinen deutschen Pass nur nicht hier, sondern in meiner Wohnung.«
Judith fotografierte beide Dokumente und sah dann Ben Johnson an. »Es gibt jetzt genau zwei Möglichkeiten, Herr Johnson, entweder Sie zeigen uns einen gültigen Pass oder wir nehmen Sie zur Feststellung der Personalien mit zur Dienststelle.«
»Ich sagte doch schon, dass ich ihn in der Wohnung habe.« – »Und wo, bitteschön, ist ihr Zuhause?« Robert stand auf.
»Ich wohne in Bischofsgrün, in einer Pension, und da ist dieser Fetzen.« Johnson gab sich schon wieder angriffslustig, was Judith aber sofort abblockte. Sie bot ihm an, anlässlich der Rückfahrt zum Präsidium hinter ihm her zu fahren, um die Personalien zu überprüfen. Ben Johnson erklärte sich widerwillig einverstanden und zog seine Autoschlüssel aus einer verwaschenen Jeansjacke.
Die Kommissare verabschiedeten sich von Frau Volkmann und gingen mit Johnson nach draußen. Judith erklärte ihm, dass sie hinter ihm herfahren würden und er seine Fahrweise so wählen müsse, dass beide Wagen zusammenblieben. Nach einem Kraftausdruck auf in seiner Muttersprache setzte er sich ans Steuer des Geländewagens.

Hintereinander fuhren sie durch Fichtelberg in Richtung Bundesstraße. Judith bemerkte, wie Ben Johnson immer wieder in den Rückspiegel sah. Der Wagen war ein olivfarbenes Fahrzeug der Marke Hummer. Anscheinend befand er sich einmal im Besitz der amerikanischen Streitkräfte, worauf die lange, nach unten gebogene Funkantenne schließen ließ. Auch ein notdürftig mit Farbe überpinseltes taktisches Zeichen zeugte von der früheren Verwendung des Fahrzeugs in der US Army.

»Das passt ja hervorragend zu unseren Spuren am Brandort«, stellte Robert fest und sah dabei Judith an.

»Meinst du jetzt das Fahrzeug oder den ganzen Kerl?« – »Beides. Ich bin vorhin schon erschrocken, als der seinen Militärausweis rauszog. Dann hätten wir gleich wieder einpacken können.«

Judith wählte die Nummer des Präsidiums in Bayreuth. Claudia meldete sich und fragte sogleich, ob es etwas Neues gäbe. Judith las ihr das Kennzeichen des Jeeps vor und bat sie um eine Halterabfrage. Claudia wollte sich sofort darum kümmern.

Nach etwa zehn Kilometern bog Herr Johnson an der Höhenklinik kurz vor Bischofsgrün ab und fuhr durch die in einer Senke liegende Ortschaft. Nach mehrmaligem Abbiegen blieben sie vor einem zweistöckigen Haus stehen.

Die Außenfassade des Gebäudes hat auch schon bessere Zeiten gesehen, dachte Judith und stieg aus. Ben Johnson kramte in seiner Hosentasche und fischte umständlich einen überlangen Bartschlüssel heraus. Eine ältere Frau mit schlohweißem Haar hackte in dem ungepflegten Garten vor dem Haus anscheinend Unkraut. Neugierig drehte sie den Kopf in Richtung der beiden Kommissare, nur um sodann blitzschnell durch den Kellereingang ins Haus zu verschwinden. Johnson dagegen stieg zielstrebig die Treppe hoch zur Haustür und verschwand dahinter.

»Robert, geh' bitte hinten um das Haus, nicht dass der die Biege macht und doch noch abhaut.« Robert Jahn

grinste: »Das hatten wir schon mal, hm …?« Judith nickte, wusste sie doch sofort, worauf er anspielte.
Beim letzten Fall versuchte ein Tatverdächtiger in Harsdorf nahe Kulmbach durch ein rückwärtig gelegenes Fenster zu entkommen. Dabei lief er Claudia und Robert direkt in die Arme.
Judiths spürte, wie das Handy in ihrer Tasche vibrierte. Sie zog es heraus und sah Oles Nachricht: *Es ist aus.* Sie wusste, was damit gemeint war, seine Mutter war verstorben. Auf Ole würde sie folglich in nächster Zeit nicht zurückgreifen können. »Mist«, flüsterte sie, »gerade jetzt würde ich dich so dringend brauchen!«
Als hätte er ihre Gedanken gelesen, brummte das Handy erneut: *Bin morgen früh im Büro.* Sie entschied, sich erst gegen Abend mit ihm kurzzuschließen.
Da kam Johnson wieder heraus, in der Hand einen roten Reisepass.
Judith überprüfte die Gültigkeit des Dokuments und stellte fest, dass auch dieses im Oktober letzten Jahres abgelaufen war. Die Frage nach dem Besitz eines gültigen Personalausweises verneinte er. *Wenigstens kann er damit nicht abhauen,* dachte sie und verlangte bis morgen zwölf Uhr eine Bestätigung der Gemeinde, in der er gemeldet war. Nach den Angaben im abgelaufenen Pass betraf dies Grafenwöhr in der Oberpfalz.
Robert kam soeben von seinem Kontrollgang um das Haus zurück und hörte mit an, was Judith mit Johnson besprach. Sie fotografierte den Reisepass und stellte noch einige Fragen zu seiner Person. Im Gespräch erfuhren die Kommissare, dass Ben Johnson Sohn eines amerikanischen Soldaten und einer deutschen Mutter sei. Auch er sei Angehöriger der US-Streitkräfte gewesen. Doch nach der Rückverlagerung seiner Einheit

im Jahre 2012 in die Heimat seines Vaters habe er sich entschlossen, mit seiner Mutter in der Oberpfalz zu bleiben und sei aus der Armee ausgeschieden. Seitdem schlage er sich mit Gelegenheitsarbeiten durch. Im letzten Frühjahr habe er dann die Arbeitsstelle in Fichtelberg bekommen und sich dort gut eingearbeitet. Auf die Frage, wie viele Arbeiter in der Firma beschäftigt seien, antwortete Johnson, dass neben Frau Prandl, der Schwester der Chefin, noch Abbas und Halim, zwei syrische Flüchtlinge, beschäftigt seien. Frau Prandl arbeite nur stundenweise, und die beiden Syrer kämen nur, wenn der Chef sie anrufe.

Robert schrieb wie immer stets mit und erkundigte sich nach den Nachnamen der beiden Männer. Johnson konnte oder wollte sie aber nicht nennen, er wisse es nicht. Ein Blick zu Judith genügte – und Robert wusste, was er als Nächstes zu tun haben würde. Er zog einen Strich unter seine Notizen und schrieb dick *Arbeitserlaubnis!!!!!* darunter.

»Wir werden bestimmt noch einige Fragen an Sie haben.« Judith hatte es plötzlich eilig, nach Bayreuth zu kommen.

Sie saßen schon im Wagen, da klingelte Judiths Handy. Sie nahm das Gespräch entgegen und stellte die Freisprechanlage auf laut – Claudia, mit Informationen zur Halterabfrage des amerikanischen Geländewagens: »Zugelassen ist das Fahrzeug auf die Firma Alutec in Fichtelberg.« Judith fragte nach, ob Herr Volkmann schon in Bayreuth eingetroffen sei, was ihre Kollegin verneinte.

Mittlerweile war es kurz vor 15 Uhr. Judith wog ab, ob es Sinn machte, Volkmann anzurufen und setzte sich eine Frist bis 16 Uhr.

In Bad Berneck überprüften sie noch rasch das Alibi Johnsons in der Tankstelle. Die Angestellte erklärte, dass sie am Montag erst um vierzehn Uhr in der Tankstelle angefangen habe. Der Kollege von der Frühschicht sei jetzt aber nicht mehr hier. Judith las das Namensschild und bat Frau Brucker darum, ihren Kollegen zu informieren, er möge bitte morgen früh unter der Nummer auf ihrer Visitenkarte im Präsidium anrufen. Frau Brucker versprach, dies zu erledigen.

Die weitere Rückfahrt führte diesmal nicht über die Bundesstraße durch das hohe Fichtelgebirge, sondern bis zum Autohof in Himmelkron an der A9. Dort gönnten sie sich eine kleine Kaffeepause. Der Autohof, ein privat geführter Rastplatz, wies nicht so sehr das übliche sterile Ambiente der Autobahnraststätten auf, sondern war eher wie ein gemütlicher Landgasthof eingerichtet. Zwanzig Minuten später waren sie wieder auf der Fernstraße gen Bayreuth.
In der Oberfrankenmetropole setzte um diese Zeit schon der Berufsverkehr ein. Pendler aus vielen Nachbarlandkreisen traten jetzt ihre Heimfahrt an. Deshalb war der Weg zur Dienststelle ein ständiges Stop-and-go an den zahlreichen Ampeln. Zwei Querstraßen vor dem Polizeigebäude klingelte Judiths Handy – Claudia. Sie drückte den Anruf weg. Als Robert schließlich den Wagen auf den Parkplatz steuerte, fiel Judith ein Stein vom Herzen: Direkt vor dem Haupteingang stand ein rotes Mercedes Coupé mit Bayreuther Kennzeichen – Volkmann war da. Judith blies beide Backen auf und prustete laut aus.

KAPITEL 8

Sie freute sich, zu Hause zu sein. Das Gespräch vorhin mit Herrn Volkmann hatte noch eine gute Stunde in Anspruch genommen. Volkmann wollte danach möglichst rasch zu seinem Anwesen nach Weißenstadt. Judith vereinbarte einen Termin mit ihm für den nächsten Morgen 8:30 Uhr. Dann würde auch Ole zugegen sein.

Carsten hatte einen Zettel hinterlegt: *Hole Alex vom Kindergarten ab und fahre dann noch zu Renates Bioladen.* Er erledigte sehr gern selbst die Einkäufe – und Alexander begleitete ihn besonders gern dabei, widersprach Carsten doch nicht, wenn der Kleine seine Wünsche vorbrachte. Das Resultat waren hinterher meist zwei übervolle Einkaufstüten. Zur Freude Judiths akzeptierte Alex ihren Lebensgefährten als Vaterersatz. Ab und zu fragte er aber dennoch, warum Papa nicht wieder komme. Sie beherrschte mittlerweile aber das eine oder andere Ablenkungsmanöver, wenn Alexander dieses Thema ansprach.

Judith deckte gerade den Abendbrottisch, als im Treppenhaus lautes Gepolter zu vernehmen war. Sie öffnete die Türe zum schmalen Treppenhaus und begrüßte ihre beiden Männer. Alexander zeigte sofort stolz auf Carstens Feldjacke: »Carsten ist *beföddert* worden«, rief er, »ich weiß aber nicht, was das bedeutet….« Sein Reden überschlug sich geradezu vor Aufregung.

»Nun kommt erst mal rein und dann alles schön der Reihe nach«, lachte Judith und nahm Carsten in den Arm. »Meinen herzlichen Glückwunsch, Herr ääh…

was ist das überhaupt?« – »Stabsfeldwebel. Major Gruhn hat mich heute zum Stabsfeld befördert. Ich war total von den Socken. Hatte heute früh mit allem gerechnet, nicht aber damit. Aber lass uns erst mal zu Abend essen, dann erzähle ich euch alles.«

Das Abendbrot fiel recht kurz aus, wollte Judith doch möglichst rasch Einzelheiten erfahren, die zu dieser plötzlichen Beförderung ihres Freundes führten. Also holte Carsten etwas weiter aus: Der Beförderung wäre ein längeres Gespräch mit Oberstleutnant Reinhardt vom Stab und Major Gruhn als Kompaniechef vorausgegangen. Hauptmann Hollweg scheide überraschend noch in diesem Jahr aus der Truppe aus und ginge in den Vorruhestand. Durch die Verkleinerung des Bataillons sei auch kein Offizier mehr als Kompaniechef notwendig. »Major Gruhn hat mich beim Oberstleutnant zum Nachfolger des Chefs der Ersten Kompanie vorgeschlagen und – was soll ich sagen – ab ersten August bin ich es.«

Sie wollten die Folgen der Beförderung erst besprechen, nachdem Alexander im Bett verschwunden wäre. Der spürte die in der Luft liegende Aufregung und wollte partout nicht schlafen gehen. Erst als Carsten ihm versprach, am nächsten Tag mit ihm auf die Plassenburg zu gehen, willigte Alexander ein. Er liebte die Zinnfigurensammlung droben auf der Burg über alles, kannte viele der dargestellten Szenen auswendig und konnte deren Bedeutung nacherzählen. Judith brachte ihn ins Bett und las ihm noch eine Rittergeschichte vor.

Im Wohnzimmer hatte Carsten schon zwei Gläser mit ihrem Lieblingssekt eingeschenkt. Judith liebte dieses rosafarbene Getränk sehr. Sie stießen auf Carstens Beförderung an und sprachen über seinen weiteren

Werdegang bei der Truppe. Er war Zeitsoldat, hatte sich für acht Jahre verpflichtet, und nun stand eine erneute Verpflichtung für weitere vier Jahre an.
Judith meldete schon seit geraumer Zeit Bedenken an für eine Verlängerung seiner Dienstzeit. »Ich habe doch nur Angst, dass du dann doch mal nach Afghanistan versetzt wirst.«
Die Verlagerung der Kompanie in das Kriegsgebiet stand vor Kurzem als hartnäckiges Gerücht im Raum.
»Judith, sollte es so sein, muss ich es hinnehmen. Wir wussten immer, worauf ich mich einlasse. Aber die Chance, jetzt die erste Kompanie zu übernehmen, konnte ich nicht ausschlagen.« Carsten nahm Judith in den Arm und drückte sie ganz fest. Klar, sie wusste, wie sehr er an seiner Aufgabe bei der Bundeswehr hing, konnte ihm daher nicht im Weg stehen und willigte ein, dass er sich am nächsten Tag für weitere vier Jahre verpflichtete. Sie hoffte ja insgeheim, demnächst selbst zur Beförderung vorgeschlagen zu werden. Dann würde auch er ihr nichts in den Weg legen. Sie guckte ihn von der Seite an und sah, wie glücklich er doch war. Carsten drehte seinen Kopf zu Judith und küsste sie innig.

Dienstag. Tag drei

Der Wecker summte um fünf. Judith löste sich aus Carstens Umarmung und ging ins Badezimmer, sah in den Spiegel und freute sich über das zufriedene Lächeln, das sich widerspiegelte. Carsten erschien, noch etwas schlaftrunken, und umklammerte sie. »Danke«, hauchte er ihr ins Ohr und küsste sie liebevoll auf den Nacken. »Ich freu' mich für dich«, lächelte Judith und bahnte sich den Weg in die Dusche. Nach beendeter Morgentoilette deckte sie den Frühstückstisch und weckte Alexander. Sie wollte heute etwas früher im Büro sein, um das Protokoll Kriminaldirektor von Gräfenberg zu bringen in der Hoffnung, Robert und Claudia hatten es noch am gestrigen Abend verfasst. Andrerseits war sie gestern mit Kriminaloberrätin Herbst so verblieben, das Schriftstück erst heute Morgen fertigzustellen.

Alexander wollte heute wieder nicht in den Kindergarten. Trotz aller erfreulichen Nachrichten befand er sich momentan in einer richtigen Trotzphase. Alle Überredungskunst half nichts, sodass Judith nur noch einen Ausweg wusste. Sie rief ihre Mutter in Kemnath an und fragte, ob sie sich des Kleinen annehmen könne. Kerstin Streng sicherte ihrer Tochter zu, um neun in Kulmbach zu sein und später Alexander auch wieder vom Kindergarten abzuholen. Gottlob war Alexander mit dieser Lösung einverstanden.

Auch Carsten brauchte heute eine kleine Ewigkeit; nichts passte ihm am Sitz seines *kleinen Dienstanzugs.* Judith verstand auch nicht, warum er heute unbedingt diese Uniform tragen musste, wo er sonst doch seinen legeren Kampfanzug als Dienstkleidung vorzog. Selbst die Schuhe polierte er nochmals extra. Sie gab ihm einen Kuss und zog an seiner Krawatte. »Du Hexe!«, schrie er und rannte wieder ins Badezimmer.

»Bis heute Abend«, rief Judith ihm hinterher und verließ, nahezu fluchtartig, die gemeinsame Wohnung. Während der Fahrt nach Bayreuth sah sie über dem Oschenberg, dem Hausberg Bayreuths, das sich dort ein Gewitter mit schwarzen Gewitterwolken zusammenbraute. Der Wetterbericht hatte auch für heute schwere Unwetter im Bergland vorhergesagt.

KAPITEL 9

Sie war die Erste im Büro. Fein säuberlich, noch am Abend aufgeräumt von Claudia und Robert, präsentierten sich die vier Schreibtische. Der Bericht für die Dienststellenleitung lag, ordentlich gestapelt, auf ihrem Platz. Judith überflog die vier Seiten und nickte zufrieden.

Auf dem Weg nach oben dachte sie an die beiden jungen Kollegen. *Wie wird sich Robert entscheiden? Und was wird Claudia tun, falls er sich für seine jetzige Freundin Frauke entscheidet? Eigentlich geht es mich ja nichts an.* Sie klopfte beim KD an … Von innen kam keine Aufforderung einzutreten, Nichts. Sie drückte die Türklinke vorsichtig nach unten, doch die Türe war verschlossen. Den Bericht steckte sie deshalb in das für solche Fälle vorgesehene Fach neben der Tür.

Auf dem Weg nach unten kam ihr Frau Staatsanwältin Reiter entgegen. Judith berichtete ihr kurz von den Geschehnissen des gestrigen Tages und versprach, eine Kopie des Berichtes in ihr Zimmer zu bringen. Freundschaftlich verabschiedeten sie sich. Judith freute sich über das gute Verhältnis zur Staatsanwaltschaft. Bei ihrem letzten Fall ging es noch deutlich frostiger zu; sie war damals sehr kritisch beobachtet worden und in der Führung herrschte große Skepsis hinsichtlich ihrer Eignung zur selbstständigen Leitung der Abteilung drei. Nach erfolgreicher Aufklärung des Falles jedoch hatte sich Judith einen festen Platz im Team erarbeitet.

Ole war auch schon im Büro. Sie nahm ihn in die Arme und drückte ihn ganz fest. »Warum kommst du denn

heute überhaupt zum Dienst? Du hast doch bestimmt anderes zu tun.« – »Judith, zu Hause kann ich heute nicht sein, es geht einfach nicht. Ich brauche euch um mich. Außerdem ist unser Fall noch zu frisch. Übersieht man in der ersten Phase etwas – und sei es nur eine winzige Kleinigkeit –, kann sich das später bitter rächen. Außerdem ist doch meine Schwester hier und regelt alles. Mutter hat ja schon zu Lebzeiten alles Nötige veranlasst. Sogar die für den Leichenschmaus ausgewählte Kneipe hat gestern Abend angerufen und nachgefragt, ob wir schon einen Termin wegen der Beerdigung hätten. Mutter hat sogar das Essen schon im Voraus bestimmt. Es könnte nur sein, das ich im Laufe des Tages mal kurz weg muss, falls der Pfarrer zur Besprechung kommt. Aber selbst das könnte Regine auch allein machen.«
Judith sah Ole kurz an und schüttelte mit dem dem Kopf. »Männer!« Sie wandte sich dem Whiteboard zu. »Um halb neun kommt übrigens Herr Volkmann zur Befragung.« Sie berichtete von den gestrigen Gesprächen mit Frau Volkmann und Ben Johnson. Oles besonderes Interesse galt dem amerikanischen Geländewagen. Beide waren sich jedoch darin einig, dass dieser Fakt nicht unbedingt von Belang sein musste. Es war nicht ungewöhnlich, dass ein Besitzer mit einem seiner Wagen vorfährt. »Auch die Spuren im Gras können nichts beweisen«, sagte Ole.
Claudia und Robert waren inzwischen auch eingetroffen und beteiligten sich rege an der Diskussion.
Das Klingeln des Telefons unterbrach die Debatte. Judith beugte sich über das Telefon und erkannte die Nummer des Anrufers. »Guten Morgen, Beate, was hast du an diesem grauen Dienstagmorgen für uns?« –

»Guten Morgen nach Bayreuth, alle miteinander.« Offenbar ging Beate John davon aus, dass Judith die Freisprechfunktion des Telefons aktiviert hatte. »Ja, ich habe interessante Neuigkeiten wegen der Todesursache der Frau für euch.«

Das Team gruppierte sich ums Telefon und hörte gespannt zu.

»Ich habe im Blut der Toten eine hohe Konzentration an Perchloretylen gefunden. Die genaue Bezeichnung ist eigentlich Tetrachlorethylen. Landläufig wird es auch als Per bezeichnet. Tetrachlorethylen ist in hoher Dosis ein Atemgift, das zu Atemlähmungen und bei längerem Einatmen auch zum Tod führen kann. Die Menge muss aber relativ groß und die Kontaktzeit relativ lange sein. Anders wird die ganze Sache, wenn dieses Per erhitzt wird. Dann entsteht das sogenannte Phosgen und außerdem noch Chlorwasserstoff und Chlor. Dann ist die Einwirkzeit geringer, das heißt, es führt dann schneller zum Tod.« – »Und für was wird dieses Per eigentlich verwendet?« – »Hallo Ole. Dieses Zeug wird meistens in der Metallindustrie zum Entfetten von Metallen verwendet. In geringer Konzentration auch in der chemischen Reinigung. Versteht mich bitte nicht falsch, es muss nicht sein, dass dies wirklich die Todesursache ist, aber bis jetzt habe ich noch nichts anderes gefunden, bin aber mit der Obduktion auch noch nicht ganz fertig. Wollte euch nur mal vorab informieren. Vielleicht könnt ihr damit ja etwas anfangen.« – »Ich denke schon, dass uns diese Information weiterbringt.« Judith schaute dabei Ole an; er nickte zustimmend.

Die Gerichtsmedizinerin beschrieb noch ausgiebig die toxische Wirkung des Reinigungsmittels auf den menschlichen Körper. Robert ging anschließend an das

Whiteboard und schrieb neben das schwarze Kreuz, das den gefundenen Leichnam symbolisierte, *Per.* In diesem Augenblick klopfte es – und herein kam Ralf Volkmann, ohne auf eine Aufforderung gewartet zu haben.
»Herein bitte!«, sagte Claudia in gehobenem Tonfall. Herr Volkmann reagierte erst gar nicht auf ihre Anspielung, sondern begrüßte die Anwesenden auf etwas überhebliche Art. Ole war von diesem Augenblick an klar, dass er mit Volkmann nicht so schnell Freundschaft schließen würde. Robert bot Volkmann einen Stuhl an und bat ihn, Platz zu nehmen. Mit dem Hinweis darauf, er habe nicht viel Zeit, setzte er sich auf den Stuhl und beschwerte sich erst ausgiebig über die Löscharbeiten der Freiwilligen Feuerwehr. Seiner Ansicht nach war viel zu viel Wasser verwendet worden, wodurch die gesamte Statik des Gebäudes in Mitleidenschaft gezogen worden sei und er das Gasthaus wohl abreißen lassen müsse. Nachdem er kurz inne hielt, ergriff Judith das Wort.

»Wenn das dann alles war, was Sie zu bemängeln haben, werde ich ihnen jetzt einmal erzählen, was uns an der gesamten Sache nicht so wirklich in den Kram passt.« Judith lief zweimal um Ralf Volkmann herum und beugte sich dann zu ihm hinab. »Erstens wird die Feuerwehr gewusst haben, wie sie einen Großbrand zu löschen hat. Zweitens konnte während des Brandes niemand wissen, dass hier jemand mit Magnesiumspänen nachgeholfen hat, den Brand in seiner Intensität noch zu steigern. Und drittens konnte auch niemand ahnen, dass in ihrem Anwesen gerade ein Mensch verbrennt.« Judith legte eine Kunstpause ein, um seine Reaktion abzuwarten. »Ob der Leichnam zum Brandausbruch noch gelebt hat oder schon tot war, wird erst eine weitere Obduktion durch unsere Rechtsmedizin ergeben. Ich denke, dass hier Ihre Sorge um die Baufälligkeit des Anwesens ganz weit hinten ansteht.«

Ralf Volkmann saß da wie ein Häufchen Elend und versuchte einen halbwegs vernünftigen Satz zu formulieren. Das gelang ihm nicht so recht, nur gestammelte Worte brachte er hervor. Nachdem er sich scheinbar etwas beruhigt hatte, beteuerte er, von alldem nichts gewusst zu haben. Auch könne er keine Auskunft über die Tote in dem Schrank geben. Er sei am Donnerstag zu seinem Geschäftspartner nach Essen gefahren und auch seit mindestens zwei Wochen nicht mehr in Weißenstadt gewesen.

»Herr Volkmann, fangen wir doch mal von vorn und vor allem der Reihe nach an. Ihnen gehört das alte Gasthaus zur Waldmühle in Schönlind bei Weißenstadt, das hatten wir ja schon am Telefon geklärt.«

Herr Volkmann nickte und erklärte, das Anwesen 2014 gekauft zu haben, um daraus wieder ein florierendes Gasthaus zu machen. Zu dem Gebäude gehörten noch 1,75 Hektar Wald, der aber zurzeit wegen starken Borkenkäferbefalls durch einen Holzdienstleister abgeholzt werde.

Ole erhob sich und setzte die Befragung fort. »Nutzen Sie das Gebäude als Registratur für ihre Geschäftsakten? Oder warum ist bei dem Brand eine große Anzahl an Aktenordnern ein Raub der Flammen geworden?«

»Wir haben in Fichtelberg eben nur die aktuelle Buchhaltung bei uns im Büro. Aus Platzgründen schaffe ich immer mal wieder alte Ordner nach Schönlind.«

Judith – sie stand unverändert an ihrem Schreibtisch – sah Volkmann nachdenklich an, griff zum Telefon und drückte Beates Kurzwahl. Die Gerichtsmedizinerin war sofort dran. Gleichzeitig klingelte Ralf Volkmanns Handy. Er fragte Ole, ob er kurz rangehen dürfe. »Selbstverständlich. Aber gehen Sie bitte nach draußen. Und bleiben Sie bitte auch in Rufweite.« Herr Volkmann ging aus dem Raum, Ole hinterdrein; er öffnete die Bürotür wieder einen Spaltbreit, damit er ihn weiter im Blickfeld hatte.

Judith indessen bat Beate, ein Foto der Toten per Mail sofort an ihre Mailadresse zu senden. Sie unterhielten sich noch eine ganze Weile, währenddessen Judiths Rechner einen Posteingang signalisierte.

Nun kam auch Ralf Volkmann zurück und informierte Ole – er stand noch immer an der Tür –, dass eine seiner Mitarbeiterinnen heute Morgen trotz Abmachung nicht zur Arbeit erschienen sei. Es handle sich um Frau Holischek, die stets sehr zuverlässig sei und vor allem dann, wenn ein wichtiger Auftrag zur Endmontage anstand, besonders gebraucht würde. Ole fragte nach dem vollständigen Namen dieser Mitarbeiterin.

Judith stand, das Foto der Toten in der Hand, im Rücken von Herrn Volkmann und hielt es so, dass Ole es sehen konnte. Volkmann nannte Ole den vollständigen Namen, Geburtsdatum und Anschrift von Frau Holischek. Zudem ließ sich Ole die Mitarbeiterin des Fichtelberger Unternehmers beschreiben und nickte beiläufig zu Judith hin.

»Herr Volkmann, bitte nehmen Sie wieder Platz.« Fragend sah er nun in die Runde. Judith – das ausgedruckte Foto halb zusammengerollt in der Hand – sah ihn eindringlich an. »Herr Volkmann, bitte sehen Sie sich dieses Foto genau an. Handelt es sich hierbei um Frau Olga Holischek?«

Volkmann sah sich das Foto des Leichnams an und schlug die Hände vors Gesicht. »Olga!«, schrie er, »Olga, das ist Olga. Wer hat das getan?« Sein Handy, das er immer noch in der Hand hielt, schleuderte er mit einem kräftigen Wurf quer durchs Büro. »Wer war das? Ich bringe ihn um!« Wieder schlug er die Hände vors Gesicht und begrub es darin. Kopfschüttelnd sprang er plötzlich auf, wollte den Raum verlassen. Robert hechtete mit zwei Sätzen zu ihm und hielt ihn am Oberarm fest. »Beruhigen Sie sich, Herr Volkmann«, versuchte Robert ihn zu bändigen, was ihm jedoch alleine nicht gelang … Ole und Claudia kamen ihm zu Hilfe und brachten den völlig hysterischen Mann zurück auf den Stuhl. Judith bot ihm ein Glas Wasser an. Doch mit einer schnellen Handbewegung schlug er ihr das Glas aus der Hand; scheppernd zerbrach es auf dem Boden. Ehe Judith ihn zurechtweisen konnte, entschuldigte er sich und schüttelte weiter mit dem Kopf. Wiederholt fragte er, mehr an sich selbst gerichtet, wer das getan habe.
Ole bedeutete Judith durch Handzeichen nach unten, etwas mit der Fortführung der Befragung zu warten. Nachdem Herr Volkmann sich etwas beruhigt hatte, sah er aus seiner gebückten Haltung hoch und sagte mit tränenerstickter Stimme: »Finden Sie das Schwein, der das getan hat, oder ich tue es und bringe ihn um.«
»Herr Volkmann, in welcher Beziehung standen Sie zu Frau Holischek?« – »Olga war meine beste Mitarbeiterin, ich konnte mich einhundertprozentig auf sie verlassen. Sie war eine gute Frau.« Er schüttelte unablässig den Kopf und weinte. »Entschuldigen Sie die Frage, Herr Volkmann.« Claudia sah ihn eindringlich an: »Hatten Sie ein Verhältnis mit Frau Holischek?« Ralf Volkmann starrte reglos vor sich hin. Claudia

wiederholte ihre Frage: »Herr Volkmann, ich frage Sie nochmals. Hatten Sie ein Verhältnis mit Olga Holischek?« – »Verdammt noch mal ja, Sie bekommen es ja doch heraus. Ich habe Olga geliebt.« – »Wusste ihre Frau davon?« – »Ich glaube schon.« – »Was heißt, Sie glauben es? Wusste ihre Frau von dem Verhältnis, ja oder nein?« – »Ja. Jedenfalls hat sie mich die letzte Zeit behandelt wie Dreck. Ich war Luft für sie und war ich weg, hat sie mir hinterher spioniert.« – »Auch jetzt, als Sie in Essen waren?« – »Ja. Auch da hat sie die Lebensgefährtin von Klaus, die Julia, angerufen, ob ich allein gekommen bin.« – »Klaus ... wer?« – »Klaus Reichel, mein Freund und Geschäftspartner in Essen« – »Und Julia?« – »Julia Kopp. Sie ist seit einigen Monaten mit Klaus zusammen.«
Judith nahm Block und Kugelschreiber auf und bat Ralf Volkmann, die Adressen und Telefonnummern der beiden aufzuschreiben. Nur mit Mühe brachte er das Gewünschte einigermaßen leserlich zu Papier.
Danach kehrte etwas Ruhe ein. Ole führte die Befragung fort.
»Herr Volkmann, fühlen Sie sich in der Lage, uns noch ein paar Fragen zu beantworten?« Volkmann nickte stumm und sah ihn an – mit einem Blick, der durch den Kommissar hindurch zu gehen schien. Starr saß er da, die Hände wie zum Gebet gefaltet. »Herr Volkmann, wie tief war Ihr Verhältnis mit Frau Olga Holischek? Sie müssen mir die Frage jetzt auch nicht beantworten, wenn Sie nicht wollen.« Volkmann winkte ab. »Ich habe Olga nichts getan, das müssen Sie mir glauben. Wissen Sie schon, wie sie gestorben ist?« – »Herr Volkmann, zum gegenwärtigen Zeitpunkt kann ich Ihnen keine Einzelheiten zu dem Verbrechen an Frau Holischek

nennen. Bitte beantworten Sie nur die Fragen, die wir Ihnen stellen.«
Judith setzte sich auf die Ecke des Schreibtischs und saß somit Volkmann direkt gegenüber.
Die anschließende Befragung, zu der Ole, nach dem Verlesen von Volkmanns Rechten, ein Aufnahmegerät eingeschaltet hatte, ergab außer Zeitangaben des Aufenthalts in Essen keine weiteren Erkenntnisse.

Herr Volkmann wurde vorerst entlassen mit der Auflage, den Landkreis Bayreuth nicht zu verlassen und sich ständig zur Verfügung zu halten.
Nachdem er gegangen war, beschloss Judith noch mal mit Beate zu telefonieren. Gerade als sie die Nummer der Kollegin in Bamberg wählen wollte klingelte Oles Handy. Er bedeutete ihr, nicht zu telefonieren. Sie legte den Hörer wieder auf und wartete das Ergebnis seines Telefonats ab. Sie ahnte, Ole würde nicht mehr bleiben können.
»Kollegen, ich muss kurz mal weg. Das war eben meine Schwester. Der Pfarrer kommt in einer halben Stunde zu uns. Ausgerechnet zu mir nach Hause hat sie ihn bestellt. Ich muss weg, denn bei mir schaut's aus wie bei Hempels unterm Sofa, muss erst mal ein bisschen klar Schiff machen.« Er nahm seine Jacke und ging ohne weiteren Kommentar. Nahe des Hauptausgangs aber machte er wieder kehrt und vermeldete durch den Türspalt: »… komme aber auf jeden Fall danach wieder her.«
Judith schüttelte nur den Kopf und murmelte vor sich hin, dass bei ihm eh Hopfen und Malz verloren und es sinnlos sei, ihm zu widersprechen. Erneut griff sie zum Telefon und drückte Beates Kurzwahl.

»Hallo Judith, was kann ich für dich tun? Möchtest du etwa neue Erkenntnisse über eure Tote? Kannst du haben.«

Judith kam es gelegentlich so vor, als könne Beate Gedanken lesen. Nicht das erste Mal, dass sie ein Gespräch mit einer Frage begann.

»Kurzum, ich bin jetzt fast fertig mit der Obduktion und kann dir sagen, dass die gute Frau noch einige Überraschungen parat hatte. Todesursächlich war nicht allein die hohe Konzentration an Perchloretylen in ihrem Blut, nein, nein, sie hat nebenbei auch noch gekokst. Ich habe neben dem Per auch noch Mephedron gefunden.« – »Meppe… was?« – »Mephedron. Das ist eine psychoaktive Substanz der Gruppe der Amphetamine. In Amerika wird diese Droge auch unter dem Namen Badesalz verharmlost. Das Zeug wird im Internet unter Dünger oder eben Badesalz angeboten. Es versetzt in einen Rauschzustand, wird auch genommen, um letzte Kraftreserven zu mobilisieren. Wie das natürlich mit Per zusammenwirkt, muss ich noch genauer recherchieren. Aber eines weiß ich sicher …« Es folgte eine Kunstpause, »in Verbindung mit Alkohol wirkt es tödlich … und der war auch noch im Spiel. Ihr seht – die ganze Palette!« – »Und was war jetzt die Todesursache?« – »Ich denke, das war der Mix aus allem, man kann hier die Todesursache nicht nur einer Substanz zuordnen. Aber ich habe noch etwas Interessantes für euch«, wieder eine typisch Johnsche Pause, »sie hat all das Zeug nicht freiwillig genommen. Ich habe Knebelspuren an den Handgelenken und Fußknöcheln festgestellt. Das heißt, sie wurde gefesselt. Ob sie da noch bei Bewusstsein war oder vielleicht bewusstlos, muss ich noch rauskriegen. Aber das schaff

ich auch noch.« – »Beate, du bist die Beste, danke für die Info. Ich weiß jetzt, was ich zu tun habe, wie ich weitermache. Danke. Und melde dich, wenn du wieder was hast. Tschau Beate.« – »Tschüs mein Kind, grüß Ole und die zwei Grünschnäbel von mir.«
Schon hatte sie aufgelegt.
Claudia und Robert taten entrüstet. Claudia scherzte, dass dic Altc das büßcn würdc. Und Judith übcrlcgtc, wie sie jetzt fortfahren solle: auf Ole warten und dann nach Fichtelberg fahren, um die Ermittlungen dort weiterzuführen? Oder besser, sich nochmals am Tatort umzusehen? Sie vermisste Oles Ratschlag.
Schließlich fand sie es besser, mit Claudia und Robert in das hohe Fichtelgebirge zu fahren, um weitere Vernehmungen durchzuführen. Es war jetzt 10:30 Uhr, Ole war nun seit einer knappen Stunde weg.
Judith ging kurz noch mal hoch in die Chefetage und gab einen kurzen Zwischenbericht bei Kriminaldirektor Otto von Gräfenberg.

KAPITEL 10

Ole in seiner Wohnung. Er saß in der Mitte seines durchgesessenen Sofas und verschwand fast in dem Teil aus den frühen Achtzigern. Bisher hatte das ja auch niemanden gestört, seine Schwester aber musste es natürlich sofort bemängeln. Es sei nicht gut für seinen Rücken, wenn er ständig darauf herumlümmele. Er wiederum war sich insgeheim gar nicht sicher, ob Regines Anwesenheit was Gutes darstellte. Herr Rothemund, der Geistliche, wollte nun mit dem Trauergespräch fortfahren und riss Ole aus seinen Gedanken. Regine hatte doch schon alles vorbereitet, wozu musste er dann noch zugegen sein? Herr Rothemund las den ihm vorgelegten Lebenslauf der Mutter durch und fand ihn durchaus gelungen. Regine suchte in der Küche vergeblich nach Filtertüten und Kaffee, den sie für den Herrn Pfarrer zubereiten wollte. Also ging Ole in die Küche und zeigte ihr, wo zumindest der lösliche Kaffeeextrakt stand, was sie mit einem Kopfschütteln quittierte. Um weiteren unangenehmen Fragen auszuweichen, erklärte er ihr vorsorglich gleich, dass er seinen Kaffee schwarz zu trinken pflege und deshalb auch keine Milch im Hause sei.

Während er zurück ging zu Herrn Pfarrer Rothemund, sah Ole verstohlen auf sein Handy, das sich in der Hosentasche vibrierend bemerkbar gemacht hatte: *Sind in Fichtelberg. Gruß Judith* stand dort knapp.

Zur gleichen Zeit auf der Fahrt nach Fichtelberg

Judith saß auf dem Beifahrersitz und sah geistesabwesend aus dem Fenster. Claudia hatte diesmal unbedingt fahren wollen, was Robert offensichtlich auch sehr recht war, denn er lümmelte bequem auf dem Rücksitz. Judith dachte darüber nach, wie ihre familiäre Situation sich künftig gestalten würde. Alexander brauchte wieder einen Vater, nicht nur einen Ersatz für Jakob. Carsten hatte sich zwar noch nie dahingehend geäußert, dennoch spürte sie, dass auch er sich nach einer richtigen Familie sehnte. Genau wie sie auch. Und hoffentlich war das mit Jakob endlich bald ausgestanden. Die Scheidung war zwar schon seit Längerem eingereicht, aber bewegen tat sich momentan so gut wie nichts. Jakob schoss immer wieder quer wegen des Sorgerechts für Alexander. Sie würde noch diese oder die nächste Woche mit Tobias, ihrem Anwalt und Freund, darüber sprechen. Oder vielleicht auch erst die übernächste, oder vielleicht doch gleich nach Abschluss des Falls. Sie haderte noch gewaltig mit sich selbst.
Das Ortsschild *Fichtelberg* riss sie aus ihren Gedanken. Schon bogen sie in die Hofeinfahrt der *Alutec* ein. Herrn Volkmanns Wagen stand direkt vor dem Büro. Drinnen schien eine heftige Diskussion im Gange zu sein. Judith erkannte hinter der Glasfront Herrn und Frau Volkmann, beide wild gestikulierend. Vor der Produktionshalle standen zwei Männer, die die Geschehnisse amüsiert verfolgten. Auf diese beiden gingen die Kommissare nun zu und stellten sich vor. Schlagartig war deren Heiterkeit verflogen. In gebrochenem Deutsch versuchten sie den Polizisten klarzumachen, dass sie keine Arbeitsgenehmigung vorweisen könnten. Judith beauftragte Robert mit der Feststellung der Personalien. In der Halle war Ben Johnson damit

beschäftigt, Aluminiumfelgen mithilfe eines Flaschenzugs aus einem dampfenden Kessel zu heben. Er trug dabei eine Atemschutzmaske mit zwei Filtern.
Judith versuchte sich bei ihm durch Gestikulieren bemerkbar zu machen. Claudia hingegen ging sofort wieder ins Freie, weil sich ein doch recht ätzender Geruch bemerkbar machte. Nach einer Weile sah sich Johnson um und bemerkte Judith. Ob er sie nicht eher gesehen hatte oder aber sie nicht sehen wollte, konnte Judith nicht einschätzen.
Johnson nahm die Maske ab und begrüßte sie.
»Grüß Gott, Herr Johnson, darf ich Sie bitten, mit ins Freie zu kommen?«
Draußen setzte Judith die Befragung fort.
»Können Sie mir erklären was Sie hier machen?« – »Ich entfette die Felgen von Öl und Fett. Das ist ganz wichtig, um später die Pulverbeschichtung auftragen zu können.« – »Und warum tragen Sie dazu diese Maske?« – »Weil das Zeug verdammt gefährlich ist, wenn man es einatmet. Vor allem, wenn es erhitzt wird.« – »Tragen eine solche Maske hier alle, die mit dem … Was ist das eigentlich für ein Zeug, mit dem Sie hier arbeiten?« – »Genau weiß ich das auch nicht. Der Chef sagt immer nur *Per* dazu, aber was das genau ist, weiß ich nicht. Ich mache hier nur meine Arbeit.« – »Aber Sie müssen doch wissen, mit was Sie hier umgehen.«
Herr Johnson erklärte dazu, dass er den Job hier nicht ewig machen möchte, er schlecht bezahlt und es obendrein gefährlich sei; das sehe man ja an Olga.
Judith war einen Moment lang verlegen, war sie doch unsicher, ob er vom Tod Olga Holischeks wusste. Da kam Claudia wieder hinzu und berichtete, Robert habe die Personalien der beiden Männer inzwischen

aufgenommen – beide ohne Arbeitsgenehmigung. Judith wandte sich wieder an Ben Johnson und fragte vorsichtig, was er vorhin mit Olgas Verhalten wegen der Gefährlichkeit der Arbeit gemeint habe. Er wies darauf hin, dass seine Kollegin immer ohne Mundschutz und schon gar nicht mit Atemmaske arbeite. Sie hätte deshalb auch schon Probleme mit der Atmung. Das hindere sie aber nicht, ihre Arbeit trotzdem so zu tun.
Ob Ben Johnson wirklich nichts vom Tod der Frau wusste oder ihr nur etwas vorspielte, konnte Judith wirklich nicht einschätzen. Besonders betroffen zeigte er sich jedenfalls nicht, als er nun vom Tod seiner Kollegin erfuhr. Er erklärte Judith, mit Olga Holischek ein gespanntes Verhältnis gehabt zu haben. Auf die Frage, weshalb das Arbeitsklima schlecht gewesen sei, antwortete er nur ausweichend und setzte die Atemmaske wieder auf, um an seine Arbeit zurückzukehren.
Judith beließ es dabei, wollte sich zunächst mit Herrn und Frau Volkmann unterhalten.
Claudia und Robert befanden sich gerade außer Sichtweite, weshalb sie Roberts Handy kurz anwählte – und schon kamen die beiden hinter einem Transporter hervor. Claudia gab an, sie hätte mit Robert kurz etwas besprechen müssen.
Judith musste sich sehr zusammennehmen, um nicht zu explodieren, nahm sich aber vor, später nochmals ein ernstes Wort mit beiden zu reden. Zu dritt gingen sie direkt auf das Büro der Werkstatt zu. Als Herr und Frau Volkmann mitbekamen, wer da vorm Fenster stand, rissen sie sich zusammen. Volkmann öffnete die Tür und bat die drei herein.
Nachdem alle Platz genommen hatten, wollte Judith die erneute Vernehmung des Geschäftsinhabers beginnen,

doch durch die zweite Tür des Büros trat eine etwa dreißigjährige Frau ein. Gerlinde Volkmann stellte sie als ihre Schwester vor, machte ihr jedoch klar, dass es momentan ungünstig sei und sie das Büro bitte wieder verlassen möge.
Judith erklärte, dass es sich ab jetzt um ein amtliches Verhör handle und das Gespräch aufgezeichnet werde. Sie legte das Aufnahmegerät auf den Tisch, nannte namentlich die anwesenden Personen und verlas ihnen ihre Rechte. Als beide diesen zustimmten, begann Judith mit Herrn Volkmann. Er behauptete immer wieder aufs Neue, von den Geschehnissen in Schönlind nichts mitbekommen zu haben, er wäre schließlich ja nicht hier, sondern bei seinem Geschäftspartner in Essen gewesen. *Bin ich zu Hause, werde ich Ole sofort auf die Überprüfung des Alibis ansetzen,* dachte Judith und ärgerte sich über sich selbst, es nicht längst schon getan zu haben. Sie bat Herrn Volkmann, nach draußen zu gehen, weil sie mit seiner Frau allein reden wollte. Missmutig verließ er das Büro.
»Frau Volkmann, ihr Mann hat Ihnen ja sicherlich bereits erzählt, dass wir in dem brennenden Gebäude die Leiche einer Frau gefunden haben – und zwar die von Olga Holischek.«
Gerlinde Volkmann nickte stumm.
»Bitte sagen Sie klar und deutlich, ob Ihr Mann Ihnen dies erzählt hat.« – »Ja, mein Mann hat es mir heute nach seiner Rückkehr aus Bayreuth gesagt. Es ist mir aber egal, dass die Schlampe tot ist.« – »Frau Volkmann, Sie wissen aber schon, dass Sie sich durch solche Äußerungen hier höchst verdächtig machen.« – »Natürlich weiß ich das, aber es ist mir egal, denn ich habe diese Frau nicht umgebracht. Vielleicht hätte ich es doch noch

getan, wenn es nicht schon geschehen wäre. Irgendwer hat mir die Arbeit abgenommen.« Gerlinde Volkmann huschte ein schadenfrohes Lächeln übers Gesicht.
»Frau Volkmann, bitte erklären Sie mir Ihr Verhältnis zu Frau Holischek.« – »Was gibt es da zu erklären? Mein Mann schleppte die Hure hier an und hat sie vergöttert. Sie war plötzlich die Einzige, die noch etwas zählte. Alle anderen, natürlich auch ich, waren auf einmal Nebensache. Olga hier, Olga da, alles drehte sich nur noch um Olga. Und bevor Sie fragen, ja, ich wusste von dem Verhältnis, bin ja schließlich nicht blind und erst recht nicht blöd. Ralf hatte ja auch kein großes Geheimnis mehr daraus gemacht. Das sah doch ein blindes Huhn, dass da was läuft.«
Sie hatte sich nun richtig in Rage geredet, war in ihrer Wut kaum mehr zu bändigen. »Aber ich habe diese Person nicht umgebracht, aus und basta!«
Ralf Volkmann, der die ganze Zeit über wie festgenagelt draußen neben der Tür gestanden hatte, rannte plötzlich los. Claudia und Robert, gerade auf dem Weg zurück zu Judith, sahen ihm verwundert nach.
»Da stimmt was nicht.« Robert lief dem anscheinend Flüchtenden hinterher. »Bleiben Sie stehen, Herr Volkmann!«, riefen Robert und Claudia wie aus einer Kehle.
Volkmann blieb stehen und drehte sich um. »Ich muss mir die Gemeinheiten und Verleumdungen meiner Frau nicht länger mit anhören.« Anscheinend hatte er hinter der Bürotür das Gespräch heimlich belauscht.
»Ich habe Olga geliebt, ja, das ist wahr, aber sie war noch lange keine Hure. Was weiß denn die schon, was Liebe ist. Den ganzen Tag dreht sich alles nur um das Geschäft: *Ralf mach das, Ralf mach jenes.* Ich hatte es so satt. Dann kam Olga und erkundigte sich nach Arbeit.

Wir waren gerade personell sowieso im Engpass, also stellte ich sie ein.« – »Und dann bemerkten Sie, das zwischen Ihnen und Frau Holischek etwas mehr war als nur die reine Arbeit?« Claudia sah ihn an, er nickte nur stumm. »Kommen Sie bitte wieder mit uns zurück in Ihr Büro«, forderte Robert ihn auf.
Bereitwillig ließ er sich in die Mitte nehmen. Judith – sie hatte die Aktion der beiden vom Fenster aus beobachtet – wandte sich wieder an Gerlinde Volkmann. »Nun, Frau Volkmann, im Augenblick sieht es aber sehr danach aus, als ob Sie sich an Ihrer Nebenbuhlerin rächen wollten. Können Sie uns noch mal sagen, wo Sie sich am Samstagvormittag und am frühen Nachmittag aufgehalten haben?« – »Das hatte ich doch schon gesagt, ich war hier im Büro, habe die Post erledigt, Überweisungen getätigt und halt sonst noch Arbeiten, die in einem Büro gemacht werden müssen. Ben kann das auch bestätigen.« – »Ja gut, Frau Volkmann, ich wollte es nur noch einmal für das Protokoll von Ihnen hören. Das mit den Überweisungen werden wir übrigens nachprüfen. Mein Kollege Jahn lässt sich anschließend von Ihnen die Kontodaten geben.«
Robert nickte und zückte wieder seinen obligatorischen Notizblock.
»So, und nun hätte ich gern Herrn Johnson hier im Büro. Claudia, holst du ihn bitte?« Wortlos ging sie raus und erschien kurz darauf mit Ben Johnson wieder.
Judith bat ihn, Platz zu nehmen und gab Robert einen Wink, aus dem Dienstwagen einen vorbereiteten Koffer zu holen. Er kam zurück mit einem kleinen Koffer in der Größe eines DIN-A4-Schreibblocks.
Das Equipment zur Spurensicherung hatte Judith anlässlich ihres ersten Falls bei der Kriminalpolizei

Bayreuth von Heinz Rütters geschenkt bekommen. Der Kollege der Spurensicherung aus Bamberg hatte ihn, quasi als Einstandsgeschenk, vor circa zwei Jahren an sie übergeben. *Man weiß ja nie, wann man es einmal gebrauchen kann,* hatte Heinz mit einem Lachen damals zu Judith gesagt. Sie erinnerte sich gern und mit einem gewissen Stolz an diese Begebenheit, war es doch eine Geste der Anerkennung des erfahrenen Kollegen.

»Nun, Herr Johnson, ich hätte gern einige Abstriche und Proben Ihrer Arbeitskleidung und einen Abdruck Ihrer Arbeitsschuhe. Wenn Sie bitte so freundlich wären und einfach nur mal die Beine ausstrecken würden.« – »Wenn ich fragen darf, was der Scheißdreck jetzt soll?« – »Tun Sie einfach nur, was ich Ihnen sage, Herr Johnson. Also bitte, her mit den Beinen!«

Judith strich nun mit den Bäuschen verschiedener Wattestäbchen über die Beine des Hünen. Während dieser Erledigung dachte sie an seine enorme Schuhgröße und die Ausmaße ihres Utensilienkoffers. *Nie und nimmer kann ich damit einen Abdruck der Schuhe nehmen.*

»Herr Johnson, ich bräuchte für einen Abgleich mit einem Schuhabdruck am Tatort das Profil Ihrer Schuhe, die Sie im Augenblick tragen. Ich würde vorschlagen, Sie überlassen mir Ihre Schuhe … oder aber Sie kommen mit zu uns nach Bayreuth.«

Sichtlich nach Luft ringend brüllte er los, er würde sich diese Frechheiten nicht länger bieten lassen, und versuchte Judith mit der Androhung einer Dienstaufsichtsbeschwerde einzuschüchtern. Die erfahrene Kommissarin jedoch klärte ihn zum wiederholten Mal dahingehend auf, dass es sich hier nicht um eine Bagatelle, sondern um Mord und außerdem schwere Brandstiftung handle.

Wütend zog Ben Johnson seine schweren Arbeitsschuhe aus und warf sie auf den Boden. »Das ganze wird ein Nachspiel für Sie haben, verlassen Sie sich darauf.« Gerlinde Volkmann erhob sich, um ihn zu beruhigen. »Ben, lass dich nicht provozieren. Die können uns nichts anhaben, wir haben nichts verbrochen. Sie fuhr ihm dabei leicht mit dem Handrücken über sein Gesicht, was Judith aus den Augenwinkeln registrierte. Beleidigt verschränkte Johnson die Arme vor seiner breiten Brust. Sie hob die schweren Schuhe vom Fußboden auf und beauftragte Robert, sie rauszubringen ins Dienstfahrzeug. Auf dem kleinen Tisch lag noch das Aufnahmegerät, womit das gesamte Geschehen dokumentiert worden war. Judith nahm es an sich, schaltete es aus und beendete hiermit die Vernehmung in Fichtelberg. Die Informationen und Eindrücke über die hiesigen Verhältnisse genügten für den heutigen Tag. In Bayreuth beabsichtigte sie, die Proben der Abstriche und die Schuhe Johnsons zur KTU zu bringen. Insgeheim hoffte sie auf Oles Anwesenheit in Bayreuth.
Sie überließ es Claudia, alle Anwesenden auf ihre Pflicht hinzuweisen, für weitere Auskünfte zur Verfügung zu stehen und den Landkreis Bayreuth nicht zu verlassen. Claudia tat ein Übriges und vermittelte ihnen auch das Verbot, die Brandruine in Schönlind zu betreten. Womit sie verhindern wollte, dass dort Spuren verwischt oder gar beseitigt wurden. Am Wagen informierte sie Judith über diese Anordnung, die sie ja eigenständig und ohne Rücksprache angeordnet hatte. Judith lobte sie für ihr Mitdenken und befand die Anordnung für gut.

Auf der Rückfahrt herrschte erst eine Zeit lang eisiges Schweigen. Judith brach, indem sie nun endlich wissen wollte, wie die beiden sich ihr weiteres Verhältnis vorgestellt haben. Sie gab ihnen zu verstehen, dass es sie nicht im Geringsten interessiere, was sie in ihrer Freizeit täten, aber es dürfe auf keinen Fall die Polizeiarbeit darunter leiden. Unmissverständlich forderte sie die beiden auf, ihre Privatangelegenheiten und den Dienst zu trennen. Robert, der am Steuer saß, sah Judith von der Seite an und rückte nach einem kurzen Blick in den Rückspiegel zu Claudia damit heraus, dass er noch heute Abend in Pottenstein mit Frauke Klartext reden wolle.

Judith sah Robert erstaunt an und bemerkte, wie ihm Schweißperlen die Wange herabliefen. »Das ist eure Entscheidung. Ich will nur Klarheit und vor allem Ruhe während der Dienstzeit, mehr nicht!«

Robert und Claudia nickten stumm, womit für Judith die Angelegenheit für heute erst mal geklärt war.

Vergleichbar einem Fahrschulauto war auch im Dienst-BMW ein zweiter Rückspiegel angebracht, durch den auch der Beifahrer das rückwärtige Geschehen beobachten konnte. Über Claudias Gesicht liefen Tränen, tropften auf ihr dunkelblaues T-Shirt und hinterließen darauf deutlich sichtbare Flecken. Judith reichte ihr ein Papiertaschentuch nach hinten, das sie mit verlegenem Lächeln entgegennahm und sich das Gesicht abwischte.

Schon bei der Auffahrt zum Präsidium entdeckte Judith Oles Wagen. Vorm Haupteingang stand eine elegant gekleidete attraktive Dame, die offenbar auf etwas wartete. Robert parkte den Wagen auf dem reservierten Parkplatz. Judith ging auf die Frau zu, die sie auf etwa fünfundfünfzig Jahre schätzte, und fragte, ob sie ihr helfen könne.

»Sie müssen Oles ... ich meine natürlich Herrn van Kirks Vorgesetzte sein.« – »Ja, mein Name ist Judith Streng, Hauptkommissarin, ich leite die Abteilung Schwerverbrechen hier bei uns. Mit wem habe ich das Vergnügen?« – »Ach, entschuldigen Sie, mein Name ist Helene Frank, Freifrau zu Coburg und Sonneberg, aber Letzteres können wir getrost weglassen. Ich warte hier auf Ole, er wollte noch etwas mit Ihnen abklären. Ich weiß aber nicht, wo er abgeblieben ist, ich stehe jetzt schon eine Stunde hier und warte.« – »Das sieht ihm ähnlich. Sie sind die Lebensgefährtin von Ole?« – »Ja, Ole und ich wir kennen uns seit geraumer Zeit. Ich habe ihn in Weißenstadt bei einer Bergwerksführung kennengelernt. Hat er Ihnen nichts erzählt?«

Judith bestätigte Frau Frank, dass Ole sie schon erwähnt hätte und bat sie mitzukommen ins Büro.

»Das ist wieder typisch Ole, Sie einfach stehen zu lassen, um dann zu verschwinden und nicht wieder zu kommen.«

Gemeinsam gingen sie durch den Haupteingang, gefolgt von Claudia und Robert, der den drei Damen höflich die Tür aufhielt.

Ole sah von seinem Schreibtisch hoch und rief erstaunt: »Hoppla, da haben sich ja schon zwei gefunden.«

»Na ja, wenn du keinen Anstand besitzt und Frau Frank einfach vor der Tür stehen lässt, dann muss es eben von Frau zu Frau geregelt werden.« Judith hängte ihre Tasche mit den Abstrichen von Herrn Johnson an einen Haken neben der Tür und bot Frau Frank einen Stuhl an. Nach einer recht lockeren Unterhaltung im Team stand Frau Frank mit dem Hinweis auf, sie wolle nicht länger stören und verabschiedete sich von Judith, Robert und Claudia. *Sehr nett, die Frau, wirklich sehr*

sympathisch, dachte Judith, während sie Oles *Neue* zur Tür begleitete.
Sodann berichtete sie Ole kurz von den Geschehnissen in Fichtelberg und beauftragte Robert, die sichergestellten Abstriche sowie die Arbeitsschuhe gleich zur KTU nach Bamberg zu bringen. Zeitgleich wählte sie Heinz Rütters Nummer der Außenstelle in Bamberg und brachte auch ihn auf den Stand der Ermittlungen.
Robert nahm den Autoschlüssel und riskierte von der Tür aus einen Blick zu Claudia. Judith bekam das mit und quittierte seine stille Frage mit einem Kopfschütteln. Offensichtlich begriff er gleich, dass er allein fahren und Claudia ihn nicht begleiten würde.
Judith trug ihr auf, das Protokoll des heutigen Tages zu schreiben und besprach mit Ole, nunmehr im Detail, die Aussagen der in Fichtelberg anwesenden Personen. Sie waren sich darin einig, dass Frau Volkmann aufgrund des Verhältnisses ihres Mannes mit Frau Holischek dringend tatverdächtig war. Ein Mord aus Eifersucht schien zum jetzigen Zeitpunkt sehr realistisch.
Ole wartete, bis Claudia mit dem Protokoll begonnen hatte und setzte sich dann direkt neben Judith. »Ich sollte heute eigentlich bei meiner Schwester sein, um die Formalitäten der Beerdigung nochmals durchzugehen. Ich habe aber keine Ruhe, weshalb ich vorhin etwas recherchiert habe. Ich gehe nur schnell raus zu Helene und schicke sie mal in die Stadt.«
Judith wollte protestieren, er ließ aber keine Widerrede zu. Nach kurzer Zeit kam er wieder und setzte sich neben sie. »Ich habe mir heute, während der Pfarrer da war, Gedanken gemacht über die Firma der Volkmanns.«

Judith sah ihn an und schüttelte den Kopf. »Was hast du? Bist du bescheuert? Bring erst mal zu Hause alles in Ordnung, dann kannst du hier weitermachen.« Judith machte aus ihrem Unverständnis für Oles Verhalten keinen Hehl.
»Jetzt beruhige dich mal, alles halb so wild, das wird schon. Bin ich froh, wenn das Theater vorbei ist. Ich habe vorhin die Bankverbindung der Firma Alutec auf deren Internetseite gesucht und als einzige Bank die Volksbank Bayreuth-Hof ausfindig gemacht.«
Judith hörte interessiert zu, denn sie wusste, dass er nichts unternahm, ohne einen Verdacht oder zumindest einen Hintergedanken zu haben.
»Ich kenne bei der Volksbank eine Mitarbeiterin, die ist mir noch einen Gefallen schuldig. Und genau die habe ich gebeten, die Kontostände der Firma in Erfahrung zu bringen. Zuerst hat sie sich noch geziert, aber wie gesagt, ich hatte noch etwas gut bei ihr.«
Judith wollte einen Einspruch vorbringen, aber Ole wiegelte ab und meinte, sie müsse davon ja nicht unbedingt etwas wissen. Es war unmöglich, ihm in solch einer Situation zu widersprechen. Er war sich dessen bewusst, weshalb er ungeniert fortfuhr: »Die Bank lässt regelmäßig Bankeinzüge zurückgehen, und Ralf Volkmann muss ständig bei seinem Kundenberater in Bayreuth antanzen, um überhaupt noch einigermaßen liquide zu sein. Selbst Überweisungen an das Finanzamt gehen mangels Deckung andauernd zurück. Es würde mich nicht wundern, wenn der ständig Besuch vom Gerichtsvollzieher bekommt.« – »Und was schließt du jetzt daraus?« – »Wir sollten nachforschen, wie hoch die Versicherungssumme für die Gaststätte in Schönlind bei Weißenstadt ist.« – »Ole, du bist

genial, aber rauskommen darf das nicht, das müssen wir noch irgendwie legal hinkriegen. Ich für meinen Teil habe einen guten Draht zu Jasmin Holzbeierlein vom Landgericht hier in Bayreuth.« – »Du meinst die Holzbeierlein, die bei unserer Anhörung wegen Geigers Selbstmord dabei war?« – »Ja, genau die. Wir sind beide in Kulmbach aufs Gymnasium gegangen. Haben uns danach aber aus den Augen verloren. Ich traf sie dann voriges Jahr auf der Kulmbacher Bierwoche. Danach haben wir uns zwei-, dreimal in Kulmbach gesehen und gingen auch einmal etwas miteinander trinken.« – »Judith, Judith, jetzt haben wir beide ein Geheimnis, sind also quitt. Aber das müssen wir ja auch nicht an die große Glocke hängen.«
Ole ging zu Claudia und beugte sich über sie. »Und du hast nichts gehört, hast du mich verstanden?« Claudia sah weder hoch noch zeigte sie sonst eine Regung. Schweigend tippte sie weiter am Protokoll für die Chefetage, konnte ein Grinsen aber nicht verbergen.
»Ich sehe, wir haben uns verstanden.« Er wandte sich wieder an Judith und setzte sich. »Also wir brauchen jetzt noch die Versicherungssumme und ...« Ihre Unterhaltung wurde unterbrochen durch einen Anruf. »Rütters!«, sagte Ole knapp und hob den Hörer ab. »Ich stelle auf laut, Heinz.« Er drückte den Knopf rechts oben am Apparat. »Hallo zusammen, ich hoffe, euch geht's gut.« – »Ja, passt schon, bis auf das mit meiner Mutter. Alles okay. Heinz, was gibt's?« – »Ich habe da etwas sehr Interessantes für euch. Ein Kollege und guter Bekannter von mir, Polizeikommissar Eric Martin, leitet bei uns im Raum Bamberg die Verkehrsüberwachung. Irgendwie kamen wir darauf, dass euer Volkmann ein Mercedes Coupé fährt. Das ist ja wirklich kein Fahrzeug, das man hundertmal am Tag sieht.

Ja, ist ja soweit auch in Ordnung. Aber jetzt kommt's: Am Samstag, sechzehnter Juli, um acht Uhr zehn, wurde exakt dieser Benz am Würgauer Berg statt der erlaubten achtzig Stundenkilometer mit satten einhundertzweiunddreißig in Fahrtrichtung Bayreuth geblitzt.«
Judith hob den Daumen und jubelte laut: »Bingo, jetzt haben wir ihn«
»Aber wartet, es kommt noch besser. Dasselbe Fahrzeug wurde dreieinhalb Stunden später, nämlich um zwölf Uhr achtunddreißig in Fahrtrichtung Schweinfurt kurz vor dem Tunnel Schwarzer Berg wieder wegen eines Tempoverstoßes mit der Laserpistole gestoppt. Am Parkplatz hinter dem Tunnel holten ihn dann Kollegen aus dem fließenden Verkehr. Hier betrug die gemessene Geschwindigkeit statt wieder achtzig Stundenkilometern satte einhundertsiebenundzwanzig. Abzüglich der Toleranz kamen die Kollegen dann auf einhundertvierundzwanzig Stundenkilometer. Das Bußgeld von siebzig Euro beglich euer Volkmann vor Ort. Wäre er nur einen km/h schneller gewesen, wäre er zusätzlich noch einen Monat gelaufen.«
»Und so sitzt er jetzt fünfzehn Jahre wegen Brandstiftung und Mordes.« Judith hielt noch immer den Daumen hoch.
»Heinz, das trifft sich gut, denn Robert ist gerade mit Abstrichen von Ben Johnson und Schuhabdrücken zur Beweissicherung auf dem Weg zu euch. Entweder … ach nein, schicke es mir per Mail, dann haben wir es sofort.« – »Das denke ich auch. Ihr werdet ihn damit doch gleich konfrontieren.« – »Aber hallo, worauf du dich verlassen kannst.«
Nach weiteren wesentlichen Informationen für Rütters wegen der Abstriche und der Schuhabdrücke von

Johnson beendeten sie das Gespräch. Judith und Ole unterhielten sich noch einen Augenblick über den misslichen Zustand der Örtlichkeiten. Wegen des Dachstuhlbrandes in dem Gebäude der KTU und der Gerichtsmedizin waren diese Bereiche ja bekanntlich nach Bamberg umquartiert worden. Derzeit wurde in Bayreuth am Neubau noch gearbeitet. Ende des Jahres sollte er dann endlich bezugsfertig sein.
Judith telefonierte kurz noch mit Carsten. Für ihn war es kein Problem, heute den Kleinen vom Kindergarten abzuholen.
Ole ließ es sich auch nicht nehmen – obwohl er eigentlich dienstfrei hätte –, mit nach Fichtelberg zu fahren. Judith ging die Treppe hoch zu Oberstaatsanwältin Reiter, um einen Haftbefehl für Ralf Volkmann zu erwirken. Während Frau Reiter, gemeinsam mit Kollege Jakbusch, den Vordruck erstellte, ging Judith nach nebenan zu KD von Gräfenberg und Melanie Herbst. Zehn Minuten später kam Jakbusch mit dem fertig ausgefüllten und unterschriebenen Haftbefehl hinzu. KD von Gräfenberg drängte Judith, sich auf den Weg ins hohe Fichtelgebirge zu machen.
Judith nahm abwärts zwei Treppenstufen auf einmal. Unten warteten Ole und Claudia schon auf sie. »Ich habe die Kollegen der Schutzpolizei informiert; es befindet sich eine Streife der Polizei Bayreuth Land in Oberwarmensteinach, das sind keine fünf Kilometer von Fichtelberg entfernt. Die sind in drei Minuten dort. Wir können also auch ohne Sonderrechte fahren.« – »Super, Ole, auf geht's! Das ging ja schnell dieses Mal.«

Trotz des Zeitvorteils, den die uniformierten Kollegen vor Ort brachten, bat Judith ihre Kollegin um eine flotte

Fahrweise und die Benutzung des Blaulichts. Im Stadtgebiet Bayreuth aktivierte sie auch das Martinshorn, um freie Fahrt zu schaffen.
Nach einer knappen halben Stunde bog der Dienstwagen der Kommissare in das Firmengrundstück der Fichtelberger Firma Alutec ein. Zwei Streifenwagen der Schutzpolizei befanden sich bereits vor Ort. Ein Kollege stand vor dem Bürogebäude, ein zweiter bei den beiden Syrern und Ben Johnson auf dem Werkstattgelände.
Ole öffnete die Bürotür und fand Ralf Volkmann, flankiert von zwei Polizisten, auf einen Stuhl sitzend vor. Judith hielt den Haftbefehl hoch, sodass ihn Volkmann sehen konnte. »Herr Volkmann, ich verhafte Sie wegen des dringenden Tatverdachts der schweren Brandstiftung und des Mordes an Olga Holischek.« Sie zog ihre Handschließen aus dem Hosenbund und legte sie dem wortlos dasitzenden Volkmann an.
»Was wollen Sie von mir? Ich habe nichts getan. Was soll das ganze Theater hier?«
»Herr Volkmann, wir nehmen Sie jetzt mit nach Bayreuth, wo wir alles Weitere mit Ihnen besprechen werden. Vielleicht so viel vorab: Uns liegen Beweise vor, dass Sie am Samstag nicht, wie von Ihnen angegeben, in Essen waren. Zumindest eine Zeitlang nicht. Sie wurden auf der A70 zweimal wegen überhöhter Geschwindigkeit gemessen. Auf der Rückfahrt, wahrscheinlich in das Ruhrgebiet, wurden Sie am Tunnel Schwarzer Berg sogar von Kollegen der Autobahnpolizei aus dem fließenden Verkehr geholt und zur Zahlung eines Bußgeldbescheids vor Ort aufgefordert.«
Ralf Volkmann sackte vollends in sich zusammen. Ole gab den Kollegen einen Wink, ihn nach draußen zu bringen.

Judith veranlasste in Absprache mit dem ranghöchsten Kollegen der Schutzpolizei die Überführung Volkmanns mit einem Streifenwagen nach Bayreuth ins Präsidium. Claudia fuhr bei den beiden Kollegen mit und hatte auf der Rücksitzbank neben Ralf Volkmann Platz genommen. Sie wies die Besatzung des Streifenwagens an, noch einen kurzen Augenblick zu warten, bis sie dann zusammen fahren könnten.
Ole und Judith waren nochmals zurück in das Büro gegangen, wo sich inzwischen alle Angestellten der Firma versammelt hatten und heftig miteinander diskutierten. Auch Frau Volkmanns Schwester, Birgit Prandl, war jetzt anwesend. Judith nahm nun auch deren Personalien auf und befragte sie danach, wo sie sich am Samstag, dem Tag des Brandes, aufgehalten habe. Frau Prandl sagte aus, sie sei vormittags mit ihrem Mann in Weiden zum Einkaufen gewesen und habe am Nachmittag im Garten ihres Hauses Hecken und Sträucher geschnitten. Dies wiederum habe sie zusammen mit ihrem Mann Fred getan. Judith wies sie darauf hin, dass sie sich – ebenso ihr Mann – zur Überprüfung der Angaben zur Verfügung halten müsse. Verständnislos schüttelte Frau Prandl den Kopf. Ob denn hier jeder und alles verdächtig wäre, wollte sie wissen. Judith reagierte bewusst weder auf diese noch weitere Pöbeleien der Frau.
Mit einem knappen Gruß verabschiedeten sich die Kommissare und verließen das Büro.

KAPITEL 11

Nahezu zeitgleich erreichten die beiden Wagen den Parkplatz vorm Präsidium. Die beiden Beamten der Polizeiinspektion Bayreuth Land führten den mit Handschließen gefesselten Ralf Volkmann zum Haupteingang. Ole drängte sich kurz vor und gab ihnen die Anweisung, mit dem Tatverdächtigen nach hinten zum Vernehmungsraum zu gehen, ging selbst voraus und öffnete die Tür zu dem kalten, sterilen Raum. Ole wies Volkmann einen einzeln stehenden Stuhl zu, schaltete die Beleuchtung ein – und gleißendes Licht strahlte Herrn Volkmann so an, dass er sich die Hand vors Gesicht hielt, bis die Augen sich daran gewöhnt hatten. Auch das Aufnahmegerät war nun eingeschaltet; Ole prüfte durch kurzes Klopfen auf das Mikrofon, ob es auch funktionierte.

Die Streifenbeamten nahmen dem Tatverdächtigen die Handschellen ab und stellten sich hinter ihn.

Judith erschien mit kleiner Verzögerung ebenfalls zum Verhör. Sie hatte die Geschwindigkeitsaufzeichnungen der Radargeräte ausgedruckt. Auf dem am Würgauer Berg geschossenen Foto war Ralf Volkmann eindeutig als Lenker seines Fahrzeuges zu erkennen, am oberen Rand eingeblendet die Uhrzeit und die gemessene Geschwindigkeit.

Sie legte Herrn Volkmann das Foto direkt vor ihn auf den Tisch. Immer noch wortlos sah er auf das Beweisfoto und schob es von sich weg. Judith und Ole warteten auf eine Regung, doch Ralf Volkmann saß nur da und starrte auf die Tischplatte – weshalb Judith allmählich die Geduld verlor.

»Nun, Herr Volkmann, was sagen Sie denn zu den ja wohl eindeutigen Beweisen gegen Sie?«
Volkmann sah hoch und starrte die beiden Kommissare an: »Ich habe Olga nicht umgebracht.«
»Weshalb waren Sie dann am Samstag kurz vor Brandausbruch in Schönlind auf der Autobahn in Richtung Fichtelgebirge unterwegs?« Judith stand auf, lief um den Tisch und blieb neben ihm stehen. »Wenn Sie sich hierzu nicht äußern wollen, dann sage eben ich es Ihnen. Sie brachen in aller Herrgottsfrüh in Essen auf, fuhren nach Schönlind , schafften die Leiche von Frau Holischek in das Wirtshaus und zündeten dieses an, um alle Spuren des Mordes zu vernichten. War es so? Oder haben Sie sich schon ein anderes Märchen ausgedacht, das Sie uns jetzt auftischen wollen?«
Ralf Volkmann war sichtlich am Ende seiner Kräfte. Schweißperlen liefen ihm über die Stirn, die Nase entlang und weiter bis zum Mund. Seine Hände zitterten, die Augen schienen sich in dunkle Höhlen zurückzuziehen. Endlose bedrückende Stille lag wie eine bleierne Wolke über dem Raum. Judith wagte kaum zu atmen. Stand der Durchbruch kurz bevor? Ole starrte regungslos vor sich hin.
»Ich … ich …«, stammelte Ralf Volkmann nach einer äußerst langen Pause und sah hoch, »ich war in Schönlind.«
Wieder verstummte er und starrte auf das vor ihm stehende Mikrofon. Nur das Surren des altertümlichen Aufnahmegerätes war zu vernehmen. Ole sah seine Kollegin fast unmerklich von der Seite an, sein Daumen machte eine leichte Bewegung nach oben. Judith zuckte leicht mit der rechten Schulter, ohne ihn dabei anzusehen.

»Ich war in Weißenstadt, aber nicht, um Olga umzubringen. Ich wusste nicht, dass sie in dem verdammten Schrank war. Ich hatte schon am Montag vor meiner Fahrt nach Essen einige Unterlagen aus dem Geschäft nach Schönlind gebracht und sie dort verstaut. Es waren Rechnungen von Materialeinkäufen für die Firma und handgeschriebene Belege vom Verkauf von Alufelgen und Anbauteilen.« – »Die Sie an der Steuer vorbei getätigt hatten und verschwinden lassen mussten, bevor Sie bei einer Steuerprüfung aufgeflogen wären?« Judith atmete tief durch, erleichtert, dass wieder Bewegung in das Verhör gekommen war. »Die sitzen mir doch sowieso schon seit Wochen im Nacken. Nur noch eine Frage der Zeit, bis die in Fichtelberg aufschlagen.«
Aus den Augenwinkeln heraus bemerkte sie, dass sich hinter der großen Scheibe – die eigentlich nur den Blick in das Innere des Verhörraumes zuließ – etwas bewegte. Das Polizeipräsidium in Bayreuth war jetzt doch schon sehr in die Jahre gekommen, sodass gewisse Mängel am Gebäude und dessen Einrichtung teilweise schon nicht mehr dem Stand der Technik entsprachen. Jedermann sehnte sich nach dem Neubau, dessen Fertigstellung jedoch noch auf sich warten ließ. Sie bedeutete Ole, nach draußen zu gehen. Und siehe da, hinter der Scheibe verfolgten KD von Gräfenberg und Melanie Herbst das Verhör des Unternehmers. Nach kurzem Austausch waren sie sich alle darin einig, dass eine Untersuchungshaft für Herrn Volkmann unumgänglich sei. Judith deutete an, wieder zum Verhör zurückzukehren.
Ole hatte unterdessen Ralf Volkmann hinsichtlich seiner finanziellen Verhältnisse befragt. Volkmann bestätigte regelmäßige Besuche des Gerichtsvollziehers,

anlässlich derer er aber immer eine Pfändung habe umgehen können. Beim letzten Besuch des Kuckucks, wie er ihn bezeichnete, habe dieser einen baldigen Besuch der Steuerfahndung angedeutet. Bis jetzt habe er eben Pfändungen oder eine Zwangsvollstreckung immer mit einer Bargeldzahlung abwenden können.
Auf die Frage, woher das Geld dafür stamme, gab Ralf Volkmann keine Antwort.
»Irgendwann ist halt auch der Bestand an Schwarzgeld aufgebraucht«, bemerkte Ole, halb über Volkmann gebeugt. Stumm nickte dieser. »Nun, Herr Volkmann, unsere Aufgabe ist es aber nicht, Steuerhinterziehungen aufzudecken; dafür werden Sie sicher noch Besuch von anderer Seite her bekommen. Uns interessiert vielmehr die Frage, was mit Frau Holischek geschehen ist.«
»Ich wusste nicht, dass Olga in dem Schrank war.« – »Jaja, das haben Sie wiederholt schon beteuert. Aber wer hat sie dann dahin geschafft, wenn nicht Sie – das ist die Frage, die wir zu klären haben. Wegen der Brandstiftung sitzen Sie sowieso ein, wie lange, das kommt darauf an, wie Sie mit uns kooperieren.«
Mit verschränkten Armen stand Judith hinter Ralf Volkmann. Der drehte sich um und faltete die Hände wie zum Gebet. »Ich flehe Sie an, glauben Sie mir. Ich hätte Olga niemals etwas angetan. Im Gegenteil. Ich wollte mit ihr ein neues Leben beginnen, dahinten in der alten Gaststätte, weg von meiner Frau, weg von dem Scheißgeschäft. Wir wollten einfach nur unsere Ruhe. Gerlinde hat doch sowieso das Zepter in Fichtelberg an sich gerissen. Und seit sie von meiner Beziehung zu Olga wusste, hat sie mir nur noch die Hölle heiß gemacht. Warum war ich denn in Essen? Ich musste den Auftrag dort unbedingt haben. Wir hätten

ihn auch bekommen, wäre meine Alte nicht so stur gewesen. Keinen Cent wollte sie mit dem Preis runtergehen. So musste ich eben ins Ruhrgebiet fahren und wieder Schwarzgeschäfte an der Steuer vorbei machen. Es ist ein Teufelskreislauf. Die Konkurrenz aus Fernost ist halt wesentlich billiger als wir, die Qualität der Felgen steht hinten an, Hauptsache billig. Klaus ließ sich aber nicht darauf ein, meinte, er bräuchte anständige Rechnungen. Das verstehe ich ja auch. Ich habe dann eigenständig den Nettopreis für den Auftrag um die Mehrwertsteuer und noch mehr gesenkt, nur um den Auftrag zu kriegen. Gerlinde hat daraufhin einen Wutausbruch bekommen und mich einen Versager genannt – einen, der es nicht mal spannte, dass sie schon seit letztem Jahr ein Verhältnis mit Ben hatte.«

Er stützte den Kopf auf beide Hände und schloss die Augen. Judith und Ole sahen sich an.

»Und was geschah dann, Herr Volkmann?« Judith gewährte ihm nicht die Zeit, sich Weiteres auszudenken. »Warum sind Sie dann von Essen heruntergefahren und haben die Gaststätte angesteckt? War es die Angst vor der Steuerfahndung oder wollten Sie die Versicherungssumme kassieren und dann mit Frau Holischek ab über alle Berge?«

Ralf Volkmann sah beide abwechselnd an und nickte. »Ich wollte einen Schlussstrich ziehen, meine Schulden mit der Versicherungssumme bezahlen und dann mit Olga weg. Irgendwohin, nur weg von hier. Weg von Gerlinde, weg aus Fichtelberg, raus aus dem ganzen Sumpf, der sich in den letzten Jahren ausgebreitet hat und immer tiefer wurde.« – »Vielleicht wäre ihre Rechnung sogar aufgegangen.« Ole erhob sich, während er mit Volkmann sprach. »Aber Sie wussten ja angeblich nichts von der toten Frau Holischek im Schrank. Das glaube ich Ihnen sogar, Herr Volkmann.« – »Aber selbst dann hätte unsere Kriminaltechnik die Brandstiftung ermittelt«, fiel Judith in das Gespräch ein. »Aus der Nummer wären Sie sowieso nicht herausgekommen.« Sie beugte sich wieder zu Volkmann hinab. »Arbeiten Sie jetzt mit uns zusammen, helfen Sie uns, die wahren Umstände des Todes von Olga Holischek aufzuklären. So ganz überzeugt wie mein Kollege bin ich von Ihrer Unschuld nämlich nicht. Es liegt jetzt in ihrer Hand, uns zu helfen und zu beweisen, dass Sie kein Mörder sind. Nur Sie können das!«

Judith unterbrach ihren Satz und ging zur Tür, an die gerade geklopft wurde. Claudia übergab Judith ein Schreiben zwecks Überstellung von Herrn Volkmann in eine Justizvollzugsanstalt. Judith überflog es und stellte zufrieden fest, dass es von Jasmin Holzbeierlein ausgestellt worden war. *Es zahlt sich doch immer wieder aus, alte Bekanntschaften zu pflegen,* dachte sie, ohne sich etwas anmerken zu lassen. Sie reichte den Haftbefehl weiter an Ole, der ihn mit ebenfalls zufriedenem Grinsen vor Volkmann auf den Tisch legte. Judith bat Claudia, einen Polizeibeamten zu beauftragen, Herrn Volkmann in die Justizvollzugsanstalt St. Georgen zu überführen. Claudia bestätigte den Auftrag und zog die Tür hinter sich zu.

»Herr Volkmann, ich empfehle Ihnen dringend, sich einen Anwalt zu nehmen«, riet Ole ihm und sah dabei auf sein Handy, das in seiner Sakkotasche aufdringlich gebrummt hatte. Er deutete Judith an, mit ihm nach draußen zu kommen.

Im Vorraum des Vernehmungszimmers standen neben Frau Herbst jetzt auch Claudia und Robert, die das Verhör vor dem Spiegelglas mitverfolgten.

Ralf Volkmann, allein, lief in dem Raum nervös auf und ab. Judith bat Robert und Claudia, zu ihm zu gehen und ihn weiter zu befragen. Ole stand ungeduldig auf dem Flur und wartete auf seine Vorgesetzte. Nun gingen sie nach draußen. Ole druckste kurz herum, worauf Judith ihm zuvorkam und ihn für diesen Tag nach Hause schickte. Ole hatte ja eigentlich drei Tage Urlaub wegen der Beerdigung seiner Mutter eingereicht, machte aber auch keinen Hehl daraus, dass ihm der Fall doch schon sehr gelegen kam. Er war nie ein Familienmensch gewesen, würde es auch jetzt nicht werden. Davon war Judith überzeugt. Nach kurzer Umarmung und einem vielsagenden Blick ging Ole direkt auf seinen Wagen zu, drehte sich mit erhobenem Daumen aber noch mal um. Judith nutzte den Moment, setzte sich auf eine Bank im kleinen Park vor dem Präsidium und dachte darüber nach, dass sie Ole doch vieles zu verdanken hatte.
Nach ihrer Ausbildung war sie für zwei Jahre bei der Kriminalpolizei in Fulda beschäftigt gewesen. Dort vermittelte man ihr zwar das Rüstzeug für ihre Karriere, doch ein so steiler Aufstieg wie jetzt zur leitenden Kommissarin wäre dort nicht möglich gewesen.
In Gedanken versunken nahm sie wahr, dass Frau Herbst sich neben sie setzte.
»Frau Streng, ich bin sehr angetan von Ihnen und Ihrer Arbeit. Noch vor zwei Monaten hätte ich es nicht für möglich gehalten, dass Sie zu solch einer Leistung fähig sind.«
Judith merkte, wie ihr heiß und gleichermaßen kalt wurde. Ein solches Lob, eine solche Anerkennung hatte sie nicht von ihrer Vorgesetzten erwartet. Sie sah Melanie Herbst mit großen Augen an und spürte Schweißperlen auf der Stirn. »Danke Frau Kriminaloberrätin, aber ich

…« Melanie Herbst unterbrach sie: »Das mit der Oberrätin lassen wir, okay? Dienstlich Frau Herbst, ansonsten bin ich Melanie.« Sie stand auf und gab Judith die Hand. »Danke, Melanie, ich bin Judith.« – »Na dann sind wir uns ja einig … und dann noch eine erfolgreiche Ermittlungsarbeit.« Judith bemerkte im Gehen, wie weich ihr die Knie geworden waren. *Ole glaubt mir das nie.* Sie ging durch das Hauptportal wieder hinein und klopfte beim Vernehmungsraum an. Robert öffnete die Türe von innen.

Claudia saß Herrn Volkmann gegenüber und befragte ihn weiter zum Brand in der Gaststätte. Judith bedeutete ihr sitzen zu bleiben und mit dem Verhör fortzufahren. Sie selbst nahm auf einem unbequemen, nicht gepolsterten Stuhl in der Ecke des Raumes Platz und verfolgte von dort das Geschehen.

Claudia und Robert nahmen Ralf Volkmann abwechselnd in die sprichwörtliche Zange.

Gar nicht ungeschickt die beiden. Judiths Blick fiel auf das Aufnahmegerät, das sich anscheinend von selbst ausgeschaltet hatte. Im Stillen verfluchte sie die Technik eines zwanzig Jahre alten Kassettenrekorders, stand auf und legte eine neue Kassette ein. Die besprochene Kassette beschriftete sie umständlich mit Datum und anwesenden Personen.

Wieder klopfte es an der Tür. Judith öffnete und wies den uniformierten Kollegen an, noch eine Weile vor dem Vernehmungsraum zu warten.

Die Vernehmung Volkmanns konzentrierte sich jetzt auf den Zeitpunkt des Brandausbruchs im Gebäude. Er gab zu, die belastenden Akten aus den Ordnern genommen und im gesamten Raum verteilt und anschließend etwa drei Kilogramm Magnesiumspäne darüber verteilt zu haben. »Das Zeug brennt wie Zunder. Und hat es erst richtig Eigenhitze entwickelt, kannst du es nicht mehr stoppen. Die Feuerwehr hat das mit ihren Löscharbeiten nur noch verstärkt.«

»Nach unseren Ermittlungen haben Sie zusätzlich noch Brandbeschleuniger verwendet«, bemerkte Robert nebenbei, ohne von seinem Notizblock aufzusehen.

»Ich habe zusätzlich drei Flaschen Spiritus verschüttet und das Ganze dann angezündet. Es gab eine riesige Stichflamme. Ich konnte mich nur durch einen Sprung die Treppe hinunter retten. Es stand sofort alles in Flammen. Letztendlich hatte ich die Gewalt des Feuers unterschätzt. Kaum dass ich wieder draußen war, platzten schon die Fenster im Obergeschoss.«

»Und dann?«

»Dann bin ich zu meinem Fahrzeug gerannt und weggefahren. Im Rückspiegel sah ich die Flammen meterhoch aus den Dachgauben schießen. Ich bin aber dann ganz ruhig durch die Ortschaft gefahren und habe oben auf der Staatsstraße noch mal angehalten, konnte aber keinen Rauch sehen.«

»Das Feuer war wahrscheinlich so heiß, das es gar keine Rauchbildung gab«, vermutete Robert und machte sich weitere Notizen.

»Um welche Uhrzeit war das Ganze?«, fragte Judith von hinten.

»Ich weiß es nicht, kann mich nur erinnern, dass ich zu den Sechzehn-Uhr-Nachrichten schon auf der Autobahn kurz vor Bamberg war.«

»Das könnte hinkommen«, murmelte Judith vor sich hin und erinnerte sich an ihren Blick zur Kirchturmuhr in Weißenstadt, als sie mit Carsten und Alexander im Strandcafé des Hotels eintrafen. Kurz darauf heulten die Feuersirenen in Weißenstadt und Umgebung. Sie sah

unwillkürlich auf die Uhr über der Tür: 16:45 Uhr. Ein Blick zu Ralf Volkmann bekräftigte ihren Entschluss, das Verhör für heute abzubrechen.
Judith stand auf und bat den Kollegen, Herrn Volkmann in die JVA zu bringen.
Volkmann erhob sich unaufgefordert und ließ sich widerstandslos die Handschließen anlegen, sah beim Hinausgehen Judith an und blieb stehen. »Können Sie mir nicht wenigstens diese Dinger ersparen?« Fragend hob er beide Hände. »Glauben Sie mir, ich gehe heute freiwillig in den Knast – alles besser, als nach Fichtelberg zu meiner Alten.« Judith entsprach seinem Wunsch, woraufhin ihm der Polizeiobermeister die Handschellen abnahm.
Judith begleitete beide nach draußen und bat Herrn Volkmann eindringlich, trotz allem etwas zur Ruhe zu kommen. Er werde morgen im Laufe des Vormittags erneut zur Vernehmung vorgefahren.

Im gemeinsamen Büro wartete sie auf Robert und Claudia, um das Protokoll für den heutigen Tag vorzubereiten. Doch angeregt vom tollen Gespräch mit Melanie beschloss sie, dies heute selbst zu erledigen.
Nach der gemeinsamen Besprechung und Vervollständigung der Ermittlungen auf dem Whiteboard fragte Claudia erneut nach, ob nicht doch sie das Protokoll schreiben solle. Judith verneinte abermals, bedankte sich aber für Claudias Bereitschaft. Robert zuckte unverständlich mit den Schultern und nahm Claudia an die Hand. Sie verabschiedeten sich in den Feierabend. Judith rief ihnen noch hinterher, dass am Morgen um sechs Uhr dreißig Dienstbeginn sei. Sie bestätigten die Zeitangabe und schlossen die Tür.

Judith lehnte sich zurück, schloss die Augen. *Was ist, wenn Volkmann die Wahrheit sagt und er nicht der Mörder von Olga Holischek ist? Gerlinde Volkmann? Ben Johnson? Oder vielleicht einer der Syrer? Aber warum?* Sie schüttelte den Kopf, als könne sie all diese Gedanken loswerden, um Platz fürs Protokoll zu haben. Das hatte sie nach einer Dreiviertelstunde fertig und druckte es aus. Während des Druckvorgangs sah sie auf ihr Handy und las die Nachricht von Carsten. *AFGHANISTAN* plus ein Smiley mit hängendem Mund.

»Also doch«, sagte sie zu sich selbst, überrascht, nicht erschrocken zu sein. Sie hatte die ganze Zeit schon diese Vorahnung, schon seit Carsten das erste Mal davon sprach. *Selten ist es nur Gerede bei so etwas. Irgendein Fünkchen Wahrheit steckt immer dahinter.* Sie räumte den Schreibtisch auf, setzte sich dann kurz noch mal auf ihren Platz und betrachtete das Bild auf ihrem Arbeitsplatz; es zeigte Carsten mit dem Kleinen auf dem Arm im Felsengarten *Sanspareil*. Ein schönes Bild, aufgenommen vor ungefähr einem Jahr. Unwillkürlich füllten Tränen ihre Augen. *Ob es noch mal so sein wird?* Wieder schüttelte sie den Kopf, um die Gedanken zu verwerfen. *Jetzt erst mal nach Hause und in aller Ruhe mit Carsten darüber sprechen.*

Judith staunte über sich selbst. Sie spürte plötzlich eine seltsame Kraft in sich aufsteigen. *Alles wird, alles kommt ins Lot,* sagte sie im Stillen zu sich selbst und schloss das Büro hinter sich ab.

Eine geradezu unerträgliche Schwüle an diesem Abend, als sie in ihren BMW stieg. Eine bedrohliche Wolkenkonstellation stand über dem gesamten Bayreuther Stadtgebiet. Carsten – er musste während seines

Unteroffizierlehrgangs in Münster auch Wetterkunde pauken – sprach in solchen Fällen von einem sogenannten Luftmassengewitter und hatte ihr irgendwann auch einmal erklärt, dass dies typische Sommergewitter seien, bei denen sich riesige Wolkentürme bis in zwanzig Kilometer Höhe auftürmten. Weitere Erläuterungen folgten zwar, aber für Judith war dies heute eben nur das Anzeichen für ein schweres Gewitter.

Kaum hatte sie die Bundesstraße 85 nach Kulmbach erreicht, fuhren auch schon erste Blitze aus den schwarzen Wolken – und ein Wolkenbruch enormen Ausmaßes entlud sich auf ihrem Heimweg, wie sie selten einen erlebt hatte. Etwa zwei Kilometer vor Kulmbach war die Bundesstraße halbseitig durch den Abgang von Erdmassen der Fahrbahnböschung unpassierbar. Der Verkehrsfluss erfolgte mittels wechselnden Passierens des Hindernisses. Mit einer viertelstündigen Verspätung erreichte Judith die obere Stadt und fand ihren Parkplatz von Feuerwehrfahrzeugen blockiert. Also stellte sie das Auto auf dem gebührenpflichtigen Zentralparkplatz ab. Von hier aus sah sie, dass vom Hang der Plassenburg ein breiter Streifen ähnlich einem Erdrutsch im Gebirge die komplette Zufahrt zur Burg versperrte. Zu Fuß ging sie durch die Fußgängerzone hoch zu ihrer Wohnung, wo Carsten mit Alexander sie vor der Haustür erwartete. Der Kleine kam sofort zu seiner Mutter gelaufen und erzählte ihr aufgeregt davon, mit Carsten im Feuerwehrauto gewesen zu sein, worin ein Mann immerzu nur telefoniert habe. Wie zu erwarten war, wollte Alexander jetzt später einmal Feuerwehrmann werden. Carsten nahm Judith in den Arm und sah sie skeptisch mit heruntergezogenen Mundwinkeln an. Judith stupste ihn in die Seite und sagte nur: »Später …«

Nach einem heute eher sparsamen Abendbrot spielten Judith und Carsten mit Alexander eine Runde *Mensch ärgere dich nicht.* Carsten hatte es kürzlich einige Male mit ihm gespielt – und Alex den Sinn des Spiels schnell begriffen. Seitdem konnte er es oft nicht erwarten, bis abends das Brettspiel aufgebaut war.

Zur gleichen Zeit in Pottenstein

Robert parkte seinen schwarzen Toyota wie immer neben Fraukes Golf und ging, seine Businesstasche über der Schulter, die fünf Stufen hoch zum Eingang von Fraukes Elternhaus. Die Begrüßung fiel in letzter Zeit nicht mehr ganz so stürmisch aus wie noch zu Beginn ihrer Beziehung.
Fraukes Mutter hatte vor etwa drei Wochen ihre Tochter auf Roberts verändertes Verhalten aufmerksam gemacht. Zuerst dachte sie, ihre Mutter sähe wieder einmal die berühmten Gespenster. Aber auch sie bemerkte dann bei näherem Hinsehen gravierende Veränderungen im Verhalten ihres Freundes. Immer häufiger reagierte er abweisend auf ihre Zärtlichkeiten. Niemand öffnete heute die Haustür, er musste sie selbst aufschließen. Eine außergewöhnliche Stille herrschte im gesamten Haus ... Er öffnete die Küchentür und traf Fraukes Eltern an; sie saßen am Tisch. Auf seine Begrüßung reagierten sie nur mit einem knappen *Hallo.* Er schloss die Küchentür und ging hoch zur kleinen Dreizimmerwohnung, die seit dem Auszug von Fraukes Bruder den beiden als Wohnung diente, öffnete die Tür zum Küchen- und Wohnbereich ... und da fiel sein Blick sofort auf zwei gepackte Reisetaschen – eindeutig seine eigenen. Frauke saß auf dem

Zweiteiler der Couchgarnitur und blickte stumm aus dem Fenster.

Zur gleichen Zeit in Kulmbach

Nach drei Spielrunden konnte Alexander die Augen kaum noch aufhalten, während die Großen sich beständig anguckten. Carsten zuckte ab und zu mit den Schultern, Judith zog die Mundwinkel nach unten. Doch jetzt war absehbar, dass Alexander die nötige Bettreife hatte und es nicht mehr lange dauern dürfte, bis er bald freiwillig zu Bett ging. Um neunzehn Uhr zwanzig war es dann soweit. Judith zog ihm seinen Schlafanzug an und brachte ihn ins Bett.
Endlich allein. Sie ging ins Wohnzimmer, setzte sich neben Carsten aufs Sofa – er zappte nervös durchs Fernsehprogramm, Judith nahm seine Hand in die ihre. In dem Augenblick klingelte das Festnetztelefon. Genervt sah Judith aufs Display und nahm ab. »Mutter, was gibt's so Dringendes?« Kaum ausgesprochen, ärgerte sie sich auch schon über ihre Schroffheit. Ihre Mutter konnte ja wirklich nichts dafür. Sie entschuldigte sich bei Kerstin und hörte geduldig zu, was sie an Neuigkeiten zu berichten hatte. Erst nach einer gefühlt endlosen Dreiviertelstunde verabschiedete sich Kerstin Streng von ihrer Tochter, nicht ohne ihr noch einen schönen Abend gewünscht zu haben.

KAPITEL 12

Mittwoch

Der Wecker meldete sich um Punkt fünf. Es war eine sehr kurze Nacht für beide gewesen. Unter der Dusche ließ Judith das abendliche Gespräch – es zog sich letztlich doch bis in die Nacht hin – noch einmal Revue passieren. Zwei Kompanien des Panzergrenadierbattailons 102 würden Ende September in das Krisengebiet nach Afghanistan verlegt werden. Wie lange sie dort stationiert blieben, konnte Carsten nicht sagen, da die ganze Aktion noch der Geheimhaltung unterlag und somit auch keine Details bekannt waren. Sie waren sich darin einig, dass Carsten diesen Beruf gewählt hatte, diesen auch gern ausübte, somit aber auch immer damit rechnen musste, dass es einmal so kommen würde. Judith war erstaunt angesichts ihrer Gelassenheit, die Situation so hinzunehmen, wie sie sich eben darstellte. Carsten hingegen war überhaupt nicht wohl in seiner Haut. Sie beschloss, die Sache auf sich zukommen zu lassen und dann entsprechend darauf zu reagieren.
Nach dem gemeinsamen Frühstück brachte sie Alexander noch rasch in den Kindergarten, um dann möglichst zügig nach Bayreuth zur Dienststelle zu kommen. Sie freute sich, dass die Ermittlungen schon zu diesem frühen Zeitpunkt so an Fahrt aufgenommen hatten. Insgeheim wünschte sie sich, den Fall noch in dieser Woche aufzuklären.

Sie parkte wie gewohnt vor dem Präsidium und sah erstaunt, dass Robert schon vor ihr hier war. Als sie an seinem Wagen vorbeilief, bemerkte sie aus den Augenwinkeln eine Bewegung im Wageninneren. Sie blieb kurz stehen … da schob sich Robert aus dem Fahrersitz und guckte sie erschrocken an. Sichtlich peinlich berührt strich er die zerrauften Haare glatt und stellte den Sitz aufrecht. Judith wartete vor seinem Auto, bis er ausgestiegen war.

»Na, das sieht aber nicht nach einer entspannten Nacht aus«, begrüßte sie ihn.

»Lass uns nach drinnen gehen, dann erzähle ich dir alles.«

Er schien eine wirklich schlimme Nacht hinter sich zu haben. Nun fuhr auch Claudia auf dem Gelände vor und hupte kurz. Judith und Robert warteten auf sie, dann gingen sie gemeinsam ins Büro.

Robert schilderte, wie er am Abend in Pottenstein empfangen worden war. Judith empfand nicht das geringste Mitleid mit ihm. Nur zu gut wusste sie aus eigener bitterer Erfahrung, wie es sich anfühlt, wenn man hintergangen und betrogen wird. Jetzt stieß auch Ole hinzu und setzte sich mit einer Pobacke auf die Ecke seines Schreibtischs. Auch sein Mitgefühl mit Robert hielt sich in Grenzen. Allein Claudia zeigte sich erleichtert, dass das Versteckspiel nun endlich der Vergangenheit angehörte. Sie war es schließlich auch, die dem Ganzen dann ein Ende setzte: »Wir haben hier einen Mordfall zu lösen, unsere privaten Probleme sind momentan fehl am Platz. Robert, du bleibst ab heute Abend bei mir hier in Bayreuth. Gemeinsam werden wir das Kind schon schaukeln.«

»Also, Kameradin und Kameraden«, begann Judith und lachte dabei, »… Originalton Carsten!« fügte sie noch flugs hinzu, »ich habe mir noch mal Volkmanns

Geständnis durch den Kopf gehen lassen und bin nun, genau wie Ole, der Meinung, dass er die Wahrheit sagt und nichts von der Leiche im Schrank wusste. Was natürlich bedeutet, dass der Mörder oder die Mörderin noch frei draußen herumläuft.« Sie schaute aufs Whiteboard, an dem die Bilder der gesamten Fichtelberger Truppe aneinandergereiht waren. Volkmanns Konterfei schob sie ein Stück tiefer. Claudia stand auf und klebte einen Zettel mit dem Namen Birgit Prandl, der Schwester von Gerlinde Volkmann, an genau diese Stelle.

»Ich habe mir auf der Fahrt hierher Gedanken über eine Strategie für das weitere Vorgehen in unserem Fall gemacht.« Judith stand auf und stellte sich vorn vor das Board. »Ich denke, es bringt überhaupt nichts, Volkmann weiter in St. Georgen schmoren zu lassen.«

Ole nickte zustimmend. »Denke ich auch«

»Deshalb schlage ich vor, ich gehe rauf zur Führung und bespreche das mit der KORin und dem KD. Inzwischen lassen wir Volkmann hierher bringen, um ihn erneut in die Mangel zu nehmen.«

Alle drei nickten zustimmend.

»Danach fahren wir nach Fichtelberg und befragen den Rest der Gilde vor Ort. In dem Zusammenhang denke ich, wir sollten uns jetzt gleich noch eine Strategie erarbeiten, um dann in Fichtelberg die Herrschaften einzeln und getrennt zu befragen.«

»Sollten wir hierzu nicht auch einen Dolmetscher mitnehmen?«, fragte Claudia. »Genau das habe ich mir auch gedacht. Claudia, du kümmerst dich sofort darum. Ruf Rütters an, der kennt garantiert einen.« – »Das sind doch zwei syrische Staatsangehörige, oder?« – »So viel ich weiß, ja. Ole, das ist doch richtig?« – »Hm… ich habe es auch so im Kopf, dass irgendwann

diese Nationalität erwähnt wurde.« – »Claudia und ich haben sie doch schon einmal kurz befragt, wobei sie erwähnten, syrische Flüchtlinge zu sein.« – »Na gut, dann telefoniere ich gleich mit Heinz.«
»Robert, du rufst in der JVA an, die sollen Volkmann herbringen – und ich gehe nach oben.«
Judith war im Begriff, die Tür zu öffnen, als Ole sich anschloss: »Ich komme mit.« Beide gingen raus und zogen die Tür hinter sich zu. Draußen fasste er Judith an die Schulter: »Du, eines noch ... ich müsste heute um drei weg. Wäre ziemlich dringend.« – »Ole, du hast doch eh Urlaub eingereicht, müsstest gar nicht hier sein.« Er ließ sich nicht beirren, sprach einfach weiter. »Um sechzehn Uhr ist die Beerdigung meiner Mutter.« Wie vom Donner gerührt blieb Judith stehen. »Sag mal, bist du noch ganz dicht? Heute am Nachmittag ist die Beerdigung? Was willst du überhaupt hier? Schau bloß, dass du verschwindest, da gibt es doch noch allerhand zu tun!« – »Das machen alles meine Schwester und Helene, die brauchen mich nicht. Das geht schon so in Ordnung. Wir fahren jetzt nach Fichtelberg – und ich fahr um halb drei mit meinen Wagen zurück. Basta, aus und fertig.«
Judith schüttelte den Kopf. »Du hast sie doch nicht mehr alle!« Sie gingen weiter zur Treppe und hoch zum Büro vom KD. Da kam Staatsanwalt Jakbusch um die Ecke und begrüßte beide. Er begleitete sie zur Besprechung ins Büro. Melanie Herbst bot ihnen Platz an und telefonierte, nachdem Judith das weitere Vorgehen erläutert hatte, mit Oberstaatsanwältin Karin Reiter, die sofort hinzukam.
Nach einer doch etwas längeren Diskussion konnte aber Judith die Staatsanwälte sowie ihre beiden

Vorgesetzten davon überzeugen, Ralf Volkmann aus der Untersuchungshaft gegen Auflagen freizulassen. Melanie Herbst hegte jedoch noch gewisse Bedenken. »Bitte seien Sie vorsichtig, Frau Streng«, empfahl sie Judith, fast ein bisschen einfühlsam, und streichelte sie behutsam am Arm.

»Ich kann nicht in Herrn Volkmann reinsehen, denke aber, dass er im Prinzip ein ganz armer Wicht ist, um es vorsichtig auszudrücken. Keine Angst, meine Damen, meine Herren, wir werden vorsichtig sein.« Ole nickte beifällig.

»Dann wünsche ich noch einen erfolgreichen Tag und eine rasche Aufklärung.« Von Gräfenberg erhob sich hinter seinem Schreibtisch und öffnete den beiden die Tür.

»Danke, Herr von Gräfenberg, wir werden Sie alle auf dem Laufenden halten.«

Judith lächelte kurz in die Runde und verließ den Raum. KD von Gräfenberg bat die beiden Staatsanwälte, noch einen Augenblick zu bleiben. Judith und Ole sahen sich an, zuckten beide mit den Schultern und gingen bis kurz vor ihr Büro. Dort drehte sich Judith noch einmal um und sah die Treppe hoch. Niemand war mehr zu sehen. »Hecken die wieder mal was aus?« – »Weiß man nie, Ole, aber so, wie die Herbst gestern mir gegenüber aufgelegt war, glaube ich das kaum.« Sie nahm Ole am Arm, zog ihn sanft durch die Haupttür nach draußen und berichtete ihm von dem gestrigen Gespräch mit Kriminaloberrätin Herbst.

»Ich fasse es nicht, nein wirklich, ich fasse es nicht. Was hast du, was ich jahrelang anscheinend nicht hatte? Ich fasse es nicht! Judith, glaube mir, du hast schon gewonnen.« – »Was meinst du damit?« – » Die Herbst gab

sich noch nie zu Untergebenen so, wie du es mir gerade beschrieben hast.«
»Komm, lass uns wieder reingehen, aber bitte kein Wort zu unseren Youngsters.« Ohne eine Antwort abzuwarten ging Judith voraus und ins Büro.
»Na alles klar da oben?« fragte Robert und erwartete offenbar einen ausführlichen Bericht.
»Alles klar.« Ohne Umschweife begann Judith mit dem Strategieplan für das Verhör der Chefin in Fichtelberg und deren Angestellten. Robert und Claudia bekamen die beiden Syrer zugeteilt, Ole sollte nochmals Gerlinde Volkmann befragen und sie selbst wollte Birgit Prandl auf den Zahn fühlen. Jeder notierte sich die Fragen, die für alle gleich waren. Judith erhoffte sich so, durch etwaige Ungereimtheiten in den jeweiligen Aussagen mit ihren Ermittlungen weiter zu kommen.
Ihr Telefon klingelte ... die hausinterne Nummer des Büros der Staatsanwaltschaft. Judith meldete sich ... und kurz darauf: »Ich schicke jemand hoch. Vielen Dank, Frau Oberstaatsanwältin.«
Judith bat Robert, nach oben zu gehen und den Entlassungsbericht mit den Auflagen für Ralf Volkmann bei der Staatsanwaltschaft zu holen. Er machte sich unverzüglich auf den Weg.
Vor dem Fenster fuhr ein Streifenwagen der Schutzpolizei vor. Zwei Beamte stiegen aus, öffneten die hintere Fahrzeugtür und eskortierten Ralf Volkmann in das Gebäude. Ole öffnete die Tür und begleitete Herrn Volkmann herein. Den beiden Streifenpolizisten teilte er mit, sie seien nicht weiter vonnöten, da die Untersuchungshaft für Herrn Volkmann beendet sei. Volkmann drehte sich abrupt um, hatte sichtlich Tränen in den Augen. »Stimmt das? Darf ich gehen?«

»Fürs Erste bleiben Sie noch hier, immer schön langsam und der Reihe nach.« Judith wies ihm einen Stuhl zu und bat ihn, sich zu setzen. »Ganz fertig sind wir noch nicht.«
Ole und Judith nahmen an ihren Schreibtischen Platz. »Also, Herr Volkmann, nur mal so zum besseren und vor allem zum beiderseitigen Verständnis: Sie werden jetzt auf freien Fuß gesetzt. Das heißt aber noch lange nicht, dass Sie nicht mehr zum Kreis der Tatverdächtigen zählen. Eine Anklage wegen schwerer Brandstiftung haben Sie allemal am Hals. Ist Ihnen das klar?« Judith sah ihm tief in die Augen. Ralf Volkmann nickte. »Sprechen Sie bitte laut und deutlich in Richtung des Mikrofons.« – »Ja, ich habe verstanden. Aber ich …« – »Nichts hier *aber*«, warf Ole ein und stand auf. »Dass Sie hier und heute einstweilen freikommen, haben Sie nur meiner Kollegin zu verdanken. Wir appellieren … nein, wir fordern damit Ihre Unterstützung zur Aufklärung der Todesumstände von Olga Holischek.« – »Ja, ich will doch auch, dass der Mistkerl gefast wird, der Olga das angetan hat. Freilich helfe ich Ihnen dabei, wo ich nur kann. Aber bitte, finden Sie ihn.«
Er sah die beiden Kommissare fast hilfesuchend an. Robert kam soeben vom Büro der Staatsanwaltschaft zurück, mit dem Beschluss in der Hand. Judith nahm das Papier entgegen und überflog es. Eine Kopie davon legte Robert vor Volkmann und forderte ihn auf, den Beschluss sorgfältig durchzulesen und zu unterschreiben. Claudia reichte Volkmann unaufgefordert einen Kugelschreiber.
In dem Schreiben der Staatsanwaltschaft und der Richterin war festgelegt, dass Ralf Volkmann sich zweimal täglich zu einer festgelegten Uhrzeit in der

Polizeiinspektion Wunsiedel oder bei der Kripo in Bayreuth zu melden habe. Komme er dieser Aufforderung auch nur einmal nicht nach, werde die sofortige Untersuchungshaft wieder rechtskräftig. Das Schreiben war ab sofort gültig.
Volkmann las es aufmerksam durch und unterschrieb beide Ausfertigungen. Anschließend fragte er Judith, ob er denn nun gehen dürfe, was sie aber mit der Begründung einer weiteren Befragung verneinte. Sie deutete Ole per Kopfnicken an, mit ihr nach draußen zu gehen. Beide gingen vor die Türe. Sie fand es taktisch besser, künftig nur noch von einer *Befragung* Volkmanns zu sprechen, da sich dies nicht so brutal anhöre wie *Verhör.* »Für uns ist es sowieso ein und dasselbe.«
Ole war damit einverstanden. Zudem einigten sie sich, die Befragung im Büro und nicht im eigens dafür vorgesehenen Verhörraum stattfinden zu lassen. Im Büro klapperte Claudia schon voller Ungeduld mit den Fingern auf der Tischplatte. Ole warf ihr einen strengen Blick zu. Beschämt senkte sie den Kopf. Die aufsteigende Gesichtsröte konnte sie aber auch nicht dadurch verbergen, dass sie den Kopf wegdrehte.
Judith begann das Gespräch mit Volkmann in einem fast freundschaftlichen Ton, der ihre Kollegen doch etwas verwunderte.
»Herr Volkmann, sind Sie bereit, mit uns zu kooperieren? Ich traue Ihnen den Mord an Olga Holischek nicht zu. Beweisen Sie, dass ich recht habe.«
Sie achtete auf jede Regung Volkmanns während des Gesprächs in seinem Gesicht. Auch ein kurzes Lächeln blieb ihr nicht verborgen. Auch Ole bemerkte dies und erkannte die Absicht seiner Chefin. *Sie will ihn jetzt um den Finger wickeln, und sein Vertrauen gewinnen. Gar*

nicht dumm, ihre Strategie, dachte er und gab Robert ein Zeichen, still zu sein. Der jedoch deutete an, sich in das Gespräch einbringen zu wollen.

»Ich möchte mich mit Ihnen jetzt über Ihre Mitmenschen in Fichtelberg unterhalten. Fangen wir doch einfach mit Ihren beiden Mitarbeitern Abbas und Halin an. Erzählen Sie uns einfach, wie Sie zu den beiden kamen. Wie heißen die eigentlich noch mit Nachnamen?« – »Nun ja«, begann Ralf Volkmann, »die beiden heißen Abbas und Halin Nassar, sie sind einfach nur arme Schweine. In Syrien gehörten sie der Syrischen Islamischen Befreiungsfront an. Nach der Vergewaltigung und Ermordung ihrer Schwester sind sie zu den Amerikanern übergelaufen und haben sie mit Informationen über diese Gruppe versorgt. Das ist aber irgendwann aufgeflogen, woraufhin die beiden Brüder aus Syrien verschwinden mussten. Sie sind dann gemeinsam übers Mittelmeer nach Italien und später zu uns nach Deutschland gekommen. Aus dem Asylbewerberheim in Bamberg wurden sie in eine leerstehende Pension nach Fichtelberg überstellt. Ja und jetzt arbeiten die beiden immer dann für mich, wenn ich einen Auftrag fertig kriegen muss.«

»Haben die beiden schon eine Aufenthaltsgenehmigung?«, platzte jetzt Robert heraus, der seine Zurückhaltung nicht länger im Zaum halten konnte.

»Nein, haben sie noch nicht, die können jederzeit wieder abgeschoben werden. Deswegen geht ihnen ja so der Arsch auf Grundeis.«

»Dann dürften Sie die beiden aber auch nicht beschäftigen«, warf Claudia ein.

»Weiß ich ja, aber die sind doch froh, wenn sie überhaupt etwas zu tun haben. Ich kann mich nicht beklagen über die zwei. Sie sind hilfsbereit und machen eine saubere Arbeit.«

»Nun ja«, nahm Judith den Faden wieder auf, »das ist ja auch nicht unsere Aufgabe zu entscheiden, ob hier gegen geltendes Recht verstoßen wird.«

Herrn Volkmann zugewandt übernahm Ole die weitere Konversation. »Trauen Sie den beiden ein Kapitalverbrechen, etwa einen Mord, zu?« Volkmann sah irritiert von Ole zu Judith und schüttelte den Kopf. »Ich glaube nicht, dass die beiden einen Mord an einer Frau begehen könnten. Nach alldem, was die in ihrer Heimat mit ihrer Schwester erlebt haben, ist das nur schwer vorstellbar. Ich traue es denen nicht zu. Warum auch? Olga hat den beiden nie etwas getan, im Gegenteil, sie hat ihnen geholfen, wenn es um irgendetwas Bürokratisches ging. Sie war mit ihnen auf dem Amt und hat sie dabei unterstützt, Formulare auszufüllen. Also ich kann mir nicht vorstellen, dass die etwas mit der Sache zu tun haben.«

Robert überlegte: »Und außerdem, wie sollten die beiden Frau Holischek nach Weißenstadt beziehungsweise nach Schönlind gebracht haben …«

Die Runde nickte beifällig.

Nach einer kurzen Pause setzte Judith die Befragung fort. »Dann wollen wir doch mal über Ihre Frau Gerlinde sprechen.«

»Ich denke, das haben Sie doch schon alles mitgekriegt, ich meine, ich will Gerlinde nichts unterstellen, aber die hätte die Kraft für so eine Tat, auch wenn sie immer nur das unschuldige Mauerblümchen spielt. Aber lassen Sie sich nicht täuschen, die Frau ist ein Wolf im Schafspelz. Unberechenbar. Und zusammen mit Johnson schafft die alles, der ist ihr doch hörig.«

»Na schön, da wären wir ja schon beim Nächsten aus Ihrer Runde, Ben Johnson. Wie ist Ihr Verhältnis zu ihm?«
»Nun ja, wie soll ich es ausdrücken … Ben ist ein guter Arbeiter. Er hat in kürzester Zeit gelernt, wie man mit hochwertigem Material sorgfältig umgeht.«
»Sie sagten, er sei Ihrer Frau hörig. Wie dürfen wir das verstehen?«
Volkmann wandte sich an Claudia, die mit Robert etwas links versetzt an den U-förmig aufgestellten Schreibtischen saß. »Nun, als Johnsons Einheit in Grafenwöhr aufgelöst wurde, ist er ja mit seiner Mutter hier in Deutschland geblieben. Lange ist das aber nicht gut gegangen. Er zog aus und hat sich die Wohnung in der Pension in Bischofsgrün genommen. Meine Frau hat ihn in der Zeit und auch später dabei noch kräftig unterstützt, hat ihm auch Möbel und anderes Zeug wie Besteck und Teller geschenkt. Ich will gar nicht wissen, was da in Bischofsgrün alles gelaufen ist.«
»Wer im Glashaus sitzt, sollte nicht mit Steinen um sich werfen, Herr Volkmann. Sie wissen, wie ich das meine!« Ole lehnte sich amüsiert zurück. Er schien recht zufriedenen mit seiner spitzen Bemerkung. Und noch ehe Ralf Volkmann antworten konnte, fuhr er fort: »Das ist auch ganz schön starker Tobak, den Sie hier verbreiten. Ich meine, Sie belasten Ihre Frau ganz gewaltig, das ist Ihnen schon klar, oder?« – »Ich habe nicht gesagt, dass sie eine Mörderin ist, aber zuzutrauen ist meiner Alten alles.«
»Jetzt haben Sie es schon wieder getan. Ich werde den Verdacht nicht los, Sie wollen uns auf eine falsche Fährte locken.« Claudia schlug mit der flachen Hand auf den Tisch.

»Nein, ich will gar nichts. Ich sage nur, dass Gerlinde nicht die ist, für die sie sich immer ausgibt … das kleine Unschuldslamm vom Lande, das sich nicht wehren kann. Das mögen ihr ihre Schwester und deren versoffener Mann glauben, aber ich nicht. Ich schon lange nicht mehr.« Jetzt schlug auch er mit der Hand auf den Tisch.
Judith erschrak. »Beruhigen Sie sich!«, forderte sie ihn auf und zeigte mit beiden Händen nach unten. Im selben Moment klingelte ihr Telefon. Ein kurzer Blick zu Ole … der verstand, dass er das Gespräch annehmen solle. Er begrüßte seinen Kollegen Heinz Rütters, KTU Bamberg, und erklärte ihm, er müsse kurz nach draußen gehen, da sie sich momentan in einer Befragung befänden.
Claudia erhob sich auch und verließ gemeinsam mit ihm den Raum.
Judith widmete sich wieder Ralf Volkmann. »Welche Aufgabe hat denn Frau Prandl in Ihrem Betrieb?« – »Ach, die ist eigentlich so Mädchen für alles. Die hat Gerlinde eingestellt, nur damit sie von ihrem Alten wegkommt, bevor der sie totschlägt. Die verdient vierhundertfünfzig Euro im Monat, macht Botengänge oder putzt auch mal das Büro und mäht den Rasen. Im Betrieb kann man die zu nichts gebrauchen. Einmal ist es ihr zu schwer, ein anderes Mal stinkt es ihr zu sehr.« – »Nun, die Geruchsemmissionen in Ihrem Betrieb sind ja auch nicht ganz ungefährlich!« – »Das ist das Per, das sollte man halt nicht immerzu einatmen, ist doch klar.« Volkmann versuchte die Gefährlichkeit von Perchloretylen für die menschliche Gesundheit herunterzuspielen.
»Das steht ja auch noch auf einem ganz anderen Papier, aber darauf kommen wir auch noch zu sprechen.«

Ole kam mit Claudia vom Flur zurück. Judith sah ihn fragend an, doch ging er zielstrebig an seinen Platz, setzte sich, ohne eine Regung zu zeigen, und übernahm wieder die Befragung: »Herr Volkmann, ich würde gerne noch mal auf Sie und Herrn Johnson kommen. Wie war Ihr persönliches Verhältnis zu ihm?« – »Was meinen Sie mit *persönlich*?« – »Ich möchte gern von Ihnen wissen, wie freundschaftlich oder auch wie distanziert Sie in manchen Dingen waren?« Ole lehnte sich in seinem Bürostuhl entspannt zurück. »Wie weit ging, oder sagen wir besser, wie weit geht Ihr Vertrauen zu ihm?« – »Na ja, wie schon vorhin gesagt habe, hat Ben sich ziemlich schnell und gut bei mir eingearbeitet. Ich kann ihm blind vertrauen. Wenn ich einen guten Auftrag habe, der sorgfältig, aber trotzdem schnell ausgeführt werden muss, dann kann ich mich darauf verlassen, dass pünktlich und sauber gearbeitet wird.« – »Hat er auch in Ihrem Anwesen in Weißenstadt, Ortsteil Schönlind, Arbeiten verrichtet?« – »Ja natürlich. Ben ist dort für mich so was wie der Hausmeister. Er kennt zum Beispiel alle elektrischen Leitungen. Sie müssen wissen, dort ist halt alles schon ziemlich marode. Deshalb fliegen da auch ständig irgendwelche Sicherungen raus. Aber Ben ist dran, das alles zu erneuern.« – »War dran«, korrigierte ihn Ole. »Warum war?«, fragte Ralf Volkmann nach. »Nun, ich glaube nicht, dass man dahinten irgendwann noch mal elektrischen Strom benötigt.« – »Stimmt«, brummte Volkmann. »Wie oft hatte Herr Johnson durchschnittlich in der Woche dort zu tun?« – »Das kann man so nicht sagen, manchmal war er jeden Tag in Weißenstadt. Das kommt halt immer darauf an, was wir in Fichtelberg zu tun haben. Oft kam er auch eine ganze Woche nicht hoch.« – »Hat er einen Schlüssel zu dem Anwesen?« – »Natürlich hat er einen Schlüssel. Nicht nur einen, er kommt überall rein.« – »Nun gut, Herr Volkmann, von meiner Seite her wäre es das eigentlich. Judith, hast du noch etwas?« Judith, leicht überrascht von Oles plötzlichem Abschluss der Befragung, dachte, er tue dies sicher nicht ohne Grund. »Habt ihr beiden noch etwas?«, fragte sie in Richtung von Claudia und Robert, doch die zwei schüttelten verneinend den Kopf. »Gut, dann sind Sie vorerst wieder ein freier Mann, Herr Volkmann. Frau Kober und Herr Jahn werden Ihnen nochmals Ihre Auflagen erklären. Bitte bleiben Sie auch noch hier bei uns im Haus, bis ich Sie entlasse.« Ralf Volkmann bestätigte dies. Claudia und Robert baten ihn zu sich heran und zeigten ihm nochmals das Schriftstück zu seiner Entlassung.

Ole nahm Judith am Arm; sie gingen raus. »Schon wieder diese komischen Wolken.« Ole deutete nach oben, dorthin, wo sich wieder diese gefährlich aussehenden, fast schon bedrohlich wirkenden Wolkengebilde auftürmten.
»Luftmassengewitter!«, sagte Judith knapp.
»Was für Zeugs?«
»Luftmassengewitter. Muss man nicht wissen, kann man aber!«
Ole schüttelte verständnislos den Kopf.
»Ist auch egal. Was hat Rütters gesagt?«
»Nun, wie wir ja schon vermutet hatten, die Schuhabdrücke und Abstriche von Johnsons Kleidung stimmen haargenau mit denen am Tatort überein. Hast du überhaupt gemerkt, dass du bei den Abstrichen auch Blutspuren mitgenommen hast?« – »Natürlich hab ich

das, nur Volkmann nicht darauf angesprochen. Wollte erst abwarten, was die Technik dazu sagt.« – »Sehr gut, Judith. Sie sind exakt identisch mit den Blutspuren an dem Granitfindling hinter der Gaststätte. Du erinnerst dich?« – »Natürlich erinnere ich mich, deswegen hab ich sie ja genommen.« – »Sehr gut, Judith, sehr gut! Das beweist, dass Johnson irgendwann dahinten gestolpert sein und sich am Knie verletzt haben musste.« – »Aber das beweist noch lange nichts. Wenn er dort als Hausmeister tätig ist beziehungsweise war, ist es doch normal, dass er Spuren hinterlassen hat.« – »Stimmt auch wieder«, brummte Ole, sichtlich enttäuscht. »Trotzdem werde ich das Gefühl nicht los, dass der Kerl irgendetwas damit zu tun hat. Egal. Also auf nach Fichtelberg, weißt ja, ich muss nachmittags wieder hier sein.« – »Du brauchst doch nicht mit, bleib einfach hier und nimm, was noch auf dich zukommt, lockerer.«
Judith konnte partout nicht verstehen, dass er sich so viel Stress zumutete.
»Nein, und nochmals nein, ich komme mit, aus und basta!«
»Na gut, dann meinetwegen, aber ganz kurz noch Folgendes, Ole.« Judith blieb stehen und sprach erst weiter, als auch er stehen blieb. »Vielleicht sollten wir Volkmann noch irgendwie beschäftigen, ich meine, nicht das der jetzt nach Hause fährt und irgendjemandem noch was steckt.«
Ole nickte kurz und starrte in den immer dunkler werdenden Himmel, meinte aber: »Das bringt nichts, ihn hier noch länger festzunageln, Judith, er könnte schließlich auch telefonieren. Das können wir ihm nicht verbieten.«

Schweigend passierten sie den Haupteingang und bogen in den kleinen Rundweg des Parks vor dem Präsidium ein.
»Der hat doch sein Auto dabei, oder?«, überlegte Judith, »dann fährt einfach einer von uns mit ihm. So wird er sich hüten, irgendetwas auszuplaudern.« – »Vorausgesetzt, er fährt überhaupt nach Fichtelberg.« – »Darauf müssen wir es ankommen lassen.« – »Okay. Probieren wir es doch einfach; unsere beiden Turteltauben kann man sowieso nicht zusammen fahren lassen.« Judith blinzelte zweideutig, Ole verstand sofort, was sie damit meinte.

KAPITEL 13

In Fichtelberg bog Judith auf das Betriebsgelände der Firma Alutec ein. Claudia saß mit im Wagen, Ole folgte in kurzem Abstand mit seinem Privatfahrzeug. Die Aufteilung der einzelnen Befragungen hatten sie während der Fahrt mithilfe von Smartphones und Freisprechanlage in beiden Fahrzeugen aktualisiert und nochmals besprochen. Judith würde Frau Volkmann übernehmen, Ole Herrn Johnson und Claudia sich mit Abbas und Halin Nasser unterhalten. Robert war dazu eingeteilt, Ralf Volkmann zu *beaufsichtigen.*
Volkmann bog kurz darauf ebenfalls auf den Betriebshof ein. Robert – er hatte neben Herrn Volkmann auf dem Beifahrersitz gesessen – und Volkmann waren ausgestiegen und kamen auf die drei Kripobeamten zu. Judith bat Herrn Volkmann, sich während der Befragungen der anwesenden Personen in Begleitung von Kriminalkommissar Jahn im Hintergrund zu halten.
Ralf Volkmann, offenbar heilfroh, wieder auf freiem Fuß zu sein, sicherte ihnen zum wiederholten Mal seine volle Unterstützung bei den Ermittlungen zu.
Gerlinde Volkmann kam, mit Ben Johnson im Schlepptau, aus dem Bürogebäude auf die Beamten zu. Anstatt, wie erwartet, sich erst um ihren Ehemann zu kümmern, donnerte sie sofort und ohne Umschweife wie ein Maschinengewehrfeuer auf die Polizisten ein. Judith – sie hatte diese Reaktion schon irgendwie kommen sehen –, nahm blitzschnell die zuvor besprochene Einteilung vor und begleitete Gerlinde Volkmann mit zurück ins Büro. Ole wandte sich an Ben Johnson,

besprach sich kurz und verschwand mit ihm in der Montagehalle des Unternehmens. Den beiden Syrern – sie standen neugierig neben dem großen Rolltor im Begriff, gleich Reißaus zu nehmen – befahl Claudia in einem für sie eher ungewöhnlich scharfen Ton stehen zu bleiben. Der Aufforderung kamen die Brüder auch sofort nach. Die beiden im Schlepptau verschwand Claudia ebenfalls in der großen Halle.
Im Büro bekam Judith mit, dass irgendwo im Gebäude eine Tür unüberhörbar ins Schloss fiel. Sie ließ Frau Volkmann stehen und sprintete in den Flur. Eine weitere Tür am Ende des fensterlosen, stockfinsteren Flurs fiel metallisch klingend ins Schloss. Judith vernahm, wie ein Schlüssel betätigt wurde … und prallte gegen die von der anderen Seite abgesperrte Tür.
»Wo geht es hier hin?«, rief sie, rannte zurück ins Büro, doch Gerlinde Volkmann sah sie nur schweigend an. Wütend schleuderte Judith ihr entgegen, sie solle sich nicht von der Stelle rühren. Draußen rief sie nach ihren Kollegen, die sie aber nicht hören konnten. Missmutig eilte sie zurück ins Büro. Mit verschränkten Armen saß Gerlinde Volkmann selbstgefällig auf ihrem Stuhl und grinste die Kommissarin an.
Judith hielt es für klüger, sich nicht provozieren zu lassen, sondern besonnen, nicht ziel- und planlos, zu handeln.
»Wollen Sie mir nicht verraten, wer es eben so eilig hatte, hier wegzukommen?«
»Sie sind doch selbst eben mit mir hier reingekommen. Wenn Sie niemand gesehen haben, wie soll denn ich dann wissen, wer hier war?« Achselzuckend und mit gespielt hilfloser Gestik grinste Frau Volkmann der Kommissarin frech ins Gesicht.

»Nun gut, Frau Volkmann.« Judith sah provozierend zur Zimmerdecke: »Richten Sie Ihrer Schwester schöne Grüße von mir aus, auch sie kommt noch dran.« – »Lassen Sie Birgit aus dem Spiel, sie hat mit der ganzen Sache überhaupt nichts zu tun.« – »Das werden wir später noch klären. Aber nun erst mal zu Ihnen, Frau Volkmann.«

Judith begann das Verhör der Chefin von Alutec genau auf die Art, wie vorher mit den Kollegen besprochen. Jeder hatte die gleichen Fragen an sein Gegenüber zu stellen – und keiner der Kommissare würde sich vom festgelegten Weg abbringen lassen, enorm wichtig für das Erkennen etwaiger Ungereimtheiten. Ihr Handy hatte Judith für den Gesprächsmitschnitt eingeschaltet. Punkt eins betraf den Zeitpunkt des Brandausbruchs am Samstag.

Genauso starteten Ole, Robert und Claudia ihre Befragungen. Minutiös befragte ein jeder sein Gegenüber nach den Aufenthaltsorten nicht nur am Samstag, sondern auch am darauffolgenden Sonntag und Montag bis etwa gegen neun Uhr vormittags.

Ole hatte als Erster die Befragung des Deutsch-Amerikaners beendet. Nervös blickte er auf seine Uhr, drängte doch jetzt allmählich die Zeit, um pünktlich zur Beerdigung seiner Mutter in Bayreuth zu sein. Nach etwa zehn Minuten erschien Claudia aus der Montagehalle, in ihrem Gefolge wieder Abbas und Halin. Kurz darauf kam auch Robert dazu; er hatte Ralf Volkmann noch etwas weitergehend zu seinem privaten Umfeld befragt.

Ole verabschiedete sich eilig von seinen Kollegen. »Sagt unserer Chefin bitte, dass ich das Protokoll auf jeden Fall bis morgen früh um acht fertig habe.« – »Tschau Ole, hau schon ab und fahr langsam, weißt schon, die

Kollegen …!«, feixte Robert und deutete mit dem Kopf auf Ralf Volkmann. – »Find ich jetzt überhaupt nicht lustig«, warf Claudia barsch ein und schüttelte den Kopf. Robert stieg wieder die Schamröte zu Kopf.
»Hau ab, Ole!« Claudia klopfte ihm auf die Schulter. »Und halt die Ohren steif,« rief sie ihm hinterher. Ole winkte nochmals kurz und fuhr mit seinem betagten Ford Mondeo davon.
Nach weiteren fünfzehn Minuten war auch Judith mit Gerlinde Volkmann fertig. Sie verdrehte die Augen und lief zielstrebig auf ihren BMW zu. Claudia und Robert verabschiedeten sich von allen Anwesenden und stiegen zu ihrer Chefin in den Wagen. Mit durchdrehenden Rädern fuhr sie vom Fabrikgelände und dann direkt hoch zur B303, auf die sie nach kurzer Fahrt Richtung Bayreuth rasant einbog. Robert und Claudia wagten kaum zu atmen – Judiths Stimmung schien gerade nicht die beste zu sein.
»Die Alte regt mich auf«, schimpfte sie, »die lügt, wenn sie das Maul aufmacht. Die denkt wohl, ich bin blöd. Verarscht mich und grinst mir dabei noch frech ins Gesicht.«
Sie war außer sich vor Wut.
»Leute, seid mir nicht böse, aber ich muss erst zur Ruhe kommen, das alles erst mal verdauen, was die mir aufgetischt hat. Ich schlage vor, jeder schreibt noch heute seinen Bericht und ich gehe kurz nochmal hoch zum KD. Das wär's dann für heute.«
Claudia, neben Judith sitzend, legte ihre Hand auf deren Knie und redete beruhigend auf sie ein, während Robert noch erwähnte, dass Ole seinen Bericht erst gegen Abend, nach der Beerdigung seiner Mutter, schreiben könne.

Judith begab sich unverzüglich in den ersten Stock, um bei ihrem Chef einen mündlichen Tagesbericht abzuliefern. Wie der Zufall es wollte, lief ihr Oberstaatsanwältin Reiter direkt in die Arme. Gemeinsam gingen sie nach einem kurzen Gespräch auf dem Flur zu Herrn Gräfenberg und Frau Herbst. Nach einer doch etwas längeren Besprechung waren sie sich unisono einig, diesen Tag etwas setzen zu lassen und am Morgen mit frischer Kraft wieder an die Arbeit zu gehen.
Judith war sehr dankbar für das Verständnis ihrer Vorgesetzten. Im Büro hatte sie sich aber so weit gefasst, doch noch ein Protokoll zu schreiben. Nach etwa einer Stunde waren auch Claudia und Robert mit ihren Berichten fertig und alle drei begaben sich auf den Nachhauseweg.

Auf dem Weg nach Kulmbach bemühte sich Judith, nicht mehr an das Gespräch mit Frau Volkmann zu denken. Damit dies besser gelang, entschied sie, Alexander jetzt gleich vom Kindergarten abzuholen und mit ihm eventuell noch zu ihrer Mutter nach Kemnath zu fahren.
Ihr Handy in der Tasche auf dem Beifahrersitz brummte dreimal kurz hintereinander, offenbar eine WhatsApp-Nachricht. Die Ampel am Ortseingang ihrer Heimatstadt stand auf Rot, so konnte sie Carstens Nachricht überfliegen: Bei ihm würde es heute wahrscheinlich sehr spät werden, stand doch eine kurzfristig anberaumte Besprechung im Stab der Kompanie an.
Ihr kam das nicht ganz ungelegen, wollte sie heute doch nicht auch noch mit den Problemen in Carstens Job belastet werden.

Beim Kindergarten am Kressenstein fand sie ausnahmsweise direkt davor einen Parkplatz. Sie wollte sich heute auch etwas Zeit nehmen für ein Gespräch mit Frau Hein, der Kindergartenleiterin. Nach dem Vorfall vor gut einem Monat – Frau Hein hatte hinter Judiths Rücken Absprachen mit Alexanders Vater Jakob getroffen – hatte sich das Verhältnis zwischen den beiden Frauen mittlerweile wieder etwas gebessert. In der Tagesstätte traf sie auch sofort die Leiterin, die sie in ihr Büro bat. Frau Hein bot Judith eine Tasse Kaffee an, was in den fast drei Jahren, die Alex in diese Einrichtung ging, noch nie der Fall gewesen war. Judith nahm die Einladung dankend an. Alexander hatte im August seinen fünften Geburtstag und so stand seine, wie Carsten es nannte, *Beförderung* in die Vorschulgruppe an.
Sie unterhielten sich über die Fortschritte, die Alexander in letzter Zeit und seit dem klärenden Gespräch zwischen Judith, Jakob und Frau Hein machte. Judith war über den Verlauf des Gespräches mit der Kita-Leiterin sehr zufrieden und freute sich, dass die Querelen nun wohl endlich ausgeräumt waren.
Mutter und Sohn fuhren noch kurz zum Einkaufen in Renates Bioladen in der Lichtenfelser Straße. Renate war, neben Carmen Richter, für Judith schon seit der gemeinsamen Schulzeit am Caspar-Fischer-Gymnasium in Kulmbach eine der besten Freundinnen. Dank Renate Schirmers sehr einfühlsamer Art konnte man zu ihr mit allen Sorgen und Nöten kommen. Judith schätzte Renates Verschwiegenheit und direkte, aber doch sanftmütige Ausdrucksweise. Sie begrüßten sich herzlich mit einer Umarmung, was aber sofort Alexander auf den Plan rief. Mit einem Räuspern verschaffte

er sich die Aufmerksamkeit nicht nur Renates, sondern auch der übrigen Kundschaft.

»Ich habe schon verstanden, kleiner Mann, aber Geduld ist die Pforte der Freude.«

»Ich bin kein kleiner Mann, ich werde bald fünf und komme in die Vorschulgruppe, da sind nur die Großen«, protestierte Alexander, sehr zur Belustigung aller. Der tat jetzt glatt, als wäre er stinksauer und schmollte mit verschränkten Armen, bis Renate das Glas mit den Fruchtbärchen brachte und er sich bedienen durfte. Renate bediente einstweilen ihre Kundschaft, bis Judith mit ihrem Einkauf an der Reihe war.

»Die Frau Hauptkommissarin glänzt bei unseren Jogakursen schon des Längeren mit Abwesenheit«, bemerkte Renate beiläufig und augenzwinkernd, als sie die Waren aus dem Korb aufs Band legte. »Ja, ich weiß. Irgendwie fehlt es mir auch.« – »Am kommenden Samstag um vierzehn Uhr beginnt ein ganz besonderes Kurserlebnis, das wär etwas für dich. Ich habe mir da etwas ganz Tolles einfallen lassen. Dazu solltest du unbedingt kommen, am besten aber ohne Auto.« – »Ohne Auto?«, fragte Judith verständnislos. »Ja, ich habe von einer Brauerei aus Weißenstadt verschiedene Biere geordert, die der Braumeister dort in einem kleinen, selbst gebauten Sudwerk braut. Nur ganz kleine Mengen, aber dafür ist jeder Sud etwas Einzigartiges.« – »Den Brauer kenne ich vom letzten Fall. Sein Bier bietest du dann zu dem Joga-Kurs an?« – »Ja. Wird bestimmt super, so in kleiner Runde. Danach gibt's für jede ein kleines Glas von insgesamt fünf verschiedenen Bieren.« – »Oder auch ein großes …!«, lachte Judith und bat ihre Freundin, sie gleich für diesen besonderen Kurs mit zu notieren.

»Na dann bis Samstag.«
»Ja, bis Samstag, und lass dich herfahren!«
»Also, den einen Kilometer wird' ich auch zu Fuß hinkriegen.« Judith spielte die Entrüstete und drückte Renate noch kurz, bevor sie ging.

Zur gleichen Zeit in Bayreuth

Robert und Claudia warteten vor dem Haus in der Gontardstrasse und sahen sich fragend an.
»Schön ist das Haus ja«, meinte Claudia etwas zögerlich, »aber glaubst du, wir können es uns leisten?« – »Fragen wir nicht, werden wir es nie erfahren.«
Robert ging auf das schmiedeeiserne Gartentor zu, wollte eben den Klingelknopf betätigen, als eine ältere Dame von der Terrasse des Hauses herabkam und sie freundlich durch ein Winken zu sich bat.
»Sie sind sicherlich die beiden jungen Herrschaften, die sich gestern nach der Wohnung im ersten Stock erkundigt haben. Kommen Sie doch näher, ich beiße nicht.«
Robert gab Claudia einen Klaps auf den Po. »Also, auf geht's, mehr als Nein sagen kann sie nicht!« – »Oder wir, falls es zu teuer ist«, murmelte Claudia und versuchte die Skepsis, die man ihr ansah, zu vertreiben.
Frau Jähn begrüßte sie und bot ihnen einen Platz auf der gepflegten Terrasse an. »Sie fragen sich bestimmt, ob Sie sich eine Wohnung in dieser sicher nicht schlechtesten Gegend von Bayreuth überhaupt leisten können?«
»Woher wissen Sie das? Steht uns das ins Gesicht geschrieben?«
»Nein, nein«, lachte Frau Jähn, »aber bei allen meinen Wohnungen, die ich bis jetzt vermietet habe, waren

die jungen Leute immer sehr vorsichtig bei der Frage um das liebe Geld. Sie müssen wissen, mir kommt es nicht auf das Geld an, ich habe genug. Ich habe so viel, dass ich es in meinem Leben nicht werde ausgeben können. Glauben Sie mir, ich möchte nur ordentliche Menschen um mich haben – und das nicht nur für ein paar Wochen! Was meinen Sie, was ich schon alles erlebt habe …«

Robert und Claudia wagten kaum zu atmen. Das war eine Frau, die genau weiß, was sie will.

»Aber jetzt erzählen Sie doch erst mal ein bisschen von sich selbst, schließlich will ich doch wissen, mit wem ich es zu tun habe.«

Frau Jähn schlug die Beine übereinander und lehnte sich in dem aus Peddigrohr geflochtenen Sessel zurück. Claudia sagte ihr, sie beide würden bei der Polizei sein und hier im Bayreuther Präsidium arbeiten. Nach einem lockeren Gespräch besichtigten sie die sehr geräumige und geschmackvoll eingerichtete Wohnung. Robert war voll dafür, Claudia hingegen wollte sich noch zwei, drei Tage Bedenkzeit einräumen. Frau Jähn verstand dies und sicherte ihnen die Wohnung bis Freitag 16 Uhr zu.

Die Hausherrin führte sie anschließend noch durch den großen Garten, der fast bis oben an das berühmte Festspielhaus reichte.

Zur gleichen Zeit in Kulmbach.

Judith fuhr die Obere Stadt entlang und sah, dass wieder ein Fahrzeug mit fremdem Kennzeichen auf ihrem Parkplatz stand. Verärgert fuhr sie fast bis zur Auffahrt der Plassenburg und fand dort einen der begehrten

Parkplätze ohne Zeitbeschränkung. Schwer bepackt mit dem Einkauf liefen sie die steil abfallende Straße nach unten in Richtung Holzmarkt. Wie zu erwarten, kam Alexander wieder an dem Wasser speienden Brunnen nicht vorbei, ohne von oben bis unten nass zu werden. Die Außentemperatur ließ dies heute zu, sodass sie ihm die Freude an der Wasserspielerei ließ.
Kurz vor Judiths Wohnung befand sich an der Ecke ein schnuckeliges Café & Bistro, davor auf dem Gehsteig aufgestellt kleine Zweiertische. Die Lokalität lud förmlich zum Verweilen ein. Alexander war voll dafür, hier zu verweilen. Er schnappte sich die Karte und suchte einen Eisbecher aus. Seine Wahl fiel auf einen *Mon-Cherie*-Becher von stattlicher Größe. Judith erklärte ihm aber, das sei ein Eis mit Alkohol und deshalb nichts für ihn. Auf ihren Vorschlag, er möge doch wieder ein *Biene-Maya*-Eis essen, erntete sie einen empörten Redeschwall. Die sei doch Kinderkram und daher nichts mehr für ihn. Mit den Worten »Ich bin doch kein Baby mehr« beendete er das Gespräch und entschied sich für drei Kugeln Schokoladeneis.
Judith schaute hoch zur Burg und dachte an ihren aktuellen Fall. Irgendwie gelang es ihr nicht, völlig abzuschalten. Schräg hinter ihr zog jemand einen Stuhl unterm Nachbartisch hervor und fragte, ob er sich dazusetzen dürfe. Judith, herausgerissen aus ihren Gedanken, erschrak, drehte sich um. Im gleichen Moment sprang Alexander von seinem Platz hoch und rief, so laut er konnte: »Papa, Papa! Mama, schau mal, Papa ist hier.«
Judith traute ihren Augen und Ohren nicht. Stand doch tatsächlich der von ihr getrennt lebende Mann Jacob Roth hinter ihnen. Alexander, außer sich vor Freude,

riss die Arme hoch, um von seinem Vater hochgehoben zu werden.

»Was willst du denn hier?«, entfuhr es Judith, sichtlich um Fassung ringend.

»Judith, wir müssen miteinander reden und endlich einen Schlussstrich unter unsere Vergangenheit ziehen. So geht es nicht weiter.« – »Ach ja, einen Schlussstrich will der gnädige Herr ziehen!«

Weiter kam sie nicht. Die Fassungslosigkeit machte sie sprachlos.

»Darf ich mich erst mal setzten?« Jacob trug den Kleinen immer noch auf dem Arm.

»Bitte, wenn es sein muss.«

Sie rückte ein wenig nach links, um etwas mehr Platz zu schaffen. »Also, was willst du? Bitte mach' es kurz, ich habe nicht viel Zeit.« Erst jetzt sah sie Jacob richtig an. *Er macht jetzt nicht den Eindruck eines grausamen Raubtiers,* dachte sie und lockerte etwas ihre ablehnende Haltung ihm gegenüber. »Vielleicht hast du ja recht, wahrscheinlich ist es wirklich besser, wir sprechen uns mal aus. Aber bilde dir bloß nicht ein, ich würde auch nur einen Zentimeter von meiner Meinung abweichen.«

Sie unterhielten sich, sehr zur Freude Alexanders, fast eine Stunde lang über die weitere Zukunft. Vor allem Jacob schien es mit einem Mal doch eilig zu haben, sich von Judith endgültig zu trennen. Listig hinterfragte sie seine offensichtliche Eile. Dank geschickter Fragen erfuhr sie, dass seine jetzige Freundin beruflich sehr oft lange Zeit in den Vereinigten Staaten verbrachte. Auch sein Arbeitgeber hatte eine Niederlassung in Amerika. Judith zählte eins und eins zusammen und fragte ihn direkt, ob er vorhabe auszuwandern. Erst leugnete er

eine derartige Absicht, für immer in Amerika leben zu wollen, im Laufe des Gespräches wurde genau dies aber immer deutlicher. Was die Entscheidung seines Vaters für Alexander bedeuten würde, wurde von beiden Elternteilen tunlichst nicht angesprochen.
Verstohlen sah Judith auf die Uhr. Schon fast 19 Uhr. Sie verständigten sich darauf, ihre Anwälte zu verständigen, die dann weitere Details klären könnten.
Jacob begleitete Judith bis zu ihrer Wohnung. Der widerrechtlich auf ihrem Parkplatz abgestellte Wagen stellte sich als sein Auto heraus. Ein aufmerksamer Beamter des Ordnungsamts Kulmbach hatte den Wildparker erkannt und wegen des Fehlens eines Anwohnerausweises zu 30,00 € Bußgeld verdonnert. Judith konnte ihre Schadenfreude kaum verbergen. Aus dem Augenwinkel sah sie in der einen Spaltbreit offenen Haustür Carsten stehen. Jacob und Carsten hatten sich höchstens dreimal gesehen. Judith überlegte, ob sie ihn herbitten solle. Doch Carsten nahm ihr die Entscheidung ab und gab sich zu erkennen. In seinem Ausgehanzug machte er schon eine stattliche Figur. Jacob erschrak erst, fing sich jedoch schnell wieder und ging auf ihn zu. Judith spürte das Knistern zwischen den beiden Männern. Doch keiner gab sich eine Blöße, beide begrüßten sich mit Handschlag. Judith fiel ein Stein vom Herzen. Sie berichtete Carsten kurz vom Gespräch mit Jacob. Nach knapper Verabschiedung fragte Jacob, ob er seinen Wagen trotz Strafzettels noch etwas stehen lassen könne, er möchte noch mal kurz in die Innenstadt, nachdem er doch schon einige Zeit nicht mehr in seiner Heimatstadt gewesen sei. Judith ließ ihn wissen, ihr sei das egal, weil sie ihren Wagen heute sowieso nicht mehr abholen werde. Ihr war nicht

verborgen geblieben, dass sich vorhin am Marktplatz, vor ihrer Lieblingsmetzgerei, eine brünette attraktive Frau aufhielt, die ständig Blickkontakt zu ihnen hatte. Judith konnte es sich nicht verkneifen, noch eine spitze Bemerkung in Jacobs Richtung loszuwerden.
»Dir entgeht aber auch wirklich überhaupt nichts«, antwortete dieser verlegen und verabschiedete sich nochmals.
»Hexe!«, sagte Carsten im Weitergehen und hakte sich bei ihr unter.
Alexander winkte seinem Vater hinterher, denn zu gern wäre er mit ihm mitgegangen. Jacob hatte ihn jedoch auf ein nächstes Mal vertröstet, was der Kleine natürlich nicht verstehen wollte und deshalb sehr traurig war. Judith nahm ihn auf den Arm, dann gingen sie hoch in die Wohnung.
Carsten und Alexander wollten, im Gegensatz zu Judith, nicht aufs Abendbrot verzichten. Sie wollte jetzt für eine kleine Weile nur für sich sein, um das Geschehene des heutigen Nachmittags verarbeiten zu können.

KAPITEL 14

Donnerstag

Längst war es zur Selbstverständlichkeit geworden, nach einem Dienstschluss ohne gemeinsame Besprechung sich am nächsten Tag frühzeitig im Präsidium einzufinden. Als Judith um 6:35 Uhr eintraf, sah sie auch schon Oles Wagen auf dem Parkplatz stehen. Darüber hinaus waren bislang nur wenige der allesamt reservierten Plätze belegt. Auch die Wagen von Kriminaldirektor von Gräfenberg und von Frau Herbst fehlten noch. Judith nahm dies mit Genugtuung zur Kenntnis.

Ole,gerade dabei, das Whiteboard einzurichten, begrüßte sie mit einem herzhaften Gähnen.

»Na, na! Was ist denn mit dir los? Hat der Leichenschmaus etwas länger gedauert?« – »Das kannst du laut sagen. Nachdem sich die erste Aufregung gelegt hatte und der Trauerakt vorbei war, war das mehr eine Familienparty mit Ausgang um halb zwei heute früh.« – »Was für eine Aufregung?«

Nebenbei begrüßte Judith Robert und Claudia, die soeben und auch recht früh hereingekommen waren.

»Na ja, ich …« Ole druckste herum, »ich bin halt zu spät zur Trauerfeier gekommen. Die war nicht um fünfzehn, sondern schon um vierzehn Uhr.« – »Ole, du bist unmöglich. Was habe ich dir gestern gepredigt? Ich fasse es nicht. Und jetzt ist die berühmte … wohl am Dampfen, oder?« – »Na ja, wie gesagt, die Aufregung hat sich schon wieder gelegt. Ich bin ja noch während

der Kirche gekommen – und später ist es ja noch ganz lustig geworden.« Er grinste über das ganze Gesicht. Judith schüttelte verständnislos den Kopf und fuhr ihren Rechner hoch.
»Meine Mutter hat auch nie eine Peinlichkeit ausgelassen, sie hätte ihren Spaß an mir gehabt«, versuchte Ole sich zu rechtfertigen.
Judith konnte sich gar nicht mehr beruhigen. »Du bist unmöglich.«
»So, jetzt ist es aber gut. Konzentrieren wir uns lieber auf unsere Arbeit.« Ole gebot damit Ernsthaftigkeit, auch um keine weitere Diskussion zu diesem für ihn doch recht peinlichen Vorfall aufkommen zu lassen.

»Also Leute, lasst uns mit den Vernehmungen von gestern beginnen.« Judith setzte sich an ihren Schreibtisch und forderte ihre Kollegen auf, sich bitte auch zu setzen.
»Fangen wir mit Punkt eins unserer Liste an. Wo waren die beiden Syrer, Abbas und Halin?« Claudia erhob sich, setzte sich aber sogleich wieder. »Die beiden sind sauber, da bin ich mir sicher. Nach ihren Angaben waren sie in der Katholischen Pfarrei Maria Geburt in Fichtelberg. Ich habe das noch vor Ort überprüft. Der zuständige Messner ... Moment bitte ... Herr Stefan Glocke hat bestätigt, das die beiden am Samstag pünktlich um acht Uhr in der Pfarrei waren. Dort haben sie bis Mittag Rasen gemäht. Danach war Mittagspause, die sie bei Pfarrer Kohlrab verbrachten. Anschließend haben sie bis siebzehn Uhr dreißig Wege von Unkraut befreit und das Grünzeug auf die Deponie nach Mehlmeisel gefahren. Judith, du hast das Protokoll eben von mir bekommen.«

Judith nickte. »Danke Claudia.«

»Ole, was war mit Johnson?«

»Tja, nach seinen Angaben war der den ganzen Tag in der Firma und hat Alufelgen brüniert. Dazu brauchte er den ganzen Tag, von morgens sieben bis abends etwa siebzehn Uhr. Als Zeugen nannte er seine Chefin Gerlinde Volkmann und deren Schwester Birgit Prandl. Ich habe mir dann noch von ihm zeigen lassen, wie dieses Brünieren funktioniert. Ist ein ganz schön langwieriges Unterfangen. Wenn ihr mich fragt, ist das Alibi trotz der zwei Zeugen ...«, er malte Anführungsstriche in die Luft, »sehr, sehr dünn. Judith, ich habe dir das Protokoll ebenfalls schon zugesandt.«

»Ja danke, Ole. Aber hast du das etwa am Abend noch gemacht? Ich habe es erst heute Morgen gesehen. Na gut, das ist im Wesentlichen auch, was die Volkmann zum Besten gegeben hat. Sie hat angeblich Büroarbeit gemacht, um vierzehn Uhr neunundzwanzig bei der Sparkasse eine Überweisung von 423,59 € getätigt. Das hat sie mir auf ihrem Rechner gezeigt. Ich will das aber noch mit der Bank abchecken, weiß nicht warum, aber sicher ist sicher.«

»Hast du auch die Prandl in die Mangel genommen?« Ole lehnte sich nach hinten und faltete die Hände dabei hinterm Kopf.

»Die war überhaupt nicht vor Ort, das hat mich sowieso geärgert. Ich habe ja jemanden wegrennen hören, auch gehört, wie eine Tür ins Schloss gefallen ist. Ich könnte mir die Haare raufen, nicht mehr unternommen zu haben, denjenigen zu fassen.« – »Meinst du, es war die Prandl?« Robert klopfte bei seiner Frage nervös mit einem Kugelschreiber auf die Schreibtischplatte. »Hör doch bitte mal mit dem Geklopfe auf«, fuhr ihn Claudia

an, »machst mich völlig kirre.« Missmutig sah Robert sie an. »Schlecht gelaunt heute, oder was?«
»Ruhe!«, mahnte Judith. »Alles in allem ist das, was wir haben, nichts, so gut wie gar nichts. Entweder decken die sich alle gegenseitig oder es stimmt einfach nur – und wir tappen im Dunkeln.«
Ole stand auf, ging ans Whiteboard und tippte mit dem Finger auf Volkmann. »Was ist mit dem?« Fragend sah er in die Runde. »Mir wird trotzdem langsam etwas mulmig bei dem Gedanken, dass der draußen frei herumläuft. Irgendwie krieg ich dabei Bauchschmerzen.« – »Nicht nur du«, platzte Judith heraus, »die ganze Zeit über ist mir schon nicht wohl bei dem Gedanken, dass der draußen ist und eigentlich jederzeit abhauen könnte.« – »… und wir dann die berühmte Arschkarte gezogen haben«, sagte Claudia ohne Umschweife.
»Wir sollten ihn zumindest genauer im Auge behalten«, schlug Robert vor. »Und wie?« Claudia sah ihn an. »Sollen wir ihm nachlaufen?« – »Warum nicht? Wir könnten ihn observieren.« – »Warum überwachen wir ihn nicht einfach über sein Handy?« Claudia stützte den Kopf in beide Hände.
»Leute, ich finde das ist alles recht gut und schön, aber ich werde trotzdem meine Bauchbeschwerden nicht los. Waren wir doch zu leichtgläubig mit dem Kerl? Immerhin hat er eine schwere Straftat begangen, hat vorsätzlich die Bude angesteckt. Kann mir einer erklären, warum auch die Obrigkeit keine Bedenken gegen seine Freilassung erhoben hat? Leute, mir geht das zu glatt. Ich geh jetzt nach oben, Ole, du kommst mit. Claudia und Robert, ihr fahrt mit meinen Wagen nach Fichtelberg. Ich will ihn wieder hier haben. Ich habe echt Schiss, dass der schon über alle Berge ist.«

»Moment mal, rufen wir ihn doch einfach an. Nein, doch keine gute Idee von mir. Nein, sonst ist er vorgewarnt.« Ole lief nervös von einem Ende des Raums zum andren. »Stopp!« Wie angewurzelt blieb er stehen und stützte sich mit beiden Händen auf der Tischplatte ab. »Wir haben seine Handynummer, Claudia hat recht. Ich rufe sofort Rütters in Bamberg an.« Hastig drückte er die Direktwahl zum Chef der Kriminaltechnik und auch die Freisprechtaste. Heinz Rütters hob sofort ab.
»Ole, alter Adelsfrauenverführer, was gibt es?« Da drückte Ole das Telefon wieder auf stumm und erklärte ihm die Situation. Nach kurzem Gespräch grinste er zufrieden und beendete das Gespräch ohne Abschiedsgruß. »Alles in Butter auf 'm Kutter«, sagte er selbstgefällig, setzte sich zufrieden auf seinen Drehstuhl und drehte sich demonstrativ eine Runde im Kreis.
»Was grinst du denn wie ein Maikäfer? Los, raus mit der Sprache. Aber ein bisschen plötzlich, wenn ich bitten darf.« Judith wurde sichtlich nervös.
»Unser Heinz ist ein Prachtkerl. Hat der doch tatsächlich den Volkmann gestern Abend noch angezapft.« – »Du meinst, der überwacht sein Handy?« Judith stand auf und beugte sich zu Ole herab. Grinsend nickte er.
»Ist dir aber schon klar, dass er damit ganz gewaltige Probleme bekommen kann, so ohne Beschluss! Wir übrigens auch!« – »Wir müssen es ja nicht an die große Glocke hängen.« Ole blickte in die Runde, sah auffordernd jeden einzeln an. Einstimmiges Nicken allerseits.
»Heinz hatte einfach dieselben Bauchschmerzen wie wir. Also hat er nachgeschaut, wo sich der Kamerad so rumtreibt!« Ole drückte auf seinem Rechner verschiedene Tasten – und sogleich begann der Drucker neben der Eingangstür sein Werk. Ein lückenloses

Bewegungsprofil von gestern Abend bis gerade eben präsentierte Ole sogleich vor sich, zur Einsichtnahme aller. Dem Protokoll nach hatte Ralf Volkmann gestern Abend und die darauffolgende Nacht seinen Wohnort nicht verlassen. Drei Stunden war sein Telefon eingelockt in der Nähe von Fichtelberg. »Heinz versucht momentan zu lokalisieren, wo er sich da aufgehalten hat.«

»Das verschwindet jetzt ganz schnell …« Emsig raffte Judith diese Blätter zusammen, faltete sie und steckte sie in die Gesäßtasche ihrer Jeans. »Also los, auf geht's wie besprochen.«

»Sollen wir ihn mitbringen? So ganz ohne Haftbefehl?«

Judith warf Robert ihren Autoschlüssel zu und sagte ihm auf dem Weg nach draußen, sie würde sich rechtzeitig bei ihnen melden. Sie ging mit Ole nach oben zum KD und zu Frau Herbst. Zwar klopfte sie an, ging aber rein, ohne hineingebeten worden zu sein. Überrascht sahen die beiden Vorgesetzten hinter ihren Schreibtisch hoch. Melanie Herbst bot den Kommissaren einen Platz an und setzte sich, nur mit einem Oberschenkel, auf die Schreibtischkante.

Judith berichtete im Stakkato von den Vernehmungen der einzelnen Personen in Fichtelberg.

»Viel ist das aber nicht, Frau Streng!«, stellte Kriminaldirektor von Gräfenberg etwas säuerlich fest.

»Genau deshalb sind wir hier, Herr von Gräfenberg. Ich denke – und meine Kollegen sind mit mir einer Meinung –, dass es vielleicht doch etwas voreilig war, Herrn Volkmann auf freien Fuß zu setzen. Kollege Jahn und Frau Kober sind bereits nach Fichtelberg unterwegs, um dort nach dem Rechten zu sehen. Irgendwie habe ich ein mulmiges Gefühl bei dem Gedanken, dass ein Straftäter, der ja nun wirklich kein Bagatelldelikt begangen hat, wieder frei herumläuft.«

Melanie Herbst erhob sich von ihrem anscheinend doch etwas unbequemen Sitzplatz und setzte sich korrekt an ihren Schreibtisch. Wortlos wechselte sie mit Kriminaldirektor Gräfenberg kurze Blicke und nickte daraufhin, nahm den Telefonhörer auf und drückte eine der zahlreichen Kurzwahltasten. Höflich bat sie Frau Oberstaatsanwältin Karin Reiter zu sich ins Büro.

Frau Reiter kündigte ihr Kommen durch kurzes Klopfen an. Melanie Herbst öffnete die Bürotür und Frau Reiter nahm ebenfalls Platz.

Judith brachte nochmals ihre Bedenken gegen Ralf Volkmann vor, unterstützt von Ole, der die Gefahr des Untertauchens des Fichtelberger Unternehmers unterstrich.

Frau Reiter wollte eine derart schwerwiegende Entscheidung, ihn wieder in Untersuchungshaft zu nehmen, nicht allein treffen und bat KD von Gräfenberg darum, mit Staatsanwalt Jakbusch zu telefonieren. Dietmar Jakbusch jedoch befand sich heute in Urlaub, erklärte sich aber bereit zu einer Telefonkonferenz. Entschlossener als Frau Reiter trat auch er für die sofortige erneute Festnahme des Brandstifters ein.

In der Diskussion um ein Pro und Contra einer nochmaligen Untersuchungshaft gab es nun zwei Lager. Oberstaatsanwältin Reiter und Melanie Herbst waren gegen eine erneute Inhaftierung, da er in Freiheit sicher versuchen würde, den Mörder seiner Geliebten zu finden. Herr von Gräfenberg, Judith und Ole wiederum werteten die Gefahr des Verschwindens als sehr hoch.

Das ging hin und her. Judith wurde zunehmend nervöser, waren mittlerweile doch schon fast dreißig Minuten vergangen, seit Robert und Claudia aufgebrochen waren – aber noch immer keine Meldung abgesetzt hatten. Sie bat darum, kurz rausgehen zu dürfen. Auf dem Flur wählte sie Claudias Nummer, doch meldete sich nur die Mailbox mit Claudias Ansage. Hastig wählte sie Roberts Apparat, doch er war erst gar nicht erreichbar. Judith entsann sich, dass es auf dem Weg ins hohe Fichtelgebirge zahlreiche Funklöcher gab, hoffte aber, zumindest einer der beiden würde sich noch vor einer eigenmächtigen Entscheidung bei ihr melden. Auf dem Weg zurück zur Beratung kam ihr Ole mit seinem Handy am Ohr entgegen, Daumen nach unten. Ungeduldig wartete sie neben ihm, bis er sich nach einem wortkargen Gespräch vom Leiter der Kriminaltechnik verabschiedete.

Nun sah er seine Chefin sorgenvoll an.

»Scheiße!«, konnte er sich den Kraftausdruck nicht verkneifen. »Scheiße. Scheiße. Scheiße!« Er stützte sich mit beiden Händen auf dem Fensterbrett ab und starrte nach draußen.

»Was ist denn los?«

»Rütters hat angerufen. Volkmann ist unterwegs nach Weißenstadt, ist schon bei Bischofsgrün von der Bundesstraße in Richtung Höhenklinik abgebogen und fährt den Schneeberg hoch. In fünf Minuten ist er am Brandort.«

»Woher willst du wissen, dass er auch dort hin will?«

»Ist doch auch völlig wurscht, wo der hin will.« Ole atmete tief durch. »Jetzt können wir da drinnen beichten, dass wir ihn auf dem Schirm haben.«

»Das gibt massiven Ärger.« Judith setzte sich neben ihn auf den Fenstersims. Ole starrte weiterhin nach draußen, während Judith den ihr endlos erscheinenden Flur entlang starrte.

»Ich mach das.« Ole, einer plötzlichen Eingebung folgend, deutete ihr an, ihm zu folgen. Sie klopften kurz an und betraten abermals den Raum. »Unsere Kollegen teilten uns gerade mit, dass Herr Volkmann sich aus Fichtelberg in seinem Wagen entfernt habe. Derzeit fährt er die B303 in Richtung Westen. Die Kollegen versuchen an ihm dran zu bleiben, doch herrscht starker Verkehr. Sie befürchten, ihn zu verlieren.«
»Handyortung! Sofortige Handyortung!«, bellte Dietmar Jakbusch ins Telefon. Oberstaatsanwältin Reiter nickte dazu.
»Frau Streng, veranlassen Sie sofort alles Nötige zur Ortung des möglicherweise Flüchtenden. Den schriftlichen Beschluss erhalten Sie später.«
»Vielen Dank, Frau Oberstaatsanwältin, wir entschuldigen uns dann mal.« Eiligst verließen sie das Büro und rannten die Treppe runter. Judith lief noch mal zurück und schnappte sich ihre Steppweste, die über ihrem Bürostuhl hing. Oles Wagen stand etwas weiter hinten auf dem Parkplatz, sodass sie im Laufschritt über den Platz hasteten.

Ole startete und fuhr mit quietschenden Reifen vom Platz. Judith unterdessen wählte die Nummer von Heinz Rütters in Bamberg und informierte ihn über die plötzliche Wandlung in dem Fall. Zufrieden grinste Ole, während er seinen Mondeo zielstrebig in Richtung Autobahn steuerte.
»Na, wie habe ich das gemacht?« Er grinste breit und sah Judith an. »Ole, mir ist immer noch schlecht, aber das war echt spitze, auch verdammt knapp.« – »Ist jetzt egal.« Er wurde vom Piepen seines Handys unterbrochen, gab es aber weiter an Judith, denn sein Wagen

verfügte über keine Freisprechanlage geschweige denn über eine Bluetooths-Einrichtung. Judith sprach mit Heinz und sah dabei auf ihr Telefon, denn er hatte ihr eine GPS-Ortung geschickt. Judith war somit in der Lage, den Aufenthaltsort von Ralf Volkmann zu sehen und ihn nun auch verfolgen zu können.

Volkmanns Wagen stand am Ortseingang von Schönlind, etwa fünfzig Meter vor der Brandruine seines ehemaligen Gasthauses.

Auf der Autobahn gab Ole kräftig Gas. Sein mobiles Blaulicht hatte er noch im Stadtbereich von Bayreuth aufs Wagendach gestellt, wo es dank eines Magneten gut haftete. Auf Höhe der Ortschaft Bindlach, in der Einfahrt des Betriebshofes der Autobahnmeisterei, stand ein Streifenwagen der Autobahnpolizei. Die Besatzung hatte schon aus etwa 500 Meter Entfernung den auffälligen Wagen des Kriminalrats van Kirk mit hoher Geschwindigkeit kommen sehen. Mit eingeschaltetem Martinshorn und Blaulicht setzten sie sich vor Oles Mondeo, um ihm lautstark freie Bahn zu sichern.

»Aufmerksam, die Kollegen!« sagte Ole knapp und schien den Streifenwagen geradezu vor sich her zu schieben. Nach weniger als zehn Minuten erreichten sie die Ausfahrt *Gefrees/Weißenstadt.* Der vorausfahrende Wagen verringerte das Tempo, und auf der Staatsstraße überholte Ole dann die uniformierten Kollegen, währenddessen Judith sich per Handzeichen für das Geleit bedankte. Die Sondersignale ausgeschaltet, wendete die Streife und bog wieder auf die Autobahn in Richtung Bayreuth ein.

Ole fuhr weiter, passierte Gefrees, um kurz danach auch die Ortschaft Kornbach hinter sich zu lassen.

Von hier aus waren es noch gut fünf Minuten bis zur Brandruine.
Schon sahen sie den roten Mercedes-Benz von Ralf Volkmann auf dem Waldweg, der zum Gasthof führte. Von Volkmann selbst war nichts zu sehen. Ole fuhr noch etwas bergauf zu einem gesperrten Parkplatz, den nur Holzlaster nutzten, um hier die enorme Menge an vom Borkenkäfer befallenen Holz aus dem Gebiet des Schneeberges hier zwischenzulagern.
Judiths Handy klingelte. Endlich! Claudia! Judith war ziemlich aufgebracht, weil sie sich nicht früher gemeldet hatten. Nach kurzem Hin und Her wegen der Widrigkeiten der Mobilfunknutzung gab Judith für beide die Anweisung, nach Frau Prandl Ausschau zu halten und, falls aufgefunden, sie nach Bayreuth ins Präsidium vorzuladen.

Sie und Ole arbeiteten sich durch das dichte Unterholz vom Parkplatz zur Brandruine durch. Judith ging gebückt und versuchte, ebenso wie auch Ole, Geräusche durchs Knacken von umherliegenden Ästen zu vermeiden. Da schrie sie plötzlich auf und hielt sich das rechte Auge zu. Ein Zweig war ihr ins Auge geschlagen, was höllische Schmerzen hervorrief. Sie setzte sich auf einen Stein, hielt die Hand auf das verletzte Auge und wimmerte. Ole versuchte sie zu beruhigen und nahm ihre Hand von ihrem Gesicht. Der Schlag hatte, Gott sei Dank, nach Oles erster Diagnose keine sichtbaren Verletzungen am Auge verursacht. Allerdings war es stark blutunterlaufen; Judith konnte es kaum offen halten. Mit einem Papiertaschentuch, das ihr Ole reichte, deckte sie das verletzte Auge ab. Sie gingen weiter.

Judith stupste Ole in die Seite und deutete mit der linken freien Hand nach unten. Ralf Volkmann … Er saß auf einer offensichtlich schon recht klapprigen Holzbank und starrte auf das verkohlte Gerippe des Dachstuhls seines Anwesens. Noch immer, vier Tage nach dem Brand, stieg hier und da Rauch aus dem Gebäude. Die Feuerwehr Voitsumra, die für den Einsatz federführend war, hatte zur Sicherheit noch ein sogenanntes C-Strahlrohr an einem Hydranten hinterlassen. Schief hing der Schlüssel zum Öffnen vom Kopf der rot gestrichenen Wasserzapfstelle. Regelmäßig begab sich einer der Aktiven der Wehr hierher, um die Lage zu kontrollieren.
Von vorn näherte sich ein weißer Geländewagen der Marke *Jeep Wrangler* mit langsamer Geschwindigkeit. Judith und Ole bückten sich instinktiv noch tiefer.
Ralf Volkmann erhob sich von seiner Sitzgelegenheit und ging auf das Fahrzeug zu. Etwas abseits von dem mit Löschwasser durchtränkten Waldweg blieb der augenscheinlich nicht ganz billige Geländewagen stehen. Ein elegant gekleideter Mittvierziger stieg aus und lief auf Ralf Volkmann zu. Sie begrüßten sich per Handschlag. Dann lief der Mann, etwas unsicher im Gelände, hinter Volkmann her bis hoch zu besagter Bank. Volkmann schien ihm die Örtlichkeiten zu erklären, zeigte er doch mit dem rechten Arm immer wieder auf einzelne Gebäudeteile. Schließlich gingen sie die drei Stufen zum Eingang hinunter und verschwanden im Gebäude.
Judith und Ole verließen, nach kurzem Blickwechsel, die Deckung und gingen den steilen Hang – mehr auf dem Hosenboden rutschend – hinab. An der Bank blieben sie kurz stehen und versuchten etwas von den aus dem Inneren dringenden Wortfetzen zu verstehen.

Ole bedauerte, nichts zu hören und deutete an, sie sollten ebenfalls in das Gebäude rein gehen. Durch die nur noch an einer Angel hängende Tür betraten sie den Vorraum, von dem aus ein Gang nach links in die ehemalige Wirtsstube des Lokals abzweigte. Hierher hatten sich Volkmann und der ominöse Besucher zurückgezogen; sie diskutierten miteinander.
Mit dem Fuß stieß Judith die nur angelehnte Gastzimmertür auf und gab sich als Hauptkommissarin der Kripo Bayreuth zu erkennen. Ole tat es ihr gleich.
Volkmanns Gesprächspartner musterte die beiden abfällig von oben bis unten. »Jens Stübinger, Rechtsanwalt«, stellte er sich vor, »ich vertrete Herrn Volkmann und möchte hiermit klarstellen, dass mein Mandant keinerlei weitere Angaben zu den gegen ihn erhobenen Vorwürfen machen wird.«
Ole stellte sich mit verschränkten Armen breitschultrig vor Judith, wie um sie zu beschützen, und hörte sich das weitere arrogante Gehabe des Anwalts an. In einer Atempause Jens Stübingers ergriff Ole das Wort und erklärte ihm, sein Mandant werde mit sofortiger Wirkung und wegen Verdunklungsgefahr wieder in Untersuchungshaft genommen.
Nach endlosem Hin und Her um Recht oder Unrechtmäßigkeit einer erneuten Verhaftung durch die Kommissare setzte sich Ole durch und erklärte Ralf Volkmann erneut für verhaftet.
Judith hatte noch während des Hickhacks den überraschend vom Feuer weitgehend verschonten Raum verlassen, sich draußen auf die baufällige Bank gesetzt und ihr Auge von Sekret und Blut gereinigt.
Ole indessen ließ sich von den Beschimpfungen und Drohungen des Anwalts nicht beeindrucken, sondern

telefonierte mit Oberstaatsanwältin Reiter in Bayreuth, die ihm volle Rückendeckung zusagte und die Ausstellung eines erneuten Haftbefehls nur noch als Formsache bezeichnete.
In gewohnter Routine arbeitete Ole sein Programm ab, wozu auch die Anforderung eines Streifenwagens der Polizeiinspektion Wunsiedel gehörte.
Jetzt kümmerte er sich zunächst um Judith, die unverändert auf der Bank ausharrte. Die Schmerzen im Auge wurden zunehmend unerträglicher. Ole wollte über die Rettungsleitstelle einen Notarzt anfordern, doch lehnte Judith das entschieden ab.
Ole, dem nach einiger Zeit des geduldigen Ertragens der Anfeindungen von Jens Stübinger nun doch der Geduldsfaden riss, stand auf, packte den Anwalt am Hemdkragen und hob ihn hoch. Mit den Beinen zappelnd japste der nach Luft. »Anwälte!«, schnaubte Ole verächtlich und ließ den Kerl wie einen nassen Sack fallen, widmete seine Aufmerksamkeit aber gleich wieder seiner Kollegin.
Ralf Volkmann stand mit offenem Mund daneben und beobachtete das Geschehen, ohne sich dazu zu äußern. Der Anwalt zog wütend von dannen, nicht aber ohne vorher Ole seine Visitenkarte vor die Füße geworfen zu haben. Ole ignorierte auch seine Androhung eines Nachspiels, die der Anwalt wiederholt ausstieß.
Endlich! Ein Streifenwagen bog von der Staatsstraße in den Waldweg ein und näherte sich dem Ort des Geschehens.
Entgegen der vorherigen vorsichtigen Fahrweise des Anwalts ignorierte er offensichtlich alles, um das Verschmutzen seines Wagens zu verhindern. Mit durchdrehenden Reifen und rücksichtsloser Fahrweise

zwang er den Streifenwagen stehen zu bleiben und ihn vorbei zu lassen.
Zwei ihnen bekannte Polizisten entstiegen dem Polizeiauto und kamen die restlichen paar Meter zu Fuß. Polizeimeisterin Sandra Gebhard und Polizeihauptmeister Gesell begrüßten Judith und Ole. Auf Anordnung Judiths verzichteten sie darauf, Herrn Volkmann Handschließen anzulegen, nahmen ihn aber in die Mitte und führten ihn zum Streifenwagen. Ole beugte sich zu Judith und hakte seinen Arm bei ihr unter. Auf seine Anweisung hin brachten die beiden Streifenbeamten dann auch seine Chefin hoch zu seinem Wagen auf dem Parkplatz. Ole kletterte den steilen Abhang nunmehr hinauf und erreichte so knapp nach den Polizisten seinen Wagen.

Nach der Verabschiedung stieg er zu Judith in den Ford und fuhr direkt nach Weißenstadt. Von einem schon einige Jahre zurückliegenden Tennisturnier kannte er den praktischen Hausarzt Claus Fader aus dem Ort. Sie hatten danach nochmals im Luftkurort Wirsberg gegeneinander gespielt und sich dabei näher kennengelernt. Judith wollte schon wieder protestieren, doch er fuhr sie schweigend in die Stadt zur Praxis des Arztes. Die freundliche Sprechstundenhilfe nahm Judith sofort in Empfang und brachte sie in einen Raum neben dem eigentlichen Arztzimmer. Nach Aufnahme der Personalien und der Krankenkasse erschien keine zwei Minuten später Dr. Fader und nahm Judith vorsichtig das Taschentuch vom Auge. Nebenbei ließ er sich von Ole den Hergang des Unfalles schildern. Judith ärgerte sich über das Missgeschick, hoffte jedoch, dass es sie nicht für ungewisse Zeit ausbremsen würde. Dr. Fader reinigte das Auge, so gut es eben ging, und legte unter einer Augenklappe eine Kompresse an. Er riet ihr zudem, schnellstmöglich, am besten noch am gleichen Tag, einen Augenarzt aufzusuchen. Sie kannte in Kulmbach Dr. Baumann, einen sehr kompetenten Arzt, persönlich. Er war während des Gymnasiumbesuchs mit ihrer Freundin Carmen – die sich selbst als beziehungsunfähig bezeichnet – enger befreundet. Judith versprach Dr. Fader, ihn noch heute aufzusuchen.

Sie waren bereits an der Praxistür angelangt, als der Arzt sich nach Oles Tenniskarriere erkundigte. Da musste Ole zugeben, schon einige Zeit nicht mehr gespielt zu haben und auch körperlich nicht mehr in Form zu sein. Dr. Fader musterte den leichten Bauchansatz von Ole und grinste. »French Open im Fernsehen sind Sport genug. Oder?« Ole lachte und erklärte, dass die Polizeiarbeit und familiäre Umstrukturierungen ihn momentan doch sehr in Anspruch nehmen würden. Und fast beiläufig steckte er Claus Fader ein bisschen was von den Ermittlungen in Schönlind.

Die Beschreibung der toten Frau ließ Dr. Fader aufhorchen, denn vor etwa zwei Wochen war eine Frau mit akuten Kreislaufproblemen hier bei ihm in der Praxis. Er wollte seinerzeit den Rettungsdienst rufen, um sie ins Krankenhaus nach Münchberg bringen zu lassen, was die Frau aber vehement ablehnte. Der Chef des Forstamts *Bayerische Staatsforsten* hatte die Frau völlig apathisch auf dem Weg von der Gaststätte hoch zum Rudolfstein aufgegriffen, sie kurzerhand in seinen Wagen gepackt und hierher in die Praxis gebracht.

Ole befragte den Arzt noch hinsichtlich der bei der Frau festgestellten Symptome. Dr. Fader sagte daraufhin, er habe ihr ein Kreislaufmittel verabreichen wollen und sei deshalb in das Labor gegangen, um eine Spritze aufzuziehen. Als er ins Sprechzimmer zurückkam, sei die Frau weg gewesen, ein Blick auf die Straße vor der Praxis war erfolglos. Die Dame war schon verschwunden. Die Aussage des Arztes bezüglich des Dialekts der Fremden bestärkten Judith und Ole in der Annahme, es könne sich dabei nur um Olga Holischek gehandelt haben. Judith notierte sich noch Name und Anschrift des Forstbeamten und bedankte sich bei Dr. Fader für die doch überraschende Hilfe in diesem Fall und die ärztliche Versorgung ihres Auges.

Als sie in Oles Auto saßen, vibrierte Judiths Handy; in der Arztpraxis hatte sie es lautlos gestellt – Claudias Nummer. Judith drückte die Wahlwiederholung. Claudia meldete sich sofort und berichtete von Gerlinde Volkmanns Schwester. Für den Tatsamstag habe diese ein Alibi, sie habe ab fünf Uhr dreißig morgens in einem großen Hotel in Bischofsgrün das Frühstücksbuffet vorbereitet und bis zehn Uhr betreut, dann eine halbe Stunde Pause gemacht und anschließend bis fünfzehn Uhr gemeinsam mit einer Kollegin die Hotelzimmer gereinigt. Danach sei sie nach Fichtelberg gefahren, um im dortigen Edeka-Markt noch Einkäufe fürs Wochenende zu tätigen.
»Also gut, Claudia, dann verzichte ich auf die Vorladung zu uns nach Bayreuth, aber ihr überprüft die Angaben. Vom Hotel möchte ich einen Ausdruck der Zeiterfassung, vom Einkaufsmarkt reicht eine Erklärung, möglichst von zwei unabhängigen Personen.« – »Geht klar, Judith. Ich schätze, wir sind in anderthalb Stunden fertig. Sollen wir dann wieder ins Präsidium

kommen?« – »Ja, ich denke, wir sind bis dahin auch wieder in Bayreuth.«

Judith gab Ole zu verstehen, endlich loszufahren.

»Wir fahren jetzt aber nicht zu diesem Förster, oder?« – »Ja wohin denn sonst? Meinst du, ich habe kein anderes Hobby, als ständig nach Weißenstadt zu fahren? Jetzt, wo wir schon mal da sind …« Ole unterbrach Judith, indem er seine Sorge um das Auge ausdrückte. »Du hast doch gehört, was der Doktor sagte, du solltest schleunigst zum Augenarzt.« – »Papperlapapp. Erst wird die Arbeit gemacht. Los, fahr schon!«

Ole dachte sich seinen Teil und fuhr die Hauptstraße entlang.

»Der Doc hat gesagt, in der oberen Hälfte der Kirchenlamitzer Straße befände sich das Büro der Staatsforsten. Ich sehe nichts.«

Judith bat ihn, den Wagen vor dem Juweliergeschäft in einer Lücke zu parken. »Ein paar Schritte werden uns doch nicht schaden.« – »Aye, aye Kapitän Einauge, ich lege an.« Ole grinste übers ganze Gesicht.

»Warte nur, Bürschchen, das werde ich alles deiner Helene erzählen. Aber so was von brühwarm«, konterte Judith.

Eine Nachfrage in Schmuckgeschäft ergab, dass die Büroräume der Dienststelle des Forstes sich schräg gegenüber befänden. Wie praktisch. Sie überquerten die Fahrbahn und gingen direkt auf die Eingangstür zu. Ein an der Türe angebrachtes Schild gab Aufschluss über die Sprechzeiten der Forstbeamten und darüber, dass die Dienststelle ab 16 Uhr besetzt sei. Judith sah hoch auf die Uhr des nahen Kirchturms – kurz vor 14 Uhr. Immerhin war für dringende Fälle eine Handynummer angegeben. Judith wählte die Nummer, woraufhin sich

Revierleiter Falk Kraus meldete. Judith erklärte ihm ihr Anliegen. Herr Kraus konnte sich natürlich an den Vorfall im Gebiet am Rudolfstein erinnern und vereinbarte ein Treffen um 15 Uhr in der Dienststelle.
Judith schlug vor, die Zeit für einen Spaziergang am Weißenstädter See zu nutzen. Also fuhren sie auf den großen Parkplatz unmittelbar am See. Ein kurzer Gang am See entlang, dann machten sie einen Abstecher zur Baustelle der riesigen Therme und waren beeindruckt von dem nun doch schon fast fertigen Bauwerk.
Auf dem Rückweg zum Parkplatz fragte Ole: »Weißt du, wann der Tempel aufmacht?« – »Also wenn ich mich nicht täusche, ist die Eröffnung für September geplant.« Ole drehte sich noch mal zur Baustelle um und erzählte Judith von seinen Thermenaufenthalten in Bad Staffelstein. »Dann weiß ich ja, wo ich ab September hingehe.« Er schloss den Mondeo auf.

Ziemlich genau um die vereinbarte Zeit trafen sie sich mit dem Revierleiter in dessen Büro. Herr Kraus berichtete ausgiebig von seinem Zusammentreffen mit der fremden Frau. Mittlerweile bestand für die Kommissare kein Zweifel mehr, dass es sich dabei um Olga Holischek gehandelt haben musste. Als sich die Befragung dem Ende näherte, erinnerte sich Herr Kraus noch an eine männliche Person auf dem Waldweg. »Ich sah den Mann allerdings fast nur von hinten. Nur einmal drehte er sich um und ich konnte sein Gesicht sehen. Mir kam der Herr etwas unpassend angezogen vor für einen Waldspaziergang Weiße Schuhe mit schwarzem Rand, ein Anzug, über dessen Farbe ich mich doch sehr gewundert habe – so eine Art englisches Tweedjackett. Also normalerweise geht man so nicht in den Wald.«

»Können Sie uns das Gesicht des Mannes beschreiben?«, bohrte Judith nach.
»Ich habe ihn, wie schon gesagt, nur ganz kurz von vorne gesehen, aber dann im Rückspiegel sah ich nochmals, dass er einen relativ kleinen, fast mondförmig runden Kopf hatte. Mehr kann ich Ihnen aber hierzu wirklich nicht sagen.«
»Wie groß war der Mann etwa?«, fragte Ole.
»Nun ja, ich würde sagen, nicht besonders groß, so etwa eins siebzig, fünfundsiebzig in etwa. Größer aber nicht.«
»Denken Sie, dass wir mit Ihrer Hilfe und unseren Spezialisten eventuell ein Phantombild von der Person anfertigen lassen könnten?«
»Nun ja, meinetwegen, aber viel mehr als jetzt kann ich da dann auch nicht sagen.«
Judith stand auf und gab Herrn Kraus zur Verabschiedung die Hand. »Wir werden mit Sicherheit nochmals auf Sie zurückkommen, Herr Kraus.«
»Sehr gern, Frau Kommissarin. Hier … meine Karte. Sie können mich jederzeit anrufen.«
Auch Ole verabschiedete sich von dem Förster. Draußen, auf dem Gehsteig, blieb Judith plötzlich stehen und sah Ole an. »Was sagst du zu der Geschichte? Ist doch komisch, das Ganze, oder? Da tanzt einer mit einem Anzug durch den Wald und wir haben eine durchgeknallte Holischek. Irgendwas stimmt da nicht.« – »Du hast recht, Judith, das wirft ein ganz neues Licht auf den Fall.« – »Auf gut Deutsch heißt das: Wir stehen schon wieder ganz am Anfang.« Ole nickte beifällig. Sie überquerten die Straße.
Die Rückfahrt nach Bayreuth verlief sehr ruhig. Ein jeder machte sich eigene Gedanken zu den doch recht überraschend gekommenen Neuigkeiten. Judith

schaute hinaus und sah rechter Hand neben ihr auf der Eisenbahnstrecke *Schiefe Ebene* eine riesige weiße Dampffahne in den Himmel steigen. Schwer hatte die Dampflok auf ihrem Weg hoch nach Marktschorgast an ihrem Sonderzug zu ziehen.
»Ist schon faszinierend, die alte Technik«, bemerkte Ole, der das schwarze Ungetüm ebenfalls bemerkt hatte. Judith nickte stumm, sprach dann aber wie aus heiterem Himmel Ole an: »Was hältst du eigentlich davon, wenn ich Claudia zur Beförderung vorschlage?« Ole war überrascht. »Wie kommst du denn da jetzt drauf?« – »Ach nur so, ist mir gerade eingefallen.« Wortlos setzten sie die Fahrt fort. Als Bayreuth in Sichtweite lag, spann sie den Faden weiter: »Ich meine nur, sie ist jetzt schon über zwei Jahre Obermeisterin. Ich denke, sie hätte den Kriminalhauptmeister verdient.« Ole nickte stumm. Nach einer gefühlten Ewigkeit sagte er: »Schlag sie vor.« – »Mach' ich.«

Nach gemeinsamer Besprechung der neuen Erkenntnisse in Weißenstadt beauftragte sie Ole und Claudia mit der Anfertigung des Protokolls, selbst ging sie hoch und beriet sich mit ihren Vorgesetzten über das weitere Vorgehen. Ralf Volkmann befand sich nach Angaben von Kriminaldirektor von Gräfenberg wieder in der JVA St. Georgen in Untersuchungshaft. Er hatte anlässlich seiner Einlieferung keinerlei Probleme bereitet, jedoch ein weiteres Mal seine Unschuld beteuert und betont, nichts mit dem Tod von Olga Holischek zu tun zu haben. Die Brandstiftung hingegen gestand er erneut ein.

KAPITEL 15

Judith zog die Haustür hinter sich zu und lehnte sich mit dem Rücken dagegen, schloss die Augen und sog die leicht muffige Luft des Altbaus tief ein. Normalerweise bräuchte sie jetzt erst mal ihre Ruhe, um zu sich selbst zu finden. Von oben jedoch vernahm sie schon, wie die Wohnungstüre von innen aufgesperrt wurde. Carsten war heute etwas früher vom Dienst gekommen und hatte auch Alexander vom Kindergarten abgeholt. So jedenfalls hatten sie es am frühen Nachmittag vereinbart.

»Mama, Mama«, tönte es unüberhörbar aus dem zweiten Stock, »Oma Kerstin und Gerhard sind zu Besuch gekommen.« Judith schloss erneut die Augen und stöhnte leise. *Auch das noch.* Normalerweise hatte sie ihre Mutter und Gerhard Roßberg sehr gern um sich und freute sich über jeden Besuch der beiden. Heute jedoch hätte sie einfach nur für sich sein, den Fall und seine Wendung einfach draußen vor der Haustür lassen und abschalten wollen. Oben nahm sie ihren Sohn wie immer auf den Arm. Carsten stand breitschultrig in der Küchentür und zuckte fast unmerklich mit den Schultern. Da bemerkte er Judiths Augenklappe. Kurz erzählte sie ihm von dem Missgeschick mit dem Ast, der ihr im Wege war. Gekonnt spielte sie den Vorfall herunter und weigerte sich auch, die Augenklappe abzunehmen. Nach inniger Begrüßung ließ sie sich erschöpft auf die Couch fallen. Alexander sprang sofort in ihren Schoß und umarmte seine Mutter ganz fest.

»Schatz, nicht so fest, ich bekomme doch gar keine Luft mehr«, protestierte sie.

Kerstin Streng hatte vom Fischstand auf dem Holzmarkt frisch geräucherte Forellen mitgebracht. Gemeinsam gingen sie in die Küche, wo Carsten bereits den Tisch für das Abendbrot gedeckt hatte. Mit einem Nicken machte er Judith auf einen Brief aufmerksam, der auf der Anrichte lag. Sie stand auf und erkannte schon an der Art, wie die Anschrift geschrieben war, den Absender: die Anwaltskanzlei in Frankfurt, die Jacob mit der Durchführung der Trennung von Judith beauftragt hatte. Sie öffnete den Brief und überflog ihn. Ein Lächeln in ihrem Gesicht veranlasste Carsten, einen Daumen nach oben zu strecken. Judith nickte beifällig und legte das Schreiben zurück auf die Anrichte. Kerstin Streng und Gerhard Roßberg sahen sich fragend an, doch Judith sah in die Runde und strahlte gutgelaunt.
»Wenn alles klappt, bin ich in sechs Wochen solo.« – »Das will ich aber nicht hoffen«, protestierte Carsten, sprang von seinem Platz auf und umarmte seine Freundin. »Dann bin ich frei, frei wie der Wind«, lachte Judith und löste sich aus seinem Klammergriff.
»Ich verstehe nur Bauhof!«, quengelte Alexander und verschränkte provokant die Arme vor der Brust.
»Du meinst wohl Bahnhof?«, belehrte ihn Gerhard.
»Nein, *Bauhof,* das sagt Tante Hein auch immer.«
»Es heißt aber trotzdem *Bahnhof*«, mischte sich Gerhard Roßberg ein und verschränke ebenfalls die Arme vor sich.
»Nun lasst uns endlich zu Abend essen«, drängte Judith.

Zur gleichen Zeit in Bayreuth.

Claudia und Robert liefen die Gontardstraße unschlüssig auf und ab. Einerseits gefiel ihnen die Wohnung von

Frau Jähn sehr gut, andererseits hatten beide Angst, die Vermieterin nach der Höhe der Miete zu fragen. Claudia plagten aber auch noch andere Zweifel. Sollte sie sich wirklich schon mit Robert auf eine gemeinsame, auf engstem Raum basierende Beziehung einlassen? Ständig dachte sie die letzten Tage darüber nach. Doch wie sollte sie es Robert beibringen? Hatte er doch wegen ihr seine Beziehung mit Frauke in Pottenstein riskiert und einen Rauswurf aus dem Haus ihrer Eltern und somit die Trennung von seiner langjährigen Freundin heraufbeschworen. Aber auch sie wollte Robert doch unbedingt haben. Warum dann die ständigen Heimlichkeiten und gegenseitigen Berührungen während des Dienstes? Schließlich ging es dann doch so weit, dass auch Judith und Ole bemerkten, was zwischen ihnen beiden lief.

»Lass uns noch einmal eine Nacht darüber schlafen.« Claudia blieb abrupt stehen und sah Robert tief in die Augen. »Nur noch eine Nacht!« wiederholte sie.

»Was ist los mit dir, Claudia?« Robert sah sie verständnislos an. »So eine Chance bekommen wir nie wieder, nicht hier in Bayreuth, nicht in so einer Lage.« Er ließ Claudias Hand enttäuscht los und schüttelte den Kopf.

Wieder in Kulmbach

Kerstin und Gerhard waren im Begriff, sich zu verabschieden. Nun brachte Judith ihren Sohn ins Bett. Alexander hatte es im Laufe des Abends doch mitbekommen, dass es sich bei dem Brief um etwas handeln musste, was seinen Papa betraf. Judith beruhigte ihn, so gut es ging, und versprach ihm, er könne seinen Papa sehen, so oft er wolle. Zwar war ihr bewusst, dass dies nicht möglich sein würde, hellte aber Alexanders Stimmung wenigstens deutlich auf.

Seit einiger Zeit wollte er vor dem Einschlafen auch keine Räubergeschichten mehr hören. Überhaupt hatte Judith den Eindruck, er habe sich in letzter Zeit verändert, interessierte sich viel mehr für die Dinge des alltäglichen Lebens. Vielleicht lag es daran, dass er jetzt bald in die Vorschulgruppe kam und ihm dieser Umstand einen Schub in seiner Entwicklung verpasste. Sogar den bislang obligatorischen Gutenachtkuss lehnte er ab – falls doch, wurde der mit dem Handrücken sofort von der Backe gewischt. Diese Entwicklung bestätigte auch Frau Hein, Kita-Leiterin, die insbesondere das Ausbleiben des Einnässens lobte.

Judith schloss die Tür des Kinderzimmers und begab sich wieder ins Wohnzimmer, wo Gerhard und Kerstin sich gerade von Carsten verabschiedeten. Sie brachte die beiden zur Wohnungstür und verabschiedete sich ebenfalls. Erschöpft ließ sie sich auf die Couch fallen und schloss die Augen. Carsten nahm die Fernbedienung, schaltete die Tagesschau im Ersten ein und verfolgte, bei geringer Lautstärke, die Geschehnisse des Tages. Ein Bericht aus Kabul ließ ihn aufhorchen, weshalb er das Gerät etwas lauter stellte. Judith lehnte den Kopf an seine Schulter und sah den Bericht über die afghanische Hauptstadt mit an. Keiner von beiden sprach ein Wort. Schweigen. Ein jeder wusste, was im anderen vorging. Diese gedankliche Verbundenheit schätzte Judith sehr an Carsten. Jacob, im Gegensatz dazu, hatte in der kurzen Zeit, die sie zusammen gewesen waren, stets versucht, sie zu verbessern. Carsten holte aus dem Kühlschrank eine Flasche Wein und schenkte zwei Gläser ein. Judith genoss den fruchtigen Rebensaft. Gegen

22 Uhr verabschiedete sie sich mit einem Kuss und ging zu Bett, wohl wissend, nicht einschlafen zu können. Carsten dagegen kam im Gegensatz zu Judith mit sehr viel weniger Schlaf aus und ging meist, selbst wenn er früh raus musste, erst nach Mitternacht zu Bett.
Unruhig wälzte sie sich im Bett hin und her. Die Entwicklung des Falles ließ sie nicht zur Ruhe kommen. Irgendwie passte alles nicht mehr zusammen. Selbst von der Unschuld Ralf Volkmanns am Tod von Frau Holischek war sie nicht mehr überzeugt. Warum zweifelte sie plötzlich daran? Alles schien sich im Kreis zu drehen. Trotzdem war Judith froh, dass er wieder hinter Schloss und Riegel saß. Ein Untertauchen Volkmanns hätte das Ende ihrer Karriere bei der Kriminalpolizei bedeutet. Judith wollte gar nicht weiter darüber nachdenken. Ihre Gedanken kreisten um den ominösen Fremden im Wald. Aber irgendwie passte auch hier nichts mehr zusammen. Plötzlich war alles neu. War es wirklich richtig, eine neue Richtung einzuschlagen? Hatte sie etwas übersehen? Selbstzweifel quälten sie unaufhörlich. Irgendwann war sie doch eingeschlafen. In einem unruhigen Traum befand sie sich in ihrem vorhergehenden Fall in einem der schwarzen Tümpel im Epprechsteiner Forst, drohte darin zu versinken, doch weder Ole noch Robert und Claudia reichten ihr die Hand, um sie herauszuziehen.
Schweißgebadet schreckte sie hoch und schrie. Carsten beugte sich über sie, versuchte sie zu beruhigen. Auch Alexander war durch den spitzen Schrei seiner Mutter aufgewacht und stand nun weinend im Schlafzimmer. Judith nahm ihn zu sich ins Bett – und so schlief Alexander zwischen den beiden auch sofort wieder ein. Kurze Zeit darauf vernahm Judith das leise Schnarchen

Carstens. Leise stand sie auf, schlich auf Zehenspitzen aus dem Schlafzimmer, holte eine Flasche Mineralwasser und füllte ein Glas. Die Küchenuhr – ein Geschenk ihrer Mutter, das sie jetzt nervte – zeigte halb vier. Judith nahm die Batterie aus der Uhr, denn das nervige Ticken des Zeitmessers war in der Stille wahrlich nicht zu ertragen.

Sie spielte mit ihrem Handy, drehte es auf der Tischplatte beständig mit dem Zeigefinger im Kreis. Wütend stoppte sie die Kreiselbewegung mit der flachen Hand. Da … ein kurzes Aufblitzen des Displays ließ Judith aufschrecken. Täuschte sie sich oder war es ein Anruf? Sie drückte die Zahlenkombination zur Freigabe des Displays – und tatsächlich zeigte das Gerät einen Gesprächseingang vor einer Minute an: *Ole Handy* stand in kursiv auf dem Bildschirm. Im Reflex drückte Judith auf Wahlwiederholung. Keine drei Sekunden darauf meldete sich ihr Kollege.

»Kannst du auch nicht schlafen?« Seinen Namen nannte er nicht.

»Nein, ich werde hier gleich wahnsinnig!«

»Ich auch.«.

»Lass uns in einer halben Stunde im Präsidium sein«, schlug Judith vor. Ole stimmte sofort zu.

Sie schlich zurück ins Schlafzimmer, holte ihre Sachen. Nach einer Katzenwäsche schrieb sie noch rasch einen Zettel zu Carstens Information.

Als sie die Haustür öffnete und ins Freie trat, durchfuhr sie ein gewaltiger Schreck, denn wie aus heiterem Himmel stand Frau Weber, die Zeitungsausträgerin, vor ihr. »Na, auch schon so früh auf den Beinen?«, begrüßte sie Judith und übergab ihr die *Bayerische Rundschau,* eine regionale Tageszeitung aus Kulmbach und Umgebung.

Die Zeitung legte sie auf die Treppe und zog die Haustür leise hinter sich zu.

Nach kurzer Zeit bog sie auf die B85 Richtung Bayreuth ein. Im Osten schob sich die Sonne bereits blutrot über den Horizont. Kurz nach der Ortschaft Rohr wechselte unversehens ein Reh vor ihrem BMW über die Straße. Erschrocken trat Judith auf die Bremse. Noch mal gut gegangen! In letzter Sekunde!

In Bayreuth brannte im Büro bereits Licht. Einsam stand Oles Mondeo auf dem Parkplatz. Judith stellte ihren Wagen auf dem für sie reservierten Platz ab und ging rein.

Ole stand vor dem Whiteboard und hatte neben den bereits vorhandenen Aufzeichnungen schon eine neue begonnen. Wieder standen sämtliche Namen unter demjenigen von Olga Holischek. Ganz rechts hatte Ole unter einen nach unten zeigenden Strich ein großes rotes Fragezeichen gesetzt.

»Wer ist dieser Mann«, fragte er nach einer knappen Begrüßung, »und was hat er mit Olga Holischek zu tun?« – »Wir brauchen ein von dem Förster in Weißenstadt mitentworfenes Phantombild. So viel ist klar. Ole, ich habe mir Gedanken über die Todesursache der Holischek gemacht. Wenn wir ehrlich sind, wissen wir doch eigentlich nicht so richtig, an was sie letztendlich gestorben ist. War es das Per? Waren es die Drogen? Oder vielleicht alles zusammen? Und wenn, wie wurde es ihr verabreicht? Wir gehen doch momentan davon aus, dass sie vergiftet und danach in der Gaststätte im Schrank versteckt wurde. Aber ganz ehrlich, ich glaube nicht daran, dass Volkmann seine Bude ansteckt und weiß, dass sein Opfer da drinnen ist.«

Ole nickte nachdenklich. »Irgendwie habe ich auch das Gefühl, wir haben es hier mit zwei unterschiedlichen Tätern zu tun – der eine wusste vom anderen nichts.« – »Genauso sehe ich es auch, wie ich gerade schon gesagt habe, Volkmann ist ein Brandstifter, aber vielleicht nicht der Mörder.«
Ole nickte wieder beifällig. »Wie wollen wir vorgehen? Wir brauchen jetzt eine klare Strategie. Mir wird eh schon schlecht, wenn wir dann nach oben gehen und es der Führung beibringen müssen.«
Diesmal nickte Judith. »Aber es hilft nichts, Ole, wir kommen doch nicht weiter!«
Die Uhr zeigte viertel nach fünf.
»Wann macht denn der Bäcker vorn am Kreisverkehr auf? Ich könnte was Süßes und einen Kaffee vertragen.«
Ole meinte, die Filiale der Großbäckerei aus der Oberpfalz würde wohl erst um sechs öffnen. »Aber das Café Capri draußen bei der Kaserne hat rund um die Uhr offen. Komm, da fahren wir schnell hin!« Er warf seine Jacke über die Schulter und fischte seinen Autoschlüssel aus der Tasche.

Um diese Uhrzeit herrschte im Capri noch fast kein Betrieb. Eine Handvoll Fernfahrer, die auf die Öffnung der nahe liegenden Zigarettenfabrik und der Molkerei warteten, waren die einzigen frühen Gäste. Judith und Ole nahmen je ein Tablett, das sie auf dem Tresen vor der Auslage voranschoben. Judith nahm einen Pott Kaffee und eine Cola, Ole zwei Espresso mit je einem kleinen Glas Wasser. Jeder nahm eine gefüllte Quarktasche aus der Auslage – und dann schoben sie die Tabletts weiter bis zur Kasse. Ole nahm den *Nordbayerischen Kurier* in die Hand und hielt ihn Judith vor das

die Nase. Die Tageszeitung berichtete von einer Toten in einer abgebrannten Waldgaststätte bei Weißenstadt. Weitere Informationen versprach das Blatt für den nächsten Tag.
»Darum muss sich unsere Pressestelle sofort kümmern, die hat einen guten Draht zum Kurier.« – »Ja, überhaupt eine Presseerklärung für alle Blätter. Wir sind eh schon wieder sauspät dran.« Ole sah Judith ernst an. »Bevor die sich wieder etwas aus den Fingern saugen!« Ole nickte beifällig. »Ok, das drück ich dann sofort Robert oder Claudia rein, die sollen das machen.« – »Dein Auge sieht aber heute schon viel besser aus als gestern«, bemerkte Ole und ging näher ran … »Ja, geht schon einigermaßen, aber ich habe immer noch so einen stechenden Schmerz.« – »Warst du schon beim Augenarzt?« Judith gab keine Antwort. »Ok, Mädchen, du willst es nicht anders. Ich melde nachher dem KD, dass du einen Arbeitsunfall hattest, dann musst du gehen.« – »Untersteh dich, das wird schon wieder.«
Nachdenklich betrachtete Ole Judiths Gesicht. *Trotzdem werde ich es melden,* dachte er bei sich und beließ es dabei.
Sie saßen sich wortlos gegenüber und kauten lustlos am Gebäck. Die Gruppe der Fernfahrer hatte ihre Rucksäcke geschnappt und sich vor die Tür in einen schmucklosen Raucherunterstand begeben.
Die Kommissare waren nun die einzigen Gäste. Sirenengeheul ließ sie aufhorchen. Durch den nahen Kreisverkehr, direkt vor der Markgrafenkaserne, fuhr ein stattliches Aufgebot von Feuerwehr, Polizei und Rettungsdienst in Richtung Goldkronach. »Sicherlich ein Unfall im morgendlichen Berufsverkehr«, brummte Ole und rührte gelangweilt in seinem Kaffee.

»Wir müssen Fakten ranschaffen!«
Hinterm Tresen horchte das Personal auf; sie sahen alle zu Judith, die ihren Kaffeelöffel scheppernd auf den Tisch geworfen hatte. Das Teil suchte sich seinen Weg und fiel ebenso geräuschvoll auf den gefliesten Boden. Ole bückte sich wortlos, hob den Löffel auf und legte ihn auf sein Tablett.
»Wir rufen dann sofort Beate an und machen mit ihr einen Termin in Bamberg aus. Ich will die Holischek selbst noch mal sehen. Irgendetwas muss uns doch weiterbringen! Ich will auch, dass Rütters noch mal mit dazu kommt.« Judith lehnte sich zurück und verschränkte die Arme hinterm Kopf, zog dann verstohlen die hässliche schwarze dreieckige Augenklappe aus der Hosentasche und setzte sie auf. »Sag jetzt nichts, kein Wort, sonst kracht's!« Ole schüttelte mit dem Kopf.– »Eh sinnlos.« – »Genau!«
Sie stellten die Tabletts in einen Abräumwagen.

Während der Rückfahrt zum Präsidium erreichte Judith eine WhatsApp-Message von Carsten: *Geht klar, hab dich lieb.* Kurz und bündig. Judith wusste, was gemeint war – Alexander nach dem Frühstück in den Kindergarten zu bringen. Ein rotes Herz und einen Daumen nach oben schickte sie zurück. Danach blieb das Handy ruhig. Der Berufsverkehr durch Bayreuth wurde jetzt immer dichter, weshalb es Judith gut fand, dass Ole am Steuer saß. Vor dem Präsidium standen mittlerweile etliche Autos mehr auf dem Parkplatz.
Auf dem Weg rein blieb Ole stehen, weil sein Telefon klingelte. »Sorry, Helene ruft an, komme gleich nach.«
»Okay, bin im Büro.« Judith sah auf die Uhr: 6:45 Uhr. Noch eine Dreiviertelstunde, dann würden auch

Kriminaldirektor von Gräfenberg sowie Melanie Herbst zum Dienst erscheinen. Ihr wurde plötzlich speiübel. *Bin ich überfordert? Zum Teufel damit! Wir sind gut und klären den Fall.* Sie schlug mit der flachen Hand auf den Schreibtisch, gerade als Ole reinkam und grinste: »Na, wieder mit Löffeln geschmissen?«
Judith nahm einen Kugelschreiber und warf diesen nach Ole, verfehlte ihn aber knapp. »Aufheben!«, befahl er. Judith folgte seiner Anweisung und murmelte: »Tschuldigung.« – »Alles gut.«
Draußen, auf dem Flur, unterhielten sich, der sonoren Stimme nach zu urteilen, Herr von Gräfenberg und Frau Reiter. Das Gespräch verebbte nicht. Ole und Judith sahen sich an. Er deutete mit dem Kopf zur Tür, woraufhin Judith aufstand und die Tür öffnete.
»Guten Morgen, Frau Hauptkommissarin, das trifft sich ja gut, ich bringe Frau Reiter gerade auf den neuesten Stand Ihrer Ermittlungen. Dürfen wir zu Ihnen reinkommen?«
Judith war erleichtert, KD von Gräfenberg so höflich zu sehen, der anscheinend auch keine schlechte Laune wegen des Sachstands hatte. Oberstaatsanwältin Reiter gab Judith, wie vor ihr schon von Gräfenberg, die Hand. Sie traten ein und nahmen unaufgefordert auf den von Ole bereitgestellten Stühlen Platz. Judith setzte sich hinter ihren Schreibtisch und berichtete die Geschehnisse des gestrigen Tages. Regina Reiter schlug die Beine übereinander, lehnte sich zurück und wartete geduldig, bis Judith fertig war.
»Heißt das, wir stellen die Uhr jetzt wieder auf Anfang?«
Judith erklärte, dies sei keineswegs der Fall, sie verfolgten lediglich eine neue Spur. Judith wollte mit ihren Ausführungen fortfahren, doch Karin Reiter

sah plötzlich erschrocken auf ihre Armbanduhr und erklärte kurz, sie hätte einen wichtigen Termin nun fast vergessen und müsse sich deshalb entschuldigen. Eilig verließ sie das Büro und wäre fast mit Melanie Herbst zusammengestoßen, die gerade im Begriff war, das Büro zu betreten. »Hoppla«, sagte sie knapp und machte Frau Reiter Platz, »wegen mir müssen Sie nicht flüchten«, rief sie der Oberstaatsanwältin hinterher und schüttelte verwundert den Kopf. »Einen wunderschönen guten Morgen zusammen. Ich darf aber doch reinkommen, oder?«, lachte sie. Auch sie schien außerordentlich gut gelaunt zu sein.

Hoffentlich bleibt das auch so!, dachte Judith und begrüßte auch sie.

Von Gräfenberg fasste für Frau Herbst nochmals kurz zusammen, woraufhin sich ihr Blick zunehmend verfinsterte. Nervös rutschte sie auf ihrem Stuhl hin und her und trommelte mit den Fingern auf die Knie. »Sie wissen aber schon, dass uns allmählich die Zeit wegrennt. Das heißt doch, dass die bisherige Ermittlungsarbeit mehr oder weniger für die berühmte Katz war!«

»Also ich …«, begann Ole und stand dabei auf, »ich würde nicht sagen, dass alles, was wir bis jetzt erreicht haben, umsonst gewesen wäre. Vielleicht hätten wir viel eher zweigleisig fahren und uns nicht auf eine Richtung versteifen sollen.«

»Ja, find ich auch.« Judith stand ebenfalls auf und lehnte sich neben Ole rückwärts an das einzig freie Fenster. »Wir haben ja erst gestern durch Zufall von der Existenz dieses ominösen Spaziergängers im Wald unterhalb des Schneebergs erfahren. Der Revierleiter der bayerischen Staatsforsten, Herr Kraus, erzählte uns nach einem Hinweis von Dr. Vade von diesem.«

»Apropos *Doktor* –was ist denn mit Ihrem Auge, Frau Streng?«
»Ach, nichts weiter, nur ein kleiner Kratzer.«
»Ist dies während des Dienstes passiert?«, bohrte KD von Gräfenberg nach.
»Ja«, gab Judith kleinlaut zu.
»Ich war aber schon beim Arzt in Weißenstadt, daher auch die Informationen.«
»Und der hat ihr dringend geraten, einen Augenarzt aufzusuchen.«
»Ich kann selbst für mich sprechen!«, fauchte Judith.
»Und warum waren Sie dann noch nicht dort?«, fragte Herr von Gräfenberg nach.
Nachdem Judith ihrem Chef den Unfallhergang und den dadurch notwendigen Arztbesuch bei Dr. Vade erläutert hatte, wies er sie eindringlich auf den Besuch eines Augenarztes hin, der im Übrigen auch von der Berufsgenossenschaft zugelassen sei. Judith versprach, dies noch heute Abend zu tun. Von Gräfenberg gab sich damit aber nicht zufrieden und bat sie, umgehend einen Termin zu vereinbaren.
Judith kannte ja den Augenarzt Dr. Baumann in Kulmbach. Seine Frau Sabine besuchte mit ihr häufig den Joga-Kurs bei ihrer Freundin Renate. Judith setzte sich sogleich an ihren Computer und googelte die Telefonnummer von Dr. Baumann in Kulmbach. Nach der Anwahl leierte die Bandansage die Öffnungszeiten herunter, wurde dann aber durch eine freundliche Frauenstimme unterbrochen – von der Frau des Arztes, Sabine. Sie versicherte Judith, dass ihr Mann eine Zulassung der Berufsgenossenschaften habe und eine Behandlung somit kein Problem darstelle. Sie gab ihr einen Termin für 14:30 Uhr in der Praxis am

Friedhofsberg. Zufrieden nickte von Gräfenberg, als Judith ihm den Termin am Nachmittag nannte.

Ole hatte unterdessen mit den beiden Vorgesetzten das weitere Vorgehen in dem Fall besprochen. Melanie Herbst fragte sodann bei Judith nach, ob sie es sich noch zutraue, den Fall weiterzuführen. KD von Gräfenberg konnte sich plötzlich nicht mehr zurückhalten. Wütend fuhr er Melanie Herbst an, was sie sich dabei gedacht habe, eine solche Frage überhaupt zu denken geschweige denn auszusprechen. »Selbstverständlich bleibt Frau Streng als Leiterin der Soko Rudolfstein federführend an dem Fall«, rief er erzürnt in die Richtung seiner Stellvertreterin. Kleinlaut entschuldigte sich Melanie und betonte, sie habe es ja nur gut gemeint mit Judith. Als sich die Wogen geglättet hatten, verabschiedeten sich KD von Gräfenberg und Melanie Herbst. Noch durch die geschlossene Türe hörte man die sonore Stimme des Kriminaldirektors dumpf. Die Standpauke schien noch nicht vorbei zu sein.

Ole grinste übers ganze Gesicht. Judith wartete, bis sie außer Sicht und Hörweite waren. »Irgendwie tut sie mir jetzt leid!« – »Spinnst du? Die braucht schon mal ihr Fett weg.« – »Aber die letzte Zeit kann ich mich wirklich nicht beklagen über sie.« – »Trotzdem.« – »So, jetzt probieren wir noch mal unser Glück bei der Staatsanwaltschaft«, sagte Judith und ging nach draußen. Im Laufschritt nahm sie die Stufen der Kunststeintreppe nach oben. Ole folgte ihr wie ein braves Hündchen. Nur zweimal stöhnte er leise. Judith drehte sich um. »Na, was is'n los? Keine Puste mehr?« Ole vermied es, irgendetwas zu erwidern. Artig folgte er bis vor das Büro der Staatsanwältin. Die Tür stand einen Spaltbreit offen. Judith klopfte an, doch rührte sich nichts. Sie drehte sich um und zuckte mit den Schultern. Dann aber vernahmen sie von der Toilette gegenüber, dass der Händetrockner lief. Kurz darauf erschien Karin Reiter und entschuldigte sich mehrmals für ihr überstürztes Verschwinden von vorhin.

Nachdem sie Platz genommen hatten, wiederholte Judith ihre Ausführungen zum derzeitigen Sachstand und ging etwas mehr ins Detail. Frau Reiter stand hinter ihrem Schreibtisch auf und sah wortlos aus dem Fenster. Quälende Stille lag über dem Büro der Staatsanwältin. Dann aber nickte sie leicht, ihr Nicken verstärkte sich – und sie drehte sich um. »Warum sind Sie denn noch hier? Ab ins Fichtelgebirge! Und kommen Sie mir nicht mehr mit leeren Händen.« Ein Lächeln lag auf ihrem Gesicht, das aber sofort wieder verschwand.

Auch Judith lächelte nun erleichtert. »Wir werden unser Bestes tun, Frau Staatsanwältin, verlassen Sie sich darauf.«

»Ich zweifle keine Sekunde daran.«

Judith glaubte, trotz dieser Mut machenden Geste einen Anflug von Zweifel in Frau Reiters Gesicht erkannt zu haben. Die beiden verabschiedeten sich und gingen die Treppe hinunter wieder in ihr Büro.

Claudia und Robert waren mittlerweile ebenfalls zum Dienst erschienen. Judith verspürte eine ungewöhnliche Atmosphäre, etwas stimmte nicht. Die beiden saßen nicht wie sonst vor ihren Rechnern. Robert sah aus dem Fenster, hatte sich nicht mal umgedreht. Claudia saß zwar auf ihrem Stuhl, schien aber durch das Whiteboard hindurchzusehen.

»Guten Morgen allerseits«, begrüßte sie ihre Kollegen. Ein kurzer Blick zu Ole genügte. Immer wenn er Zweifel

an etwas hatte, zog er die Stirn in Falten, zuckte zudem leicht mit den Schultern und verdrehte die Augen. Judith ging es ähnlich. Außerdem war ihnen bewusst, ohne es auszusprechen, dass sie sich jetzt nicht um die Sorgen der Youngsters kümmern konnten.
Judith erläuterte kurz den Sachstand beziehungsweise wie sie sich das weitere Vorgehen vorstellte. Klare, präzise Anweisungen. Das war es jetzt, was sie für notwendig hielt und auch durchsetzen wollte.
»Claudia, du rufst Rütters in Bamberg an und bittest ihn darum, dir einen seiner Kollegen zwecks Erstellung eines Phantombildes unseres Spaziergängers im Wald am Rudolfstein bereitzustellen. Danach fährst du mit Robert nach Weißenstadt zu Falk Kraus. Robert, du lässt dir inzwischen von Ole alles berichten, was wir in Weißenstadt von Dr. Vade und Herrn Kraus erfahren haben. Habt ihr das soweit kapiert?«
Robert und Claudia nickten, beide etwas eingeschüchtert, waren sie doch so einen barschen Ton von ihrer Chefin nicht gewohnt.
»Ach ja, damit es euch nicht langweilig wird und ihr womöglich wieder auf dumme Gedanken kommt, nehmt ihr noch Kontakt mit Caroline von der Pressestelle auf. Ihr versorgt sie mit einigen notwendigen, aber dezenten Hinweisen zu dem Fall für die Presse.«
Ole grinste zufrieden und nahm sich sofort Robert zur Seite. Judith setzte sich an ihren Platz und wählte die Nummer von Beate John. Nach zweimaligem Ertönen des Freizeichens meldete sich die Chefin der Gerichtsmedizin ohne ihren Namen genannt zu haben. Judith musste ihr nicht lange erklären, dass sie mit den bisherigen Erkenntnissen unzufrieden war. Beate John sagte ihr eine Obduktion nach Freigabe durch die

Staatsanwaltschaft zu. Judith versprach ihr, die Freigabe der Leiche in der nächsten halben Stunde zu erwirken. Beate wiederum versicherte ihr, den Leichnam Olga Holischeks sofort aus dem Kühllager holen zu lassen.
Judith hatte aufgelegt und wählte sofort die Nummer der Staatsanwältin. Karin Reiter hatte keinerlei Bedenken gegen eine Obduktion des Opfers und sicherte die Erstellung des erforderlichen Dokumentes in den nächsten Minuten zu. Zufrieden bedankte sich Judith bei ihr.
Ole sah von seinem Gespräch mit Robert auf und deutete ihm eine kurze Pause an.
»Judith, Heinz hat doch im letzten Fall seinen Kollegen Otto Schinner mitgebracht. Vielleicht sollten wir den auch wieder mit ins Boot holen, ist ein guter Mann.«
Judith legte den gestreckten Zeigefinger an die rechte Schläfe und signalisierte so ihr Einverständnis. Keine Minute später hatte sie den Leiter der KTU am Hörer. Der war auch Judiths Meinung, den Fall nochmals von vorn und aus anderer Sichtweise zu betrachten. Sie vereinbarten, sich bei der Obduktion in Bamberg zu treffen.
Judiths Rechner zeigte den Eingang einer Mail an. Sie öffnete das Dokument und leitete den Beschluss der Staatsanwaltschaft zur Obduktion sofort an die Gerichtsmedizin weiter. Dann sah sie auf die Uhr und befand es für notwendig, sich trotz aller Arbeit mit Carsten in Verbindung zu setzen. Für dieses private Gespräch ging sie in den kleinen Park nebenan und setzte sich auf eine Bank. Wie schon des Öfteren schlich eine kleine Katze um ihre Beine. »Na du, wo bist denn du wieder ausgebüxt?«, sprach Judith leise mit ihr. Ein kurzes Miauen kam ihr wie eine Antwort des Tieres

vor. Sie beschloss, bei Gelegenheit etwas Katzenfutter für den kleinen Ausreißer zu besorgen. Carsten ging sofort ran. »Na, mein Arbeitstier, hast du dich wieder beruhigt?«, begrüßte er sie scherzhaft. »Was heißt hier *beruhigt*? Der Fall strapaziert ganz schön unsere Nerven, das kann ich dir flüstern. Ole konnte, genau wie ich, auch nicht schlafen. Wir haben heute Morgen gemeinsam eine neue Strategie ausgeheckt und sind gerade dabei, sie mit Vollgas in Gang zu bringen. Aber was ist mit dir? Hast du Alexander in den Kiga gebracht?« – »Judith, was ist mit deinem Auge?« Er ging gar nicht erst auf ihre Frage ein. Sie sagte, sie hätte am heutigen Nachmittag einen Termin in Kulmbach beim Augenarzt. Zufrieden seufzte er und sprach von dem geänderten Dienstplan für diese Woche. Am Sonntag fände die Vereidigung der neuen Rekruten statt sowie die feierliche Beförderungszeremonie für die in diesem Jahr beförderten Dienstgrade im gesamten Bataillon. Auch er werde bei dieser Gelegenheit offiziell zum Kompaniechef ernannt. »Das wird ein feierlicher Tag werden«, meinte er, nicht ohne Stolz. »Ich hoffe, ihr seid alle mit dabei? Ich bin gestern Abend gar nicht dazu gekommen, es dir zu sagen.« Leise Wehmut schwang in seiner Stimme. »Schon gut, mein Schatz, natürlich sind wir mit von der Partie. Wo ist denn die Feier?« – »Die offizielle Vereidigung und die Beförderungen mit dem großen Zapfenstreich finden im Hans-Walter-Wild-Stadion hier in Bayreuth statt. Mit euch allen würde ich aber anschließend gern noch allein feiern, höchstens noch mit ein paar Freunden. Aber das besprechen wir heute Abend, okay?« – »Okay.«

Nun wollte Judith aber doch endlich erfahren, ob ihr Sohn im Kindergarten ist oder nicht. Carsten erklärte ihr, dass er heute frei habe, sich aber mit den Vorbereitungen für die Vereidigung beschäftigen müsse. Alexander sei deshalb bei ihm, was dem Kleinen sehr viel Spaß bereite. Judith war sehr beruhigt, schien doch wenigstens zu Hause alles einigermaßen rund zu laufen. Sie versprach, sich nach dem Termin bei Dr. Baumann bei ihm zu melden. Nach dem Auflegen schickte ihr Carsten noch ein rotes Herz via WhatsApp, sie antwortete auf gleiche Weise.

KAPITEL 16

Im Büro herrschte emsiges Treiben. Claudia vereinbarte einen Termin mit dem Revierleiter in Weißenstadt, Herrn Kraus, Ole telefonierte mit Heinz Rütters in Bamberg. Judiths Telefon klingelte ebenfalls – Beate. Judith hob ab, Beate John redete sofort los, wie üblich. Sie vereinbarten, sich in einer Stunde in der Gerichtsmedizin in Bamberg zu treffen.
Eiligst verließ Judith das Büro und rannte die Treppe, immer zwei Stufen auf einmal nehmend, nach oben zur Oberstaatsanwältin. Bei einer Leichenschau war neben der Anwesenheit eines Kriminalbeamten auch diejenige eines Vertreters der Staatsanwaltschaft gesetzlich vorgeschrieben. Neuerdings stand die Tür zu Frau Reiters Büro immer einen Spaltbreit offen, sodass Judith ohne Anklopfen empfangen wurde. Karin Reiter erhob sich von ihrem Platz und ging an die Verbindungstür zum Büro des Staatsanwalts Dietmar Jakbusch. Er begrüßte Judith mit festem Händedruck und, wie immer, einem freundlichen Lächeln. Nach kurzer Besprechung erklärte er sich bereit, Judith nach Bamberg zu begleiten. Wenig begeistert davon, dass ausgerechnet Jakbusch mitfahren würde, ging sie wieder runter. Auch Ole war nicht sonderlich angetan von der Vorstellung, gemeinsam mit Jakbusch nach Bamberg zu fahren. Claudia informierte Judith, Kontakt mit Herrn Kraus in Weißenstadt aufgenommen und einen Termin um 11 Uhr in dessen Büro ausgemacht zu haben. Und Robert vermeldete, der Phantombildhersteller sei von Heinz Rütters informiert worden und bereits auf dem Weg

von Nürnberg nach Bayreuth. Er hoffe es bis halb elf zu uns zu schaffen. »Prima. Dann wisst ihr ja, was zu tun ist. Soll ich die Kollegen anfordern, um euch ins Fichtelgebirge zu fahren?« – »Nein du, nicht notwendig, Robert fährt.« – »Alles klar bei euch?«, fragte Judith beiläufig. »Geht so«, antwortete Claudia einsilbig.
»Warum kommt der Zeichner aus Nürnberg und nicht vom LKA aus München?« – »Da musst du Rütters fragen, Ole, der hat das arrangiert, keine Ahnung. Ich weiß nicht mal, wie der heißt.«
»Du, Ole ...«, Judith grinste schnippisch, »wir fahren übrigens getrennt nach Bamberg.« – »Wieso das denn?« – »Na, ich muss doch um halb drei bei meinem Augenarzt in Kulmbach sein. Andernfalls müsste ich euch ja von Bamberg erst nach Bayreuth fahren und dann wieder zurück nach Kulmbach. Wäre doch Quatsch.« – »Ne, ne, meine Liebe, kommt gar nicht in Frage. Wir fahren getrennt bis zum Pendlerparkplatz an der B85 und von da an wieder zu dritt.« – »Und wenn wir bei Beate nicht fertig werden?« – »Wir werden fertig, darauf kannst du dich verlassen, das garantiere ich dir.«
Ole atmete tief durch und ließ keine weitere Diskussion aufkommen.
»Das war das Wort zum Mittwoch«, bemerkte Claudia spitz und grinste.
Judith tat, als hätte sie die Bemerkung überhört und wandte sich an Robert. Sie erklärte ihm nochmals eindringlich, für seinen Privatwagen das Fahrtenbuch penibel zu führen. Schwierigkeiten bei der Abrechnung von privaten PKW-Fahrten seien leider an der Tagesordnung. Robert versicherte ihr, alles genauestens zu dokumentieren.

Ein kurzes Klopfen an der Bürotür kündigte Staatsanwalt Jakbusch an. Judith bat ihn, sich noch einen Moment zu setzen. Mit Ole, Robert und Claudia besprach sie nochmals das weitere Vorgehen. Ein kurzer Blick in die Runde … keine weiteren Einwände. Schließlich aktivierte Judith noch die Anrufumleitung ihres Telefons auf ihr Handy.

Die Fahrt bis zum Pendlerparkplatz nutzte Judith zu einem Telefonat mit ihrer Mutter, die schon wieder mit Gerhard *auf Achse* war, wie sie es zu nennen pflegte – diesmal auf einem Ausflug zum Großen Kornberg nahe Kirchenlamitz. Gerhard war dort als Wehrpflichtiger zehn Monate lang auf dem weithin sichtbaren Horchposten der Bundeswehr stationiert gewesen, nach dieser Zeit dann erster Braumeister in einer Selber Brauerei. Nach Schließung der Selber Brauerei wechselte er als erster Braumeister nach Kulmbach in die dortige Sandlerbräu und lernte hier Judiths Vater kennen. Was Kerstin Streng mit Gerhard Roßberg unternahm, überraschte Judith stets aufs Neue. Ihr Vater war eher der ruhigere Typ gewesen. Ausflüge mit ihrer Mutter? Eher selten. Dennoch verreiste ihr Vater mit seiner Frau sehr gern.
Judith dachte über ihren Vater nach und an den tragischen Unfall, bei dem er sein Leben verlor.
Sie hatte den Pendlerparkplatz erreicht, zog den Zündschlüssel ab und wischte sich die Tränen aus den Augen. Zu Lebzeiten ihres Vaters war sie mit ihm sehr verbunden gewesen.

Oles Ford Mondeo hielt direkt neben Judith. Staatsanwalt Jakbusch – er hatte noch nie einen Führerschein besessen, saß auf dem Rücksitz und studierte die *Frankenpost.* Wortlos stieg Judith ein und legte den Sicherheitsgurt an. Die Fahrt auf der A70 verlief ruhig und problemlos. Wenig Verkehr, typisch für diesen Abschnitt der Autobahn bis Bamberg. »Wir haben mindestens einen halben, wenn nicht einen ganzen Tag verloren!«, sagte sie zu Ole, bereute aber umgehend, dies gesagt zu haben. Verstohlen blickte sie im zweiten Rückspiegel zu Dietmar Jakbusch. Der las unbeirrt in seiner Zeitung. *Entweder hat er meine Bemerkung nicht mitbekommen oder er ignoriert sie,* überlegte Judith und sah Ole an, der aber beharrlich schwieg.

»Das glaube ich nicht, Frau Hauptkommissarin«, kam es nach einiger Zeit von hinten. »Sie haben gute Ermittlungsarbeit geleistet, die aber leider nicht zum gewünschten Erfolg führte.«

Judith merkte, wie sie knallrot anlief.

Jakbusch blätterte die Frankenpost geräuschvoll um. »Man weiß aber nie, ob man die gewonnenen Informationen nicht doch noch gebrauchen kann.« Dietmar Jakbusch tat so, als ob er diese Bemerkung nur beiläufig gemacht hätte, nahm den Blick nicht von seiner Tageszeitung.

Ole schließlich pflichtete dem Staatsanwalt bei. Waren doch die Informationen, die sie gesammelt hatten, notwendig, um ein Bild des Gesamten zu gewinnen. Doch nun galt es, noch vor dem Wochenende erste brauchbare Hinweise zu erzielen. Judith betonte ihre Bereitschaft, auch am morgigen Samstag zu arbeiten. Lediglich am Sonntag müsste sie unbedingt mit Alexander zu Carstens feierlichem Gelöbnis.

Dietmar Jakbusch ließ die Zeitung sinken und beugte sich nach vorn: »Das würde ich mir auch gern mal

ansehen.« Judith merkte, er meinte es ernst. »Ich kann Carsten ja mal fragen, ob die Bevölkerung hierzu auch Zutritt hat.«
Ole meinte, bei seiner Vereidigung in Weiden in der Oberpfalz wären Gäste dabei gewesen. Er wisse nur nicht, ob dies heute noch so gehandhabt würde.

Unterdessen erreichten sie die Abfahrt *Bamberg Zentrum.* Ole steuerte seinen Wagen zu der aufgegebenen Kaserne der amerikanischen Streitkräfte, in der die KTU und die Gerichtsmedizin vorübergehend beheimatet waren.
Kriminaloberkommissar Rütters saß auf einer steinernen Bank vor dem Gebäude und rauchte eine Zigarette.
»Hallo Heinz«, begrüßte Ole ihn als Erster, »hast du dein altes Laster wieder angefangen?«
»Guten Morgen, liebe Kollegen, guten Morgen Herr Staatsanwalt.« Heinz gab jedem die Hand und nahm Ole anschließend in den Arm und zur Seite.
»Ich war am vorletzten Wochenende mit Freunden auf Tour durch einige Kneipen hier in Bamberg und hab mir – nach so einigem Rauchbier war mir echt alles egal – aus lauter Jux und Tollerei eine Schachtel Kippen gekauft. Na ja, jetzt qualm ich ab und an wieder.« – » Ich bin auch schon des Öfteren rückfällig geworden, glaube aber, jetzt mit Helene darf mir das nicht mehr passieren.«
Sie schlossen wieder auf zu Judith und Herrn Jakbusch, gingen hinein und dann gleich in den Keller zur Gerichtsmedizin. Beate John stand neben dem Seziertisch, die Leiche Olga Holischeks abgedeckt mit einem weißen Tuch. Beate begrüßte zunächst Judith und Ole, dann Dietmar Jakbusch so ganz nebenbei. Ihre

Abneigung gegen Staatsanwälte konnte und wollte sie auch dieses Mal nicht verbergen. Sie zog das Leichentuch beiseite ... der Leichnam lag nun nackt auf dem Edelstahltisch.

»Also Kollegen, ich denke, wir können uns bei diesem Fall auf eine äußere Obduktion begrenzen. Oder wünscht der Herr Staatsanwalt die Öffnung des Körpers?«

Ohne eine mögliche Antwort abzuwarten begann Beate John vom Kopf der Toten abwärts mit der Erläuterung der Verletzungen. An der rechten, durch das Feuer nicht entstellten Körperhälfte hob sie den Arm der Toten und zeigte auf einen Einstich in der Armbeuge. Sie fragte, den Arm immer noch hochhaltend, ob Frau Holischek Rechts- oder Linkshänderin gewesen sei. Kopfschütteln und Achselzucken seitens Judith und Ole. Staatsanwalt Jakbusch – er hielt sich wegen des doch eigenwilligen Geruchs hier drinnen ein Taschentuch vor die Nase – verwies auf die Ermittlungen der Kommissare.

»Falls Olga Rechtshänderin war, kann sie sich an dieser Stelle unmöglich selbst eine Spritze gesetzt haben, war sie jedoch Linkshänderin, wäre es möglich. Aber auch wegen des seltsam spitzen Einstichwinkels halte ich es für recht zweifelhaft, dass sie sich die Infusion selbst gesetzt hat. Dagegen sprechen auch die Fesselspuren hier am rechten Handgelenk.«

Die drei beugten sich näher über die Leiche und begutachteten die Spuren am Arm.

»Ich hatte euch das ja schon vor drei Tagen gezeigt, dieselben Spuren auch an den Fußknöcheln.«

»Also war es eindeutig Mord. So viel ist ja nun klar.«

Judith drehte sich um und schob den schweren,

blickdichten Fenstervorhang etwas zur Seite. Beate John nickte zustimmend. »Ich hatte euch ja auch schon von der hohen Konzentration von Per in ihrem Blut berichtet. Das könnte aber auch mit ihrer Arbeit zusammenhängen. Falls sie ständig ohne Atemschutz gearbeitet hatte, reicherte sich das Zeugs eben in dieser Menge im Blut an. So weit, so gut. Ich habe aber auch noch eine für eine Frau recht hohe BAK festgestellt.«
»Eine Ba… was?«, fragte Dietmar Jackbusch unsicher aus der zweiten Reihe. »Blut–alkohol–konzentration«, übersetzte Beate und zog den Begriff absichtlich in die Länge. »Im Zusammenhang mit Mephedron ist dies aber ein absolut tödlicher Mix. Aber das hatte ich euch ja schon vorgestern erklärt. Mir ist nur schleierhaft, wie sie zu diesem tödlichen Cocktail gekommen ist. Dummheit? Versehen?« – »Oder wurde es ihr verabreicht?«, fiel Ole ihr ins Wort. »Genau, aber das herauszufinden ist eure Aufgabe. Ich denke, wir sind hier durch, eine innere Obduktion ist meines Erachtens nicht vonnöten. Oder ist jemand anderer Meinung?«
Fragend sah sie in die Runde. Schweigen. Judith sah auf ihre Uhr und meinte, an Ole gewandt: »Vielleicht sollten wir noch mal zu Rütters gehen, der weiß doch immer etwas.«
Ole nickte zustimmend, wurde jedoch abgelenkt vom Vibrieren seines Handys. »Was will der denn …? Ach du Scheiße, an den habe ich überhaupt nicht mehr gedacht!« Er ging nach draußen und nahm das Gespräch an.
Judith hatte noch ein paar Wortfetzen mitbekommen und wusste sofort, um wen es sich handelte. Beate und Herr Jakbusch sahen sie achselzuckend an. Sie grinste und erzählte, dass heute Sven Böttcher aus Bochum zu

Besuch zu Ole und seiner Helene käme und der im letzten Fall der Soko Epprechtstein Kontakte zu wichtigen Zeugen im Rheinland hergestellt habe, mit deren Hilfe beziehungsweise Aussagen der Fall letztendlich doch noch gelöst werden konnte.
Ole kam zurück in die Gerichtsmedizin und hatte sichtbar Schweißperlen auf der Stirn. »Ich habe Sven versetzt, der steht in Bayreuth auf dem Bahnhof und wartet auf mich.« – »Hast du ein Zimmer für ihn besorgt?« – »Natürlich nicht, hab ich total vergessen.« Er lehnte sich an den fahrbaren Tisch mit der toten Olga Holischek und grübelte … »Ich rufe Helene an, die soll ihn abholen und irgendwo ein Zimmer besorgen. Oh Mann, an den habe ich wirklich nicht mehr gedacht.«
Also ging er wieder raus und telefonierte.
Judith wandte sich Herrn Jakbusch zu und nahm das abgebrochene Gespräch wieder auf. Sie waren sich einig, dass es nichts schaden könne, noch einmal mit Kriminaloberkommissar Rütters zu sprechen, verabschiedeten sich von Beate und gingen raus auf den Flur, wo Ole, heftig gestikulierend, mit seiner neuen Lebensgefährtin telefonierte. Judith hatte Helene Frank zwar einmal kurz getroffen, wenngleich nicht näher kennengelernt, doch machte Helene einen sehr selbstbewussten Eindruck auf sie. Judith konnte sich vorstellen, dass es für Ole nicht einfach war, Helene seine Nachlässigkeit beizubringen. Aber dies sollte nicht ihr Problem sein. Im Vorbeigehen deutete sie ihm an, nach oben zu Heinz zu gehen. Er nickte und gab zu verstehen, dass er nachkommen werde.
Heinz Rütters erwartete seine Bayreuther Kollegen bereits. Er bot den beiden Platz an und sagte: »Judith, ich glaube, es ist wirklich besser, wenn du jetzt noch

einmal völlig neu anfängst. Nicht dass ihr total umsonst recherchiert hättet, nein, da waren schon auch wichtige Sachen dabei, von denen ihr zum jetzigen Zeitpunkt vielleicht noch gar nicht wisst, wie wichtig die letztendlich noch sein werden.«

»Sicherlich Heinz, aber mir läuft die Zeit davon, wir müssen endlich weiterkommen.« Sie sah Staatsanwalt Jakbusch direkt an. Er hob entschuldigend die Hände und versprach, sie nicht zu drängen. Dankend nickte sie.

»Aber trotz allem solltest du diesen Johnson nicht aus den Augen lassen. Ich traue dem Kerl nicht, irgendwie ist der mir suspekt.«

Nach einem Moment des Grübelns antwortete sie Rütters, dass ihr die gesamte Mannschaft des Unternehmens in Fichtelberg suspekt sei. »Ausschließen kann ich nur die beiden Asylbewerber, aber der Rest der Mannschaft hat doch durch die Bank Dreck am Stecken.«

Ole stieß nun hinzu und verkündete freudestrahlend, seine Helene werde sich um Sven Böttcher kümmern und versuchen, im Kurzentrum in Weißenstadt ein Zimmer für den Gast aus Bochum zu bekommen. In Bayreuth und Umgebung wäre dies jetzt zur Festspielzeit auf dem grünen Hügel ein hoffnungsloses Unterfangen.

»Na dann kannst du dich ja gleich mit einquartieren, ihr seid doch eh mehr in Weißenstadt als in Bayreuth.« Rütters grinste breit übers ganze Gesicht.

»Zurück zum Fall«, mahnte Judith und sah wieder auf ihre Armbanduhr. In diesem Augenblick klingelte ihr Handy – Claudia.

»Claudia, was gibt's? Seid ihr mit dem Phantombild fertig?« Claudia berichtete, der Zeichner habe

hervorragende Arbeit geleistet und Falk Kraus bestätigt, dass die Computersimulation exakt dem Gesicht des ominösen Mannes im Wald gleichsähe. Judith beauftragte sie, nach Bayreuth zurückzufahren und das Bild durch den Zentralcomputer der Polizei zu jagen. »Vielleicht werden wir da ja fündig.«
Robert schaltete sich mit ein: »Sollten wir nicht hier in Weißenstadt ein paar Runden an markanten Orten abarbeiten, zum Beispiel in der Stadtverwaltung oder in der Tourist Info? Vielleicht hat er eine Bleibe gesucht?«
Offenbar hatte Claudia ihr Telefon auf laut gestellt. »Selbstverständlich könnt ihr das tun, wir lassen nichts unversucht, den Typ zu finden.« – »Sollten wir es nicht auch Caroline von der Pressestelle zukommen lassen?« – »Sehr gut, Claudia, hätte von mir sein können.« – »Okay«, lachte Claudia, »mache ich sofort, vielleicht kommt es morgen gleich in die Zeitungen.« – »Genau. Und sag ihr, sie soll dementsprechend Druck bei den Presseleuten machen.«

KAPITEL 17

Robert stellte seinen Wagen auf einem der gekennzeichneten Parkplätze am Weißenstädter Marktplatz ab. Die Turmuhr der evangelischen Kirche zeigte 12:10 Uhr.

»Eigentlich wär's an der Zeit, etwas fürs leibliche Wohl zu tun«, sagte Claudia und rieb sich den Bauch.

»Stimmt, vielleicht da drüben in der Pizzeria?« – »Wenn ich ehrlich bin, wäre mir jetzt eigentlich mehr nach was Deftigem – zum Beispiel einem schönen Schweinebraten oder Schäufele.« Sie zeigte auf das Wirtshaus gegenüber dem granitenen Brunnen. Also gingen sie quer über den Marktplatz und studierten die Speisekarte des Lokals.

»Los, rein!«, befahl Claudia und zog Robert an den ersten der freien Tische im Biergarten.

»Mächtig Betrieb hier«, stellte Robert fest und sah wieder auf die Kirchturmuhr. »Wir fangen unseren Unbekannten schon noch«, meckerte Claudia, leicht genervt, »auf eine halbe Stunde eher oder später kommt's auch nicht mehr an. Außerdem haben die im Rathaus jetzt auch Mittagspause.« – »Stimmt auch wieder«, brummte Robert, ohne den Blick von der Speisekarte zu nehmen.

Der Wirt kam an den Tisch und nahm freundlich die Bestellung auf. Robert nahm die Gelegenheit wahr und zeigte ihm das soeben vom Profi des Landeskriminalamts angefertigte Phantomfoto. Kopfschüttelnd erklärte der Wirt den beiden Polizeibeamten, diese Person noch nie gesehen zu haben und betonte, ein

ausgezeichnetes Personengedächtnis zu besitzen. Er erkenne Gäste auch nach Jahren wieder.
Robert bedankte sich und steckte das Foto wieder in seine Umhängetasche.
Die Turmuhr der Kirche schlug gerade an ... 13 Uhr, als die beiden ihre Zeche bezahlten. Robert wollte die gesamte Rechnung übernehmen, doch Claudia legte Wert auf eine getrennte Bezahlung. Er nahm dies sichtlich zerknirscht zur Kenntnis, vermied aber, irgendwelche sonstige Reaktion zu zeigen. Zielstrebig gingen sie nun zur Kur & Tourist-Information in der Hoffnung, hier etwas über den Fremden zu erfahren. Die Dame in der Info jedoch bedauerte und schob das Bild über den Tresen wieder zu Claudia.
»Wer sagt denn, dass unsere Zielperson ein Fremder sein muss? Könnte es nicht auch ein Einheimischer sein?«, fragte Robert, als sie wieder auf der Straße standen. »Und du glaubst, eine Fremdenführerin, die Urlauber in die hintersten Ecken Weißenstadts führt, würde einen Einheimischen nicht erkennen? Robert, wo lebst du denn? Kommt doch nicht jeder aus NRW, wo keiner den anderen kennt, so wie du.« – »Ist ja gut, sorry, hast ja recht.« Er trottete Claudia hinterher zum Rathaus. Zielstrebig ging sie in den ersten Stock zum Vorzimmer des Bürgermeisters. Wie alte Bekannte wurden sie von der Vorzimmerdame freundlich begrüßt und sofort auf die Geschehnisse in Schönlind angesprochen. Robert, der schon häufiger mit Frau Unstrut zu tun hatte als Claudia, wollte sich auf einen ausgiebigen Smalltalk einlassen, doch Frau Unstrut bemerkte Claudias Nervosität und fragte geradeheraus nach dem Grund ihres Besuches. Robert zeigte ihr daraufhin das Phantombild. Einen Einwohner Weißenstadts schloss Frau Unstrut

aus. Urlauber kämen nur sehr selten in die Stadtverwaltung, sagte sie und schob das Foto wieder zurück.
Auf die Unterhaltung aufmerksam geworden kam aus dem Bürgermeisterzimmer der erste Bürgermeister der Stadt, Herr Distler, zusammen mit Herrn Baum in das Vorzimmer. Beide sahen sich das Foto ebenfalls an und gaben an, den Gesuchten hier in Weißenstadt noch nicht gesehen zu haben. Ein jeder aber brachte die Hoffnung zum Ausdruck, dass diese schreckliche Tat bald aufgeklärt werden könne. Claudia und Robert versicherten, ihr Bestes zu geben.
Im Gegensatz zu dem dank der Granitbauweise eher kühlen Rathaus trafen sie im Freien auf die volle Mittagshitze. 31 Grad zeigte das Thermometer im Schatten, angebracht an der Außenfassade des Gebäudes.

»Und nun?« Robert sah Claudia fragend an. Als Nächstes klapperten sie verschiedene Hotels im Ort ab, ohne Erfolg. Als letzte Aktion für diesen Tag in Weißenstadt fuhren sie zum direkt am See gelegenen Kurhotel. Es täte ihnen leid, aber hier sei der ominöse Fremde nicht abgestiegen, versicherten den beiden mehrere Rezeptionsmitarbeiter sowie die stellvertretende Direktorin.
Sie waren enttäuscht und im Begriff das Hotel über die Drehtür zu verlassen. Im gegenüberliegenden Segment der Tür lief eine attraktive Dame in Begleitung eines eher etwas leger gekleideten Herrn mittleren Alters. Robert blieb wie angewurzelt stehen – die Drehtür kam zwangsläufig ebenfalls zum Stillstand – und hielt den Mund offen. »Sven!«, rief er, »das ist Sven aus Bochum!« Er bemühte sich, die Drehtür wieder in Gang zu setzen. Claudia, sie stand bereits draußen, war höchst verwundert.

»Das ist Sven Böttcher aus Bochum«, präzisierte Robert.
»Du siehst doch Gespenster.«
Hauptkommissar Böttcher jedoch hatte seinen Kollegen aus Bayreuth wahrgenommen und drehte noch eine Runde mit der Tür. Helene Frank, schon im Foyer, wusste auch nicht so recht, wie ihr geschah. Die beiden Kommissare begrüßten sich vor dem Hotel recht herzlich und zogen so die Aufmerksamkeit aller Anwesenden auf sich. Oles Freundin Helene kam heraus, um zu sehen, was sich da abspielte.
Robert machte Sven und Claudia miteinander bekannt. Helene Frank wiederum machte aus der Vergesslichkeit Oles keinen Hehl und zog, sehr zur Belustigung aller, verbal über ihn her. Zur Verdeutlichung von Oles Manieren trug sie zur allgemeinen Erheiterung das Zuspätkommen anlässlich der Beerdigung seiner Mutter bei.

Zur gleichen Zeit in Bamberg.

Langsam wurde Judith nervös, hatte sie doch um halb drei den Augenarzttermin in Kulmbach. Folglich versuchte sie die Unterredung zu Ende zu bringen. Auch Ole sah nervös auf die Uhr. *Hoffentlich hat Helene in Weißenstadt ein Zimmer für Sven bekommen,* dachte er und erhob sich von seinem Platz, um sich bei Heinz zu verabschieden. Staatsanwalt Jakbusch sah ihn überrascht an, nahe daran zu protestieren. Heinz Rütters erkannte die Situation und verabschiedete sich ebenfalls mit dem Hinweis auf einen Termin bei Franz Wegener von der Brandfahndung.
Judith grinste Ole an, doch der verzog keine Miene. Beim Hinausgehen stieß er Judith allerdings leicht in die Seite.

Die Fahrt durch Bamberg war ein endloses Stop-and-go. Von Herrn Jakbusch mal abgesehen, fanden sie wenig Gefallen daran, auf diese Weise das Weltkulturerbe zu durchqueren. Auf der Autobahn ging es jedoch wieder flott voran, sodass sie den Pendlerparkplatz rechtzeitig erreichten. Judith verabschiedete sich von Ole und dem Staatsanwalt und stieg in ihren BMW.
Überpünktlich erreichte sie die Praxis von Dr. Baumann am Friedhofsberg in ihrer Heimatstadt. Judith klingelte und wurde sofort eingelassen. Nach der üblichen Aufnahmeprozedur durfte sie sogleich in eines der Behandlungszimmer. Der Arzt untersuchte Judith und stellte einen intraokularen Fremdkörper im Auge fest. Gott sei Dank konnte er ihn ohne Operation entfernen. Nach etwa einer Dreiviertelstunde wurde sie mit einem neuerlichen Termin am nächsten Dienstag entlassen. Eine Krankschreibung für eine Woche hatte sie abgelehnt.
Sie nutzte die Gelegenheit und besuchte nach dem Arzttermin auf dem nahegelegenen Friedhof das Grab ihres Vaters. Ihre Mutter legte großen Wert auf ordentlichen Grabschmuck, was man an dem bestimmt nicht billigen Orchideenstrauß durchaus erkennen konnte. Judith setzte sich auf die Bank gegenüber der Grabstätte und dachte wieder über ihren Vater nach. Doch ein Anruf riss sie aus den Gedanken an eine heile Welt zurück in die Gegenwart – es war Ole. Er fragte nach, ob sie heute noch mal zum Dienst erscheinen würde. Klar hatte sie dies sowieso schon in Erwägung gezogen, wollte aber unbedingt erst zu Hause vorbeischauen und nach dem Rechten sehen.
Judith rief ihre Mutter an, die ihr mitteilte, Alex sei bei ihnen und sie würden sich soeben in Renates Bioladen

zum Einkaufen aufhalten. Judith bestellte auf diesem Wege schon mal einen Kaffee und sagte, in fünf Minuten wäre sie auch dort.
Nach einem kleinen Kaffeeplausch verabschiedete sie sich mit dem Hinweis, es könnte am Abend sehr spät werden. Alexander stand schon das Wasser in den Augen, weil er sich doch so sehr auf seine Mutter gefreut hatte. Sie vertröstete ihn auf Sonntag, Carstens großen Tag. Augenblicklich wichen die Tränen einem freudigen Ausdruck, denn Carsten hatte ihm in Aussicht gestellt, dass er und seine Mama auf der Ehrentribüne des Stadions Platz nehmen würden. Zwar war Judith diesbezüglich noch etwas skeptisch, Carsten aber meinte, das schon irgendwie arrangieren zu können.

Judith fuhr direkt über die Bundesstraße nach Bayreuth ins Präsidium.
Im Büro überraschte sie eine geradezu ungewöhnliche Betriebsamkeit. Herr von Gräfenberg und Melanie Herbst waren zugegen, und Caroline Stark, die Pressesprecherin der Kripo Bayreuth, saß auf Judiths Stuhl, räumte diesen jedoch sofort, als die Leiterin der Soko Rudolfstein eintrat. Judith deutete ihr an sitzen zu bleiben und ihren Bericht zu Ende zu bringen. Caroline war dies sichtlich unangenehm, fügte sich aber. Ole berichtete gerade von den neueren Erkenntnissen in dem Fall. Von Gräfenberg unterbrach die Gespräche und erkundigte sich nach dem Befund des Augenarztes. Judith dankte für die Nachfrage, spielte die Verletzung aber wie gewohnt herunter und wandte sich an Ole, dem sie schon beim Hereinkommen angesehen hatte, dass etwas nicht stimmte. Während Claudia und Robert die Pressesprecherin weiter mit

Informationen versorgten, verließen Ole und Judith den Raum – ungläubiges Kopfschütteln seitens Frau Herbst übersahen sie geflissentlich.
»Der Lackaffe von Stübinger hat sein Aufkreuzen hier für siebzehn dreißig angekündigt«, sagte Ole missmutig, als sie allein auf dem Flur standen. »Du meinst den Anwalt von Volkmann?« – »Ja, genau den, der hat mir gerade noch gefehlt.« Judith sah auf ihre Armbanduhr. »Kurz nach fünf, der wird gleich aufkreuzen. Weißt du, was er will?« – »Na, was wird er wohl wollen?« Ole fuchtelte mit beiden Armen herum. »Rausholen wird er ihn wollen, was denn sonst!« Er konnte unausstehlich werden, wenn ihm jemand oder etwas absolut nicht in den Kram passte, wie er immer zu sagen pflegte. »Wie will er das denn schaffen?«, überlegte Judith, auch sichtlich genervt. »Der Volkmann sitzt wegen schwerer Brandstiftung und außerdem wegen Mordverdacht.«
Sie verschränkten die Arme vor der Brust und starrten den Flur entlang. Da wurde die Bürotür geöffnet und Kriminaloberrätin Herbst streckte den Kopf heraus. »Wann dürfen wir wieder mit der Anwesenheit der geschätzten Kommissare rechnen?«, fragte sie spitz und schloss die Tür umgehend wieder.
»Fängt die etwa wieder an zu bocken?« Die Bemerkung konnte sich Judith einfach nicht verkneifen.
»Aus einem Wolf wird kein Schoßhund«, raunte Ole ihr zu und öffnete die Tür.
Die Gespräche im Raum verstummten. Caroline erhob sich nun doch von Judiths Platz, wogegen diese auch nichts einzuwenden hatte; sie stellte sich hinter den Stuhl und krallte die Finger um die Lehne. »Meine Damen, meine Herren, wir erwarten in Kürze den Besuch des Anwalts von Herrn Volkmann. Ich möchte

Sie daher bitten, uns diese kurze Zeit zu gewähren, damit wir uns auf das Gespräch mit diesem Herrn Stübinger vorbereiten können. Ole und ich befürchten, dass er seinen Mandanten auf Kaution freibekommen möchte. Robert, gehst du bitte nach oben zur Staatsanwaltschaft und bereitest diese darauf vor?«

Robert ging sofort hoch.

Melanie und KD von Gräfenberg baten Ole eindringlich, bei dem Gespräch mit Herrn Stübinger die Ruhe zu bewahren. Der Kriminaldirektor sprach zudem seine Zweifel aus, dass die Staatsanwaltschaft einer Freilassung von Volkmann zustimmen würde. Melanie Herbst fragte noch nach, ob es vonnöten sei, dass sie für das anstehende Gespräch mit dem Anwalt eventuell hierblieben. Oles Unterton allerdings – mit den Handknöcheln klopfte er nervös auf die Schreibtischplatte – ließ keinen Zweifel aufkommen an seiner Entschlossenheit, Stübinger selbst in die vielleicht notwendigen Schranken zu weisen.

Robert hatte seinen Auftrag oben erfüllt und ging zurück. Der KD und Melanie Herbst hatten sich zwischenzeitlich verabschiedet.

Robert und auch Claudia sahen auf die Uhr über der Bürotür. Dann berichtete Robert noch von den Befragungen in Weißenstadt. Der Fremde auf dem Phantombild wäre niemandem in der Stadt aufgefallen. Claudia tippte unverändert an dem Protokoll des heutigen Tages. Judith spürte die Angespanntheit im Raum und schlug den beiden vor, nach Fertigstellung des Protokolls nach Hause zu gehen. Wie von Geisterhand war das Protokoll ausgedruckt und lag Judith zur Kenntnisnahme vor. Sie beauftragte die beiden

allerdings noch, es nach ihrer Durchsicht nach oben in die Chefetage zu bringen – und für das Wochenende hätten beide Rufbereitschaft. Damit waren Claudia und Robert durchaus einverstanden, hatten sie doch insgeheim schon mit einem Ausfall des kompletten Wochenendes gerechnet.
Auf dem Flur wären sie beinahe mit Herrn Stübinger zusammengeprallt. Claudia begleitete ihn noch rasch ins Büro.
Drinnen bot ihm Judith einen Platz an, den er dankend annahm.
»Kommen wir gleich auf den Punkt!«, begann Stübinger das Gespräch.
»Genau«, fiel Ole ihm ins Wort, »aber darf ich Ihnen zunächst etwas zu trinken anbieten, Herr Rechtsanwalt?« Stübinger verneinte und kehrte zum Grund seines Besuches zurück. »Mein Mandant ist an einer schnellen Aufklärung des Verbrechens an seiner, nennen wir es ihm sehr nahestehenden Person interessiert. Dies hat er ja Ihnen gegenüber auch schon oft genug geäußert.«
Ole lehnte sich scheinbar entspannt zurück.
»Für dieses Vorhaben ist es jedoch sehr hinderlich, die ganze Zeit auf Staatskosten zuzubringen.« Stübinger grinste überheblich und spielte mit einem Kugelschreiber. »Auch sollten Sie, schon im ureigenen Interesse, daran interessiert sein, dass mein Mandant gegen eine entsprechende Kaution freikommt.« Jens Stübinger krempelte seinen rechten Hemdsärmel hoch und betrachtete einen blauen Fleck an seinem Unterarm – etwa so groß wie eine 2-Euro-Münze.
»Was soll das jetzt werden?« Ole sprang auf und war mit einem Satz bei dem Anwalt. Der hob beschwichtigend

die Hände und meinte, dass eine Anzeige seinerseits wegen Körperverletzung ihm gegenüber doch nicht unbedingt förderlich für die Aufklärung des Falles sei.
»Das ist Erpressung!«, schnaubte Ole.
»Das ist ein faires Geschäft. Sie setzen sich bei der Staatsanwaltschaft für meinen Mandanten ein, und ich werde den unangenehmen Vorfall von vorgestern vergessen.« Er erhob sich, wünschte beiden noch einen schönen Abend, verließ das Büro, ohne die Türe hinter sich zu schließen, drehte sich im Flur noch mal um und winkte frech zurück.
»Leck mich ...«, entfuhr es Judith. Der Tür gab Ole nachdrücklich einen Stoß, sodass sie krachend ins Schloss fiel.
Judith saß mit verschränkten Beinen und den Kopf in die Hände gestützt da und starrte zum Fenster hinaus.
»Nicht du warst gemeint«, sagte sie zu Ole, der sie fragend ansah, »der da draußen.«
Ole sah hoch zur Uhr und meinte, dass, würden sie sich beeilen, Frau Reiter und Herr Jakbusch vielleicht noch zu erreichen wären. Also eilten sie hoch in den ersten Stock. Oberstaatsanwältin Karin Reiter war gerade im Begriff ihr Zimmer von außen abzuschließen, als Judith am Treppenabsatz anlangte.
»Frau Reiter, könnten wir Sie bitte noch mal sprechen? Es wäre enorm wichtig.« Missmutig sah Frau Reiter nun auch auf die Uhr, willigte aber ein. Nach fast einer halben Stunde Überredungskunst seitens Ole war sie bereit, am frühen Morgen einen entsprechenden Entlassungsantrag zu genehmigen. Judith entschuldigte sich vielmals für den überfallartigen Besuch und die Störung ausgerechnet am Samstag. Frau Reiter versprach, pünktlich um neun hier zu sein. Vorher wolle

sie jedoch noch mit Staatsanwalt Jakbusch Rücksprache halten.
Mit diesem Wehrmutstropfen im Gepäck gingen die zwei in Begleitung Frau Reiters nach unten zum Hauptausgang; dort verabschiedeten sie die Staatsanwältin. Im Büro stellte Judith fest, dass sie momentan nicht in der Lage war, nach Hause zu fahren. Ole begriff das zwar nicht, schlug aber alternativ vor, in Ruhe noch irgendwohin zu gehen und den Tag Revue passieren zu lassen. So einigten sie sich, wieder in den Herzogkeller in der Hindenburgstraße zu gehen.
Ein kleiner Ecktisch in dem Lokal war noch frei. Sie setzten sich gern an diesen Tisch, weil er doch etwas abseits stand. Die Bedienung nahm im Vorübergehen die Bestellung von zwei Pils auf.
»Wenn ich bloß nicht mehr fahren müsste … ich würde mir sonst die Kanne geben.« Judith nahm einen ersten Schluck und leerte damit das halbe Glas des Gerstensaftes gierig, ohne es abzusetzen.
»Das war gut jetzt.« Ole grinste und tat es ihr gleich.
»Wenn wir so weitermachen, rufen wir einfach einen unserer Youngsters an und lassen uns fahren.« – »Ich glaube, die haben ihre eigenen Probleme.« – »Ich kann es schon langsam nicht mehr sehen.« Judith nickte und signalisierte mit rechter Hand über die Schulter Gleichgültigkeit. Sie leerten ihre Gläser und bestellten noch ein alkoholfreies Weißbier der Bayreuther Brauerei.
»Jetzt hat der Anwaltsheini mich doch tatsächlich noch rangekriegt, das wurmt mich wahnsinnig.« – »Na, vor allem, weil das ja auch noch eine glatte Erpressung ist.« – »Aber was sollte ich denn machen? Wenn der mich anzeigt, bin ich raus aus dem Fall. Der KD müsste mich rausnehmen, ob er will oder nicht.« – »Also dann

haben wir ja alles richtig gemacht.« – »Wenn du es so sehen willst, dann sieh es so. Ich muss mich jetzt nur sehr beherrschen, sonst erwürg ich den.« – »Es ist ja auch noch nicht raus, ob die Staatsanwaltschaft Volkmann schon wieder raus lässt. Ich an deren Stelle hätte langsam die Faxen dicke von dem Hin und Her.«
Ole nickte beifällig und zuckte wortlos mit den Schultern.
»Lass uns lieber über unseren Unbekannten reden, es ist zum Haare raufen. Wer ist der Kerl?« – »Und hat er überhaupt etwas mit unserem Fall zu tun? Oder ist es nur ein harmloser Autofahrer gewesen, der sich die Beine vertreten hat?« – »Ach was weiß ich.« Judith stützte den Kopf in beide Hände.
»Es nützt uns auch nichts, wenn wir jetzt noch mal rauf fahren. Wenn wir nur ein Kennzeichen oder wenigstens eine Automarke, eine Farbe hätten … aber nichts, rein gar nichts.« Ole stützte seinen Kopf ebenfalls in beide Hände. »Sag mal …«, begann er zu sinnieren, »was ist eigentlich mit dem Typ in Essen?« – »Du meinst Volkmanns Geschäftspartner? Warte mal, wie hieß der noch mal … Reichel, ja, Klaus Reichel. Jetzt hab ich ihn wieder. Was ist mit dem?« – »Den hatten wir bisher noch gar nicht auf dem Schirm.«
Nun berieten sie, wie sie die Ermittlungen in Richtung Rheinland am geschicktesten einfädeln könnten, ohne dass Volkmann Wind von der Sache bekäme und seinen Geschäftsfreund in Essen warnte.
Judith griff nach ihrem Handy und versuchte ihn auf Facebook ausfindig zu machen. Sämtliche Versuche liefen aber ins Leere; schließlich gab sie die Suche auf.
»Wir könnten unseren Computer befragen. Vielleicht ist Reichel schon mal auffällig geworden und Kunde bei

uns. Ich glaube aber, für heute reicht's.« Sie trank ihr Weißbier aus. »Ich bin langsam reif für die Couch.«
»Mir geht es genauso.« Ole sah auf die Uhr. »Oh, Mann, halb acht! Habe vergessen, dass ich ja Besuch habe. Aber ehrlich gesagt kann ich Sven dieses Wochenende eigentlich gar nicht gebrauchen.«
»Welches Wochenende?« Judith grinste. »Ich bin schon froh, wenn ich mit meinem Kleinen am Sonntag zu Carstens Beförderung gehen kann.«
Ole winkte der Bedienung, signalisierte ihr die Begleichung der Rechnung und bezahlte auch für Judith mit. Dann gingen sie.
»Also dann, bis morgen.« Ole klopfte Judith auf die Schulter.
»Was würde ich bloß ohne dich machen!« – »Was machen wir mit Robert und Claudia?« – »Zu denen habe ich gesagt, die sollen sich auf Bereitschaft halten.« – »Okay, dann bis morgen, wann meinst du?« – »Ich würde sagen, gegen acht reicht, oder?«
Ole fand diese Zeit in Ordnung und verabschiedete sich von seiner Chefin.

Judith fuhr die Bundesstraße bis Kulmbach nach Hause. Sie ließ das Gespräch mit Ole nochmals in Gedanken Revue passieren. Insgeheim war sie sehr dankbar, dass er ihr doch noch zur vollen Verfügung stand und nicht von seiner Teilzeitregelung Gebrauch machte.

KAPITEL 18

Helene kam Ole zuvor, als er sie gerade anrufen wollte, um sich bei ihr zu entschuldigen mit der Begründung, der Fall habe ihn nicht eher losgelassen. Aber es kam umgekehrt: Sie entschuldigte sich bei ihm, weil sie noch nicht zu Hause sei. Ole grinste insgeheim und fragte scheinheilig nach, bis wann sie denn gedächte, nach Hause zu kommen. Sie aber ließ ihn wissen, in Gesellschaft Svens im Kurzentrum *versumpft* zu sein und heute lieber nicht mehr nach Bayreuth zurückfahren zu wollen. Sie habe daher für sich und Ole ein Zimmer für diese Nacht in dem Hotel gebucht.
Nun wusste Ole nicht so recht, ob er lachen oder weinen sollte, nahm es letztlich aber mit Humor. Er kannte seine Helene als sehr impulsive Frau, immer gut für Überraschungen, die sie auch gern spontan umsetzte.

Er fuhr zu seiner Wohnung, in dem bekannten Y-Haus in Bayreuth, und besorgte rasch das Nötigste für sie beide für eine spontane Nacht im Fichtelgebirge. Während der Fahrt nach Weißenstadt hinterließ er noch eine Nachricht auf Judiths Handy, dass Dienstbeginn morgen früh eher erst gegen 9:30 Uhr wäre. Er freute sich nun doch auf das Wiedersehen mit seinem Kollegen Sven Böttcher aus Bochum – natürlich auch auf Helene. Sven hatte dank seiner Unterstützung der Ermittlungen im Ruhrgebiet einen wesentlichen Beitrag zur Aufklärung des letzten Falles geliefert, weshalb Ole ihm doch auch ein Stück weit zu Dank verpflichtet

war. Er nahm wie stets, wenn er auf der Autobahn nach Weißenstadt fuhr, die Ausfahrt Gefrees. Die restlichen zwölf Kilometer schaffte er in gut zehn Minuten, fuhr in die Tiefgarage des Hotels und stellte den Wagen in der hintersten Reihe ab. Das Hotel schien gut besucht zu sein, waren doch kaum noch Stellplätze frei.
Bedacht auf seine Fitness, benutzte er statt des Aufzugs die Treppe. Helene kritisierte in letzter Zeit häufiger seinen unübersehbar wachsenden Bauchansatz. Da nutzten auch alle Schmeicheleien hinsichtlich Helenes Kochkunst nichts, die Kritik blieb an ihm hängen.
Im Foyer schaute er sich um und entdeckte sogleich seinen Kollegen mit Helene an einem kleinen Vierertisch. Sven erblickte ihn und sprang auf. Stürmisch begrüßten sie sich und umarmten einander, als hätten sie sich seit Jahren nicht mehr gesehen. Amüsiert beobachteten Hotelgäste die Szene. Helene Frank hielt sich die Augen zu und schüttelte den Kopf. Nachdem sich die beiden beruhigt hatten, saßen sie nun gemeinsam an dem kleinen Tisch.
Nach einer Weile beschlich Helene das Gefühl, allmählich fehl am Platz zu sein. Die beiden bemerkten schließlich nicht mal, dass sie sich vom Tisch entfernt hatte und nun eine Runde um den jetzt ruhig daliegenden See drehte. Ein herrlicher Abend. Die Hitze des Tages war angenehmer Wärme gewichen, ein leichter Wind bot willkommene Erfrischung.
Nach ihrer Rückkehr saßen die beiden, mit einem Glas Bier in der Hand, auf einem Zweiersofa etwas abseits der anderen Gäste. Helene wollte gar nicht wissen, das wievielte Glas sie mittlerweile intus hatten. Ole sah zwar kurz auf und erwiderte ihr Winken, doch schien er gar nicht wahrgenommen zu haben, dass sie sich damit

verabschiedete, denn umgehend versank er wieder im lebhaften Gespräch mit Sven.
Helene nahm den Aufzug in den dritten Stock und legte sich auf das französische Doppelbett im letzten verfügbaren Zimmer des Hotels. Die Suite war nicht gerade billig, bot dafür aber viele Annehmlichkeiten. Amüsiert über das Verhalten der beiden Männer zappte sie sich durchs TV-Abendprogramm.

Wieder liefen Robert und Claudia unentschlossen die Gontardstraße in Bayreuth auf und ab. Immer wieder blieben sie vor dem Haus von Frau Jähn stehen. Eine Nachbarin beobachtete, misstrauisch geworden, schon einige Zeit das Geschehen von ihrem Fenster aus. Plötzlich zuckte Blaulicht auf, ein Streifenwagen der Polizei bog um die Ecke und hielt direkt vor den beiden. Zwei Beamte stiegen aus und forderten Robert und Claudia auf, ihre Ausweise zu zeigen. Verstohlen zog die Nachbarin die Vorhänge zu, als einer der Polizisten zu ihr hochsah. Claudia grinste, denn sie hatte den Blick des Kollegen bemerkt. »Aha«, sagte sie, »das ist der aufmerksame Teil der Bevölkerung.«
Der Streifenpolizist wies Claudia barsch zurecht. Sie hätte hier überhaupt keine Kritik anzubringen, sondern seiner Aufforderung Folge zu leisten. Der andere Polizist setzte einen Schritt zurück und hielt die Hand an seine Schusswaffe Natürlich entging dies nicht der Aufmerksamkeit von Robert und Claudia. Robert zog seinen Dienstausweis aus der Gesäßtasche seiner Jeans, was ein erneutes Aufschrecken der Ordnungshüter zur Folge hatte.
»Jetzt aber mal langsam.« Robert hielt dem verdutzten Polizisten seinen Dienstausweis direkt unter die Nase.

Der erschrak sichtlich und stammelte: »Verzeihung, Herr Kriminalkommissar, wir konnten ja nicht wissen, dass Sie …« – »Schon gut«, beschwichtigte Claudia ihn und zeigte ebenfalls ihren Ausweis vor. »Sie konnten ja nicht ahnen, wer hier so spät abends noch sein Unwesen treibt.«
Sichtlich eingeschüchtert entschuldigten sich die beiden und fuhren davon.
Claudia winkte provokativ hoch zu dem Fenster auf der gegenüberliegenden Straßenseite, woraufhin dort im Zimmer das Licht ausging.
Claudia nahm den Faden wieder auf: »Also wollen wir nun endlich gemeinsam in die schöne Wohnung einziehen oder machst du wieder Zicken?« Robert schaute sie fassungslos an und stammelte: »Ich …? Ich zick' doch nicht rum …« – »Papperlapapp«, fiel ihm Claudia ins Wort und hakte sich bei ihm unter. Mit sich im Reinen klingelten sie bei Frau Jähn.

Judith genoss die kalte Dusche. Carsten und Alexander hatten mit dem Abendbrot auf sie gewartet. Für die Zeit jetzt, nach Abendbrot und Dusche, hatte sie sich schon heute den ganzen Tag vorgenommen, sich intensiv um ihren Sohn zu kümmern. Ihrer Meinung nach war er in dieser Woche schon sehr kurz gekommen – und Alexander freute sich, dass seine Mama mit ihm spielen wollte. Doch in letzter Zeit zeigte er eben eine gewisse Veränderung, weg vom kindlichen Bewusstsein und Verhalten hin zum *Großen,* wie er es selbst bezeichnete. Er zog seine Mutter an der Hand in sein Zimmer und bat sie, auf seinem Bett Platz zu nehmen. Judith tat ihm den Gefallen. Alexander nahm auf seinem Kinderdrehstuhl Platz und verschränkte die Arme vor der Brust.

»Also, ich möchte es jetzt einmal ganz genau wissen, wie ist das jetzt mit Papa und dir?«
Judith war dermaßen perplex über diese Frage, dass sie zunächst kein vernünftiges Wort hervorbrachte. Mehr lachend über die mit sehr ernster Mimik gestellte Frage versuchte Judith ihm zu erklären, dass sein Vater jetzt die Scheidung von ihr wünsche, um mit einer neuen Frau ein neues Leben zu beginnen. Trotz allem Mut, den der Kleine aufbrachte, war er jetzt doch sehr geknickt, als er erfuhr, dass Jacob dann nicht mehr so oft zu Besuch kommen würde.
Jacob hatte es sich seit ihrer Trennung schon recht einfach gemacht. Er kam, wann er wollte, hatte aber auch nie Ansprüche über feste Besuchszeiten seines Sohnes gefordert. So war die Erziehung des Kleinen eigentlich immer nur Judiths Angelegenheit.
Sie ging frühzeitig zu Bett, um am Morgen ausgeschlafen zu sein. Doch wieder drehten sich ihre Gedanken nur um den Fremden auf dem Weg zum Rudolfstein bei Weißenstadt. Irgendwann war sie dann doch eingeschlafen – und um 6:30 Uhr beendete der Wecker die dringend benötigte Nachtruhe. Sie drehte sich um zu Carsten, sah ihn an. Sehnlichst wünschte sie sich endlich wieder eine intakte Familie. Wann würde es so weit sein ... Judith wirbelte den Kopf hin und her, als wollte sie die Gedanken daraus verscheuchen.
Leise kroch sie aus dem Bett und ging ins Badezimmer. Würde Ole heute pünktlich sein? Judith bezweifelte das stark, erinnerte sie sich doch an das letzte Treffen der beiden Kommissare anlässlich eines dienstlichen Aufenthalts Oles in Bochum. Ole und Sven hatten damals, nach einer Zeugenbefragung, das berühmt berüchtigte Rotlichtmilieu *Bermuda Dreieck* besucht. An den

Folgen hatte Ole – zum Leidwesen Roberts, der ihn nach Bochum begleitet hatte – noch mindestens zwei Tage zu zehren.
Judith bereitete ihren zwei Männern noch ein Frühstück zu; am Sonntagmorgen dürfte die Zeit dafür wohl kaum reichen. Wie sie Carsten kannte, stand er morgen, am Sonntag, um sechs Uhr bestimmt schon fertig angezogen in Ausgehuniform in der Bayreuther Kaserne. Ein kurzer Blick ins Schlaf- und Kinderzimmer genügte. Alexander und Carsten schliefen noch tief und fest.

Auf leisen Sohlen verließ sie die Wohnung und lief über den Marktplatz in die Langgasse zu ihrem Lieblingsbäcker. Ihr Blick fiel dort auf die *Bayerische Rundschau* und das auf der ersten Seite abgebildete Phantombild des Unbekannten. Sie bezahlte Brötchen und Zeitung und las, noch in der Bäckerei, den Bericht, den Caroline Stark für verschiedene Zeitungen verfasst hatte. Zufrieden faltete sie die Rundschau zusammen und verließ die Bäckerei. Die Chefin und ein anwesender Kunde holten sich auch rasch die Zeitung und sahen Judith hinterher.

Die Uhr am Handgelenk von Helene Frank zeigte 7:00. Ole schnarchte noch friedlich neben ihr. Entgegen ihren Befürchtungen war er in einem in Anbetracht der großen Wiedersehensfreude doch recht passablen Zustand kurz nach Mitternacht aufs Zimmer gekommen. Ein liebevoller Kuss auf die Wange weckte ihn nun sanft. »Aufstehen, mein Großer, die Pflicht ruft«, flüsterte sie ihm ins Ohr. Helene zog ihm die Zudecke weg und verschwand im Badezimmer.

Nach einer guten halben Stunde saßen sie am Frühstückstisch im Speisesaal. Wenig später erschien auch Sven, warf die *Frankenpost* auf den Tisch und bestellte einen starken Kaffee. Die beiden Kumpels waren bald schon wieder voll in ihrem Element und spannen ihre Geschichten anscheinend da weiter, wo sie am Abend geendet hatten.

Gelangweilt nahm Helene die Zeitung zur Hand und faltete das Blatt vor sich aus. Abrupt stoppte da Sven seinen Redeschwall und nahm Helene die Zeitung ungefragt aus der Hand: »Das ist Fränky!«, sagte er erstaunt. »Sucht ihr den etwa?« – »Wer ist das?« Ole nahm nun Sven das Blatt aus der Hand und erklärte ihm das Zustandekommen des Phantombildes. Sven sah sich das Bild noch einmal genauer an. »Also was mich betrifft, habe ich nicht den geringsten Zweifel – das ist Frank Reimann. Im Revier kennt ihn jeder. Zuhälter, Schutzgelderpressung, Drogengeschäfte, Menschenhandel, das volle Programm. Aber selbst macht er sich nie die Hände schmutzig. Nach außen sauber wie unbenutztes Toilettenpapier. Die Kollegen in Essen, manchmal auch wir, konnten ihm nie etwas nachweisen. Ich müsste mich schon sehr täuschen, aber die Ähnlichkeit ist verblüffend. Das runde Mondgesicht, die Glatze, die Stupsnase … nicht zu vergessen die Schweinsöhrchen. So hässlich ist nur Fränky. Es sei denn, er hat hier bei euch einen Doppelgänger.« – »Oder es ist purer Zufall«, mischte Helene sich ein, »könnte doch sein.«

»Vielleicht aber auch nicht.« Ole hatte sich schon erhoben und das Handy am Ohr. »Verdammt Judith, mach schon, geh ran …« Er schrie beinahe. Er war schon fast in der Lobby, da machte er kehrt, rannte zurück an

den Tisch: »Helene, du packst bitte unsere Sachen und fährst allein zurück nach Bayreuth. Sven und ich, wir machen uns sofort gemeinsam auf den Weg dorthin – in meinem Wagen. Ich melde mich später bei dir.«
Er zerrte Sven Böttcher regelrecht hinterm Tisch hervor. Der drehte sich kurz um, nahm noch einen Schluck Kaffee. »Nun mach schon, das ist die heißeste Spur, die wir bisher haben, beeil dich!« Im Treppenhaus rannte er vorneweg, nahm zwei, drei Stufen auf einmal, Sven hatte Mühe ihm zu folgen. Umständlich kramte er dann den Autoschlüssel aus der Hosentasche und schloss den Wagen auf. Der alte Ford besaß noch keine Zentralverriegelung, sodass Ole die Beifahrertür von innen öffnen musste. Er bog nach links in die schmale Gemeindeverbindungsstraße ein. Vor der Baustelle der neuen Therme wurde der Verkehr durch eine Ampel geregelt. Ole wartete nicht, bis diese Grün zeigte, sondern fuhr bei Rot durch. Der Fahrer eines polnischen Kleinlasters, der sich bereits im Kreisverkehr befand, bedankte sich mit wildem Hupkonzert und unflätigen Gesten bei Ole. Der griff unter seinen Sitz und holte das mobile Blaulicht mit der linken Hand hervor, reichte es Sven, der es durch das geöffnete Seitenfenster aufs Dach stellte, während Ole das Spiralkabel am Zigarettenanzünder anschloss – und schon unterließ der Fahrer hinter ihm das wilde Betätigen der Lichthupe. Sämtliche Geschwindigkeitsbeschränkungen ignorierend passierten sie die Ortschaft Voitsumra. Ole gab noch mehr Gas, Sven Böttcher holte seinen Lieblingstabak *Schwarzer Krauser* aus der Innentasche seines Sakkos.
»Das ist jetzt aber nicht dein Ernst? Oder? Wenn du dir jetzt eine anzündest, kotze ich dir nächstes Mal in

deinen Rekord.« Sven grinste und drehte seine Zigarette in aller Ruhe fertig.
An dem Weiler Torfmoorhölle – die Grenze zum Landkreis Bayreuth – klingelte Oles Handy. Er fischte das Gerät aus der Hosentasche … *Judith Handy.*
»Geh mal ran«, bat er Sven und gab ihm das Handy.
»Hallo Judith«, begrüßte der seine ihm noch unbekannte Kollegin. »Hallo … hallo….« Sven guckte ungläubig und meinte: »Kein Netz.«
»Verdammt! Scheiß Funkloch, wir sind hier in Kornbach, im Tal der Ahnungslosen, da gibt es kein Netz. Verdammt, verdammt!« Ole schlug mit der Hand aufs Lenkrad. »Davon kriegst du auch keinen Empfang.«
Sven sah während der rasanten Fahrt über die kurvenreiche Strecke bis nach Gefrees aus dem Fenster und schwang die Kurven wie ein Motorradfahrer mit. In der Ortsmitte bemerkte Sven – der immer noch Oles Handy hielt –, dass es wieder empfangsbereit war. Umständlich suchte er die Wahlwiederholung und stellte eine Verbindung zu Judith her.
»Ole, wo bist du?«, fragte Judith und wirkte auf Sven ziemlich aufgebracht. »Hier ist Hauptkommissar Sven Böttcher vom Dezernat zwei der Kripo Bochum. Der Kollege fährt gerade, ist schlecht mit Telefonieren.«
Judith forderte Sven auf, Ole zum Anhalten zu bewegen, damit sie mit ihm sprechen könne. An der Kirche in Gefrees fuhr Ole rechts in eine Parkbucht und übernahm das Telefon. »Judith, wir wissen jetzt, wer unser Phantom ist«, sagte er aufgeregt. »Na toll! Und obendrauf haben wir noch eine Leiche.« – »Wie bitte! Was haben wir?«, schrie er ins Telefon, starr vor Schreck. »Die Herbst hat mich vor zwei Minuten angerufen. In Fichtelberg, auf dem Gelände der Alutec,

haben Jogger heute Morgen einen Toten gefunden. Vermutlich erschlagen. Die Kollegen sind vor Ort, ich bin auf den Weg nach Bayreuth, wo bist du jetzt?« – »Wir sind momentan in Gefrees, wenn ich jetzt nach Bischofsgrün rauffahre, bin ich in einer Viertelstunde in Fichtelberg.« – »Okay, Ole, du fährst sofort dorthin und veranlasst das Übliche. Muss ich dir nicht erklären. Ich versuche Claudia und Robert zu erreichen, und du rufst Beate und Heinz in Bamberg an. Ach ja, noch was, Volkmann bleibt einstweilen da, wo er ist, den kann ich jetzt nicht auch noch gebrauchen.

KAPITEL 19

Notgedrungen musste nun Sven trotz Urlaub im Fichtelgebirge unfreiwillig mitfahren zum Tatort nach Fichtelberg. Helene Frank dirigierte Ole zwischenzeitlich um, sie sollte Sven in Fichtelberg abholen. Außerdem hatte er mittlerweile auch Kollege Rütters von der Spurensicherung erreicht. Der wiederum verständigte Beate John. Beide würden in etwa eineinhalb Stunden auch am Tatort eintreffen.

In Fichtelberg hatten die Kollegen der Polizei den Tatort bereits weitläufig abgesperrt.
»Willst du mit oder bist du froh, mal deine Ruhe zu haben?«
Sven grinste spitzbübisch. »Mal gucken, ob eure Leichen anders aussehen als unsere.«
Ole hob das Flatterband mit der Aufschrift *Polizeiabsperrung* hoch und ließ auch Sven passieren.
»Moin, moin«, begrüßte ein junger Polizeimeisteranwärter die Kommissare. Sven ging auf ihn zu und rückte ihm die Krawatte gerade. »Geht doch. Dem völlig eingeschüchterten Anwärter klopfte er dabei auf die Schulter.
»Weißt du, was der Junge jetzt gerade denkt?«, flüsterte Ole ihm zu. »Genau das, was ich auch denken würde«, grinste Sven.
Sie gingen direkt auf den mit einer Plane abgedeckten Leichnam zu. Ole hob die Abdeckung kurz an. »Scheiße!«, sagte er und ließ die Plane fallen. Nun hob Sven sie hoch und sah Ole an: »Sag ich doch …« Pause, »… Schweinsöhrchen.«

Jetzt zogen sie zu zweit die Plane etwas zur Seite, um den toten Reimann besser betrachten zu können. »Auf die Schnelle würde ich sagen, ein stumpfer Gegenstand, vielleicht ein größerer Hammer.« Ole stimmte der Annahme zu. Ein hässliches Loch im eingeschlagen Schädel gab den Blick frei auf das Gehirn des Toten.
»Komm bitte mal her«, forderte Ole den jungen Polizeianwärter auf. »Wie heißt du?« – »Polizeimeisteranwärter Jonas Kramp«, kam es wie aus der Pistole geschossen. »Gut Jonas, geh bitte zu deinen Kollegen und teil ihnen mit, dass wir einen Hammer oder Ähnliches suchen, mit dem der Mann hier umgebracht wurde. Lasst niemanden über die Absperrung rein, der nicht zur Polizei gehört. Hast du mich verstanden?« Jonas nickte, wollte gehen, da forderte Sven ihn auf, den Auftrag zu wiederholen. Pflichtgemäß wiederholte er nahezu wortwörtlich und machte auf dem Absatz kehrt.
»Sonst lernt der das nie.«
Ole zog ein paar Latexhandschuhe aus seiner Hosentasche. Gleich darauf durchsuchte er die Innentaschen des Sakkos des Toten. Es war all das vorhanden, was ein erfahrener Kriminalrat zu finden hofft. Fein säuberlich legte er die Fundstücke auf dem Bauch des Toten ab und bat seinen Kollegen, im Kofferraum des Ford die kleinen Plastiktütchen zu holen. Sven kam mit einem Aluminiumkoffer zurück, den Ole für solche Fälle immer in seinem Auto griffbereit hatte.
Nacheinander steckte er eine Geldbörse, einen Autoschlüssel der Marke Mustang, ein gebrauchtes Stofftaschentuch sowie das Handy des Toten getrennt in die Tütchen. Fein säuberlich verstaute er alles in diesem Koffer und verschloss ihn.

»Na, dann wollen wir uns doch mal umsehen, wo sich all die feinen Herrschaften herumtreiben, die sonst hier zugange sind.« Ole schritt auf das Bürogebäude zu. Die Tür war, wie erwartet, verschlossen. Er ging weiter zur Montagehalle und drückte die im herabgelassenen Rolltor eingebaute Klinke herunter. Nach etwas Kraftanstrengung gab der Türdrücker mit lautem Knacken nach, die Tür ließ sich öffnen. Er betrat die Halle und blieb kurz stehen, sich an die Dunkelheit zu gewöhnen. »Hallo«, rief er, »hier ist die Polizei. Ist hier jemand?« Keine Reaktion. Er holte seine H&K P2000 aus dem Schulterholster unter dem Blouson. Wiederholt rief er in die anscheinend leere Halle. Da flammten mit einem Mal die Neonröhren an den Wänden auf und im Gebäude war es taghell. Aus dem Augenwinkel bemerkte er eine Gestalt rechts neben sich, fuhr blitzartig herum und hob die Waffe.

»Guten Morgen, Herr Kollege.«

Judith stand in der Eingangstüre und hielt ebenfalls ihre Waffe in der Hand.

»Das kann auch schiefgehen«, sagte Ole. »Alles gut!« Judith bemerkte einen säuerlichen Unterton bei ihm. »Ebenfalls guten Morgen.« Schon schaute er wieder versöhnlicher drein. »Hast du schon gesehenen, wen wir da draußen liegen haben?« – »Ja, aber so wollte ich den auch wieder nicht finden.«

»Da kommt ein schwarzer Benz mit Bamberger Nummer«, hallte es von draußen in die Halle rein.

»Das ist Rütters.«

Ole und Judith gingen nach draußen und zum Mercedes Vito der Spurensicherung. Beate John – sie war schon ausgestiegen – begrüßte ihre Bayreuther Kollegen wie immer aufs Herzlichste. Heinz Rütters war mit zwei

Kollegen seiner Abteilung bereits auf dem Weg zum Fundort. Eine junge Dame war noch mit dem Ausladen diverser Koffer beschäftigt.
»Ich habe Verstärkung mitgebracht.« Beate rief ihr zu, die Sachen vorläufig noch im Fahrzeug zu belassen. »Das ist Ulrike Brown, Dr. Brown, seit letzter Woche bei uns. Wird irgendwann mal meine Nachfolgerin sein, hoffe ich jedenfalls. Frau Brown stellte sich selbst noch mal vor.
»Habe ich gerade einen englischen Akzent herausgehört?«, fragte Ole neugierig. »Richtig. Meine Mutter ist Amerikanerin, sie war ebenfalls Ärztin, aber bei der Army. Heute hat sie eine Praxis für Chirurgie in Hallstadt. Mein Vater ist ein waschechter Bamberger, Malzmeister in einer großen Bamberger Mälzerei.
»Na dann, willkommen im Club.« Ach ja, Ole! Judith rollte mit den Augen und stupste Beate in die Seite. »Immer dieselben Sprüche«, flüsterte sie ihr leise zu. »Männer ...« Beate John huschte ein Grinsen übers Gesicht.
»Das will ich nicht gehört haben«, kam es von vorn. Ole stellte allen soeben Kollege Böttcher aus Bochum vor und begründete den unfreiwilligen Auftritt seines Freundes Sven. Der begrüßte die Kollegen, zog es dann aber vor, sich aus den weiteren Ermittlungen herauszuhalten und verließ den Tatort.
Die beiden Gerichtsmedizinerinnen nahmen den Leichnam gemeinsam in Augenschein. Heinz Rütters, inzwischen im weißen Papieroverall, beugte sich nun auch über den Toten, um Informationen über die eventuelle Tatwaffe zu erhalten.
Beate kam nach etwa zehn Minuten zu Ole und Judith und berichtete von den ersten Erkenntnissen. In diesem

Augenblick näherte sich Roberts Wagen der Absperrung. Ordnungsgemäß stoppten die Streifenbeamten das Auto. Claudia, auf dem Beifahrersitz, zeigte ihren Dienstausweis vor, woraufhin man sie auf einen etwas abseits der Zufahrt gelegenen Parkplatz dirigierte. Robert und Claudia kamen in Begleitung des einen Polizisten zu Judith. Der Polizist stellte sich kurz vor und teilte ihr seine Bedenken über den Verlauf des Wetters mit.
Im Osten bauten sich wieder bedrohliche Gewitterwolken auf. Derartige Wetterbildungen waren in diesem Sommer schon recht häufig gewesen, weshalb nun Judith unwillkürlich an Carstens Vorträge über solche Wetterlagen denken musste und dabei lächelte.
Nach dieser kleinen Unterbrechung setzte Beate mit ihrem Bericht fort. Wie Ole bereits vermutet hatte, bestätigte sie einen massiven dumpfen Schlag gegen die rechte Schädelhälfte als Todesursache. »Die Körpertemperatur beträgt jetzt noch einunddreißig Grad, das heißt, bei null Komma acht Grad Temperaturabfall pro Stunde lag der Todeszeitpunkt etwa gegen drei Uhr heute Morgen. Das ist jetzt fast sechs Stunden her. Da es in der Nacht aber relativ warm war, kann es auch etwas früher gewesen sein. Die Totenflecken sind schon voll ausgebildet. Auch die Leichenstarre ist schon eingetreten, also ich würde sagen, so sechs bis sieben Stunden auf jeden Fall.« Beate John sah ihre Kollegin Brown an, die die Angaben ihrer Chefin bestätigte. »Genaueres kann ich euch wie üblich erst sagen, wenn ich ihn auf dem Tisch habe.« Ole verdrückte sich ein Grinsen, Judith stieß ihn unbemerkt in die Seite – stets halt auch bei Beate dieselben Phrasen.

Vom Parkplatz oberhalb des Tatorts näherten sich Schritte auf dem geschotterten Weg. Kriminaldirektor von Gräfenberg sowie Melanie Herbst fanden sich am Tatort ein. Ole beauftragte Robert und Claudia, die Chefin der Werkstatt, Frau Volkmann, ausfindig zu machen.

Sie machten sich sofort auf den Weg zum Haus der Familie Volkmann. Aber auch nach mehrmaligem Klingeln und Rufen öffnete niemand, die Eingangstür des Anwesens war verschlossen. Eine Befragung der Nachbarn ergab außer neugierigen Nachfragen keine Hinweise auf den Verbleib von Frau Volkmann. Unverrichteter Dinge zogen die beiden wieder ab und sahen sich in der Ortschaft nach ihr um. Während sie die Hauptstraße entlang gingen, kam ihnen aus Richtung Bischofsgrün der olivfarbene Geländewagen von Ben Johnson entgegen, auf dem Beifahrersitz unverkennbar Frau Volkmann. Johnson hielt angesichts der Polizisten – man kannte sich ja längst – den Wagen am rechten Fahrbahnrand an und erkundigte sich übertrieben höflich, ob sie sich eventuell verlaufen hätten. Claudia hielt Robert, der im Begriff war aufzubrausen, zurück und forderte die beiden auf auszusteigen. Widerwillig folgten sie der Anweisung und fragten sichtlich genervt nach dem Grund der ihrer Ansicht nach ungerechtfertigten Belästigung. Robert fragte Frau Volkmann und Herrn Johnson, wo sie sich letzte Nacht zwischen zwei und drei Uhr aufgehalten hätten. Gerlinde Volkmann drehte den hochroten Kopf zur Seite und schwieg, während Ben Johnson genervt und flapsig fragte, wen dies interessiere. Von nun an war Robert nicht mehr zu halten. Wütend machte er ihm klar, dass nur er hier Fragen stelle und Johnson sie gefälligst zu beantworten habe. Doch auch sein energischer Tonfall schien Johnson wenig zu beeindrucken.

»Das geht Sie einen feuchten Dreck an, wo wir waren, das ist einzig und allein unsere Sache.« Johnson lehnte sich selbstgefällig an den Kotflügel des nicht gerade sauberen Geländewagens und verschränkte die Arme vor der Brust.
»Wir waren gemeinsam in Bens Wohnung in Bischofsgrün«, lenkte Gerlinde Volkmann ein, ohne auch nur kurz den Kopf gehoben zu haben, »allein, die ganze Nacht und ohne Zeugen, wenn Sie es genau wissen wollen.«
»Woher wissen Sie, dass wir Sie nach einem Zeugen befragen wollten?« Claudia schob sich vor Robert und sah Gerlinde von unten her ins Gesicht.
»Ihr fragt doch immer nach Zeugen!«, brauste Johnson auf. »Bei euch braucht man doch einen Zeugen, wenn man nur mal allein aufs Klo geht.«
Claudia überhörte dies geflissentlich. »Ich möchte es auch von Ihnen hören, Herr Johnson«, forderte sie ihn auf, die Aussage Frau Volkmanns zu bestätigen.
»Ja, wir waren zusammen in meiner Wohnung in Bischofsgrün, und wenn Sie es genau wissen wollen, ja, wir haben miteinander gepennt. Noch mehr Einzelheiten gefällig?«
»Ich glaube, das reicht jetzt.« Robert forderte Ben Johnson auf, seinen Wagen abzuschließen und ihnen zu folgen. Murrend befolgten er und Frau Volkmann auch diese Anweisung und liefen voraus Richtung Alutec, Claudia und Robert hinterher, um die beiden ständig im Auge zu behalten.
Auf dem Firmengelände berichtete Claudia ihrer Chefin von dem Aufgreifen der beiden. Robert machte seine Notizen und forderte beide auf, sich in ihrem Büro zur Verfügung zu halten.

Beate John organisierte den Abtransport der Leiche zur Gerichtsmedizin nach Bamberg und bat Judith, sie kurz unter vier Augen sprechen zu dürfen. Etwas abseits erzählte sie ihr von Hautfetzen, die sie unter den Fingernägeln des Toten gefunden habe. Anscheinend hatte es vor dem gewaltsamen Tod noch einen Kampf mit dem Mörder Frank Reimanns gegeben. Der Täter oder die Täterin müsste somit entsprechende Verletzungen am Körper aufweisen. Judith umarmte Beate und dankte ihr für diesen sicherlich sehr hilfreichen Hinweis, begleitete Beate noch zu ihrem Wagen und verabschiedete sich *bis demnächst.* Ole kam ihr entgegen und erkundigte sich gleich nach dem Inhalt ihres Gesprächs mit Beate. Judith berichtete ihm von den eventuellen Verletzungen, die der Täter davongetragen haben dürfte. Heinz kam den kleinen Abhang unterhalb der Produktionshalle herauf, in der Hand einen größeren Plastikbeutel mit einem Gegenstand darin. Judith sah Ole an. »Heinz hat die Tatwaffe.«
Tatsächlich präsentierte ihnen der Chef der Spurensicherung einen größeren Schlosserhammer. »Seht mal her, was wir dort unten in der Fichtelnaab gefunden haben. Wenn das nicht die Tatwaffe ist, will ich nicht mehr Heinz heißen. Fußspuren haben wir Übrigens auch zuhauf. Die Kollegen sichern sie gerade.«
»Sind das von der Größe her wieder solche Latschen wie in Schönlind?«, fragte Judith und wischte sich über ihr Auge, denn die Verletzung durch den Ast bei der Brandruine machte ihr immer noch zu schaffen. Ole blickte sie mit Sorge an, doch bevor er etwas sagen konnte, wimmelte Judith ab. Heinz war einen kurzen Moment irritiert und hatte den Faden verloren. »Was wolltest du eben wissen?«, fragte er Judith. »Ich meinte,

ob es auch so große Fußabdrücke sind wie die in Weißenstadt.«

»Nein, nein, eher das Gegenteil, das war entweder ein kleiner Mann, könnte aber genauso gut auch ein Frauenschuh gewesen sein. Aber dazu später mehr.« Rütters ging zu seinem Mercedes und verstaute das Beweisstück in einer abschließbaren Alubox, schloss die Schiebetüre des Busses und aktivierte die Zentralverriegelung.

Auf dem Platz oberhalb des Tatorts – er hatte sich längst zum Auffahrgelände für Polizeifahrzeuge unterschiedlichster Art entwickelt – hielt ein weiterer Wagen. Judith konnte ihn nicht zuordnen, ebenso wenig Ole, der mit dem Toyota auch nichts anzufangen wusste. Erst als die beiden Insassen ausstiegen, erkannten sie Oberstaatsanwältin Reiter und ihren Kollegen Jakbusch.

Claudia und Robert meldeten sich ebenfalls zurück von ihrem Erkundungsrundgang. Judith hatte sie losgeschickt, um Ausschau zu halten nach den beiden Syrern Abbas und Halin Nassar sowie Frau Prandl. Claudia berichtete, die beiden Hilfsarbeiter seien seit Donnerstag mit dem Pfarrer der katholischen Kirchengemeinde auf einer Wallfahrt. Dies habe ihnen der Messner der Kirche hier im Ort mitgeteilt. Bei Familie Prandl hätten sie nur den Ehemann von Birgit Prandl zuhause angetroffen, der trotz des frühen Morgens aber kaum ansprechbar gewesen sei und nur unverständliches Zeug gelallt habe.

Judith beauftragte Robert und seine Kollegin Claudia, Herrn Prandl zur Ausnüchterung in Polizeigewahrsam zu nehmen, um ihn noch am heutigen Nachmittag zu vernehmen. Sicherheitshalber hielt sie diesbezüglich aber erst noch Rücksprache mit den beiden Staatsanwälten. Weder Frau Reiter noch Herr Jakbusch sahen darin ein Problem, und so machten sich Robert und Claudia erneut auf den Weg zu dem Einfamilienhaus der Familie Prandl.

Ole lehnte an einem wackligen, schon recht morschen Zaun, der das Grundstück zum größten Teil umfriedete. Die beiden Staatsanwälte waren noch im Gespräch mit Judith, wobei er nicht stören wollte. Eigentlich wollte er einfach nur in Ruhe nachdenken. *Irgendwas stimmt hier nicht! Warum hielt der Mann aus dem Rheinland sich hier im Fichtelgebirge auf? Aus welchem Grund wurde er umgebracht?* Ole seufzte, wollte weg von dem Zaun … da krachte der auf einer Länge von gut sechs Metern urplötzlich einfach nach hinten um.
»Na, na, na, so schlimm ist es nun auch wieder nicht«, brummelte Ole und sah an seinem Körper hinunter; gemeint war sein Körpergewicht.
Judith, Frau Reiter und ihrem Kollegen Dietmar Jakbusch war das natürlich auch nicht entgangen. Sie konnten ihre Schadenfreude nicht zurückhalten. Und was tat er? Ging zu den dreien hin und stimmte in ihr Gelächter ein. »Ich habe den Zaun ja nur noch eine Weile gehalten, sonst wäre er schon viel früher umgekippt.« Grinste und gab Frau Reiter, dann Herrn Jakbusch die Hand.
In diesem Augenblick klingelte Judiths Handy … ihre Chefin, Frau Herbst. Sie nahm das Gespräch entgegen und ging ziellos ein paar Schritte übers Betriebsgelände, um ungestört telefonieren zu können. Die beiden Frauen teilten dieselben Gedanken, die auch Ole eben bewegten. Nach einer Viertelstunde beendeten sie das Gespräch. Melanie Herbst seufzte zum Schluss und versprach Judith, die neue Lage noch heute, im Laufe

des Vormittags, mit Kriminaldirektor von Gräfenberg zu besprechen. Auf ihre abschließende Frage, wann sie mit einer Rückkehr nach Bayreuth rechnen würde, musste Judith zugeben, zum jetzigen Zeitpunkt hierzu noch keinen Plan zu haben. Sie verabschiedete sich von Frau Herbst, legte auf und gesellte sich wieder zur Gruppe. Sogleich wurde sie von Frau Reiter ins Gespräch einbezogen.

Die Staatsanwälte und Ole berieten gerade, wie es nun mit Ralph Volkmann weitergehen solle. Dietmar Jakbusch sah keine Notwendigkeit, ihn weiterhin eingesperrt zu lassen, einer Freilassung gegen Kaution sollte nichts mehr im Wege stehen. Oberstaatsanwältin Reiter allerdings gab zu bedenken, dass der Mord an Olga Holischek noch ungeklärt sei. Außerdem wäre eine weitere Inhaftierung wegen schwerer Brandstiftung unverändert gerechtfertigt. Frau Reiter wollte sich auf keinen Fall unter Druck setzen lassen, sondern erbat sich noch Bedenkzeit. Judith war die Entscheidung der Staatsanwältin mehr als recht, hatte sie momentan doch wenigstens in dieser Sache den Rücken frei.

Urplötzlich schlug sich Ole mit der flachen Hand auf seine doch schon etwas höhere Stirn. »Wie konnte ich nicht früher daran denken!«, rief er, offensichtlich wütend über sich selbst. »Ole was gibt's?« Judith sah ihn fragend an. »Wir müssen sofort zu Volkmann, sofort!« Judith fiel es zeitgleich ebenfalls wie Schuppen von den Augen. »Wenn einer etwas über diesen Reimann weiß, dann Volkmann. Natürlich. Wer sonst!« – »Los, wir fahren sofort zurück nach Bayreuth!« Weil Judith zögerte, sah sich Ole veranlasst, ihre Hand zu greifen und Judith vom Platz zu ziehen. »Jetzt warte doch mal! Du kannst ja schon fahren, ich bin doch sowieso mit meinem Wagen hier«, fuhr sie ihn an. »Ich melde uns wenigstens bei Rütters ab, Claudia und Robert müssen doch auch Bescheid bekommen.« – »Also gut, wir sehen uns in Bayreuth. Ich lass einstweilen Volkmann aus dem Knast holen«, schrie Ole, schon fast an seinem Wagen angelangt. Robert kam mit Heinz Rütters einen schmalen Trampelpfad von dem kleinen Bach herauf. Judith erklärte ihnen kurz die neue Lage und verabschiedete sich, blieb aber noch mal stehen und fragte Robert, wo er Claudia gelassen habe. Die sei noch bei den Kollegen von der Schutzpolizei, um diese mit Informationen Herrn Prandl betreffend zu versorgen. Judith dankte und verabschiedete sich endgültig.

Die Fahrt zurück nach Bayreuth nutzte sie, um mit Carsten zu telefonieren. Nachdem sie ausweichend auf seine Frage reagierte, ob es morgen, Sonntag, bei der Feier im Hans-Wild-Stadion bliebe, gab er sich ziemlich wortkarg. Judith versuchte ihn vergeblich zu beruhigen, seine Enttäuschung war regelrecht herauszuhören. Selbst ihr Hinweis darauf, sie könne momentan noch überhaupt nichts sagen, half nichts. Er ließ sich nichts vormachen. Er kannte Judith eben schon einige Zeit und wusste, dass sie nicht eher locker ließe, bis der Fall gelöst ist. Judith beendete das Gespräch unter dem Vorwand, nun in Bayreuth angekommen zu sein. Hinterher tat es ihr leid, Carsten etwas vorgeschwindelt zu haben. Wütend schlug sie aufs Lenkrad ein, Tränen liefen ihr übers Gesicht. In Momenten wie diesen hasste sie ihren Beruf. Und genau in solchen Situationen kamen ihr auch Zweifel, ob und wie lange sie diesen noch ausüben wollte.
Sie bog ein in die Zufahrt zum Präsidium. Da stand Ole schon vorm Eingang und telefonierte. Als er sie

kommen sah, beendete er das Gespräch und ging ihr entgegen.
»Komm, gehen wir ein Stück durch den Park.« Judith wischte sich mit dem Ärmel ihrer Bluse über die Augen. »Was ist denn los?« – »Ach Ole, es gibt Momente, da möchte ich alles an die Wand schmeißen, gerade jetzt ist es wieder mal so weit.« Sie blieb stehen und sah ihn an. Da nahm er sie in den Arm, drückte sie ganz fest. Nach einer gefühlten Ewigkeit ließ er sie los und sah ihr in die Augen. »Besser?« Sie nickte stumm und lächelte. Dann liefen sie noch ein kurzes Stück schweigend nebeneinander her, bis Judith wieder kurz stehen blieb. »Ich würde jetzt gern in eine ganz andere Richtung hin arbeiten.« – »Raus damit!« Auch Ole blieb nun stehen. »Vielleicht meinen wir dasselbe.« – »Ich würde gern Volkmann zuerst über Frank Reimann zerlegen. Dazu kann ich aber seinen Anwalt überhaupt nicht gebrauchen.« Dem stimmte Ole zu: »Genau das, was ich eben auch vorhatte und deshalb so schnell wie möglich aus Fichtelberg weg wollte.« – »Dann würde ich auch gern diesen Klaus Reichel aus Essen näher unter die Lupe nehmen. Irgendwie habe ich das Gefühl, da steckt mehr dahinter als nur eine Geschäftsbeziehung zu Volkmann. Ich weiß nur nicht, was.« – »Okay, so in etwa habe ich mir das auch vorgestellt, nur dass ich zwei weitere Kandidaten habe, bei denen ich auch noch ein komisches Gefühl habe«, sagte Judith. »Wenn du jetzt noch dieselben meinst, die auch ich im Kopf habe …« – »Los raus damit« – »Du zuerst«, Judith grinste, »denn meiner schläft gerade seinen Rausch im Café Viereck auf der Polizeiinspektion in Bayreuth aus.« – »Und meine Kandidatin ist momentan nicht auffindbar.«

Sie hoben beide die Hände und klatschten mit den Handflächen aneinander.

»Gut«, sagte Judith und nahm ihr Handy aus der Gesäßtasche. Claudia meldete sich sofort und erhielt entsprechende Anweisungen. Als Erstes sollte sie gemeinsam mit Robert Frau Prandl ausfindig machen und mitbringen nach Bayreuth aufs Präsidium.

KAPITEL 20

Mit überkreuzten Beinen saß Ralph Volkmann im Verhörraum der Kripo Bayreuth. Judith und Ole hatten ihm gegenüber Platz genommen.

»Darf ich erfahren, warum ich noch hier bin?«, fragte er und beugte sich nach vorn über den Tisch.

»Weil immer noch wir entscheiden, ob und wann Sie wieder ungesiebte Luft atmen dürfen.« Ole drohte gleich zu Beginn des Gespräches wieder der Kragen zu platzen. Judith beschwichtigte ihn mit einer Handbewegung nach unten.

»Herr Volkmann«, begann Judith die Vernehmung, sagt Ihnen der Name Frank Reimann etwas?« Sie wie auch Ole beobachteten Volkmann ganz genau. Ein leichtes Zucken des linken Augenlids verriet Judith eine gewisse Regung des ansonsten sich cool gebenden Volkmann.

»Den Namen habe ich schon mal gehört, aber sagen tut er mir, ehrlich gesagt, nichts.«

»Dann möchte ich Ihrer Ehrlichkeit doch ein wenig nachhelfen. Judith stand auf und lehnte sich mit nach hinten gekreuzten Händen an den Einwegspiegel, der die Durchsicht nur von draußen zuließ. »Frank Reimann war eine der schillernden Figuren auf dem Essener Kiez. Hatte seine Finger bei allen möglichen krummen Geschäften mit im Spiel, ohne sich die Hände jemals schmutzig gemacht zu haben. Na, klingelt's?«

Ralph Volkmann erbleichte schlagartig. Seine Hände begannen zu zittern und kalter Schweiß stand auf seiner Stirn. Judith genoss seine plötzliche Unsicherheit.

»Was heißt hier *war?*«, fragte Volkmann nach, ohne den Blick von Judith zu nehmen. Ole kam ihr mit der Antwort zuvor ... Da sackte Ralph Volkmann auf seinem Stuhl immer tiefer und hielt beide Hände vors Gesicht. »Hat der Olga umgebracht?« Eine Frage, die Ole und Judith zweifelsfrei bestätigte, dass Ralph Volkmann Reimann kannte.

»Das wissen wir bis jetzt noch nicht, aber Sie können viel dazu beitragen, diese Frage nicht unbeantwortet zu lassen.« Judith drehte ihren Stuhl um und setzte sich mit der Lehne nach vorn darauf. Ole saß da mit verschränkten Armen und sah unentwegt hoch zur Decke.

»Ja, ich kenne Fränky.« Volkmann rutschte auf seinem Sitzplatz noch ein Stück tiefer. »Nein, ich kannte ihn. Er war öfters bei Klaus in Essen, als auch ich oben war. Fränky war der größte Kunde von Klaus. Kaufte reihenweise Luxuskarossen bei ihm. Und wenn es ihm gefiel, kaufte er sich innerhalb von einem Monat auch zwei Autos bei Klaus. Sämtlichen Schnickschnack mussten diese Karossen haben. Einmal fuhr er einen Satz Felgen von mir ganze zwei Tage, danach mussten sie ausgewechselt werden, weil sie ihm nicht mehr gefielen – und ich musste innerhalb kürzester Zeit neue ranschaffen. Und wehe, ich brauchte zu lange, dann drohte Klaus immer damit, mich als Lieferant abzusetzen. Das tat er aber nur aus Angst, selbst von Reimann abserviert zu werden.

»Und warum tauchte er dann hier bei Ihnen in Fichtelberg auf?« Ole war wieder dabei. »Ach ja, natürlich, das können Sie ja nicht wissen ... Reimann wurde auf Ihrem Betriebsgelände ermordet. Um genauer zu sein, er wurde mit einem Hammer erschlagen, der vermutlich aus Ihrer Werkstatt stammt. Auf den Bericht der

KTU warten wir noch, aber ich glaube nicht, dass der uns ein anderes Ergebnis bringt.«

»Herr Volkmann, wer könnte ein Interesse an Reimanns Tod gehabt haben?«, fragte Judith und sah ihrem Gegenüber fest in die Augen. Er hielt ihrem Blick nicht stand und sah zur Seite. Dann aber schaute er doch auf und lachte plötzlich. »Kann mir doch egal sein, wer den Kerl um die Ecke gebracht hat. Ich kann es jedenfalls nicht gewesen sein, schließlich habe ich ein Alibi, das Sie gern nachprüfen dürfen.«

Ole trommelte nervös mit den Fingern auf den Tisch. »Herr Volkmann, ich bin nicht dazu aufgelegt, mir hier Ihre Witzchen anzuhören. Sagen Sie uns, was Sie wissen, umso eher sind Sie hier draußen. Andernfalls werden wir uns schon etwas einfallen lassen, um Sie noch einige Tage im Knast zu behalten.«

»Wo ist eigentlich mein Anwalt?« Volkmann schien sein Selbstvertrauen wiedererlangt zu haben.

Ole sprang auf, ging raus. Mit lautem Knall fiel die schalldichte Tür ins Schloss. Judith sah Volkmann wieder eindringlich an. »Herr Volkmann, kooperieren Sie mit uns. Nur so können wir herausfinden, wer ihre Freundin ermordet hat. Ich glaube Ihnen, und das erwähne ich jetzt zum allerletzten Mal, dass Sie Olga nicht ermordet haben, kann es aber nur beweisen, wenn ich alle Zusammenhänge kenne. So langsam stehe ich mit meiner Meinung nämlich allein da – und lange glaube ich selbst auch nicht mehr daran, falls von Ihrer Seite nichts Entscheidendes kommt.

Nach diesem Statement herrschte etwa fünf Minuten lang eisiges Schweigen. Dann nahm Judith mit ruhiger Stimme das Gespräch wieder auf. »Zur Zeit aber fehlen uns noch einige Teile in unserem Puzzle.«

Ralph Volkmann senkte seinen Blick auf die Tischplatte. Nach einer weiteren gefühlten Ewigkeit sah er sie mit feuchten Augen an. »Haben Sie schon mal an meine Frau gedacht?« Er faltete die Hände. »Nicht dass ich hier jemand falsch verdächtigen will, aber sie hat einmal im Beisein ihrer Schwester und Ben geäußert, sie würde *diese Schlampe* noch aus dem Weg schaffen, ohne das es einer merkt.«

»Woher wissen Sie das? Haben Sie es selbst gehört?«

Ole erschien wieder und hatte drei Flaschen Mineralwasser samt Gläsern auf einem Tablett dabei. Judith bedankte sich bei ihm für die längst überfälligen Getränke. Ole schenkte jedem ein Glas ein und nahm wieder Platz.

»Herr Volkmann hat eine interessante Aussage für uns. Falls es für Sie in Ordnung ist, Herr Volkmann, würde ich Ihre Aussage gern aufnehmen.«

Er erklärte sich damit einverstanden, woraufhin Ole den altmodischen Kassettenrecorder in Betrieb nahm. Judith bat nun den Chef der Alutec, das eben Gesagte zu wiederholen. Volkmann kam der Bitte nach und erklärte zudem, das hätte ihm Ben Johnson erzählt. An ein genaues Datum könne er sich nicht erinnern, es sei aber auf jeden Fall vor seiner Reise nach Essen gewesen. Ole riet ihm eindringlich, nochmals darüber nachzudenken, wann genau das gewesen war. Volkmann saß stumm da, schien zu überlegen. Ole und Judith rutschten beide auf ihren Stühlen nach hinten in eine bequemere, aber nicht sonderlich rückenfreundliche Sitzposition. Trotz der guten Schallisolierung vernahm man vom Flur her heftigen Wortwechsel zwischen einer Frau und einem offenbar sehr wortgewaltigen Mann. Ole sah Judith an und seufzte, weil es jetzt

vermutlich vorbei war mit der Ruhe. Er stand auf. Nun erkannte auch Judith das aufdringliche Organ von Jens Stübinger, Volkmanns Rechtsbeistand.
Ole öffnete die Türe und traf auf Melanie Herbst, heftig gestikulierend, im Gespräch mit dem Rechtsanwalt. Ole beschwichtigte seine Vorgesetzte und nahm beide mit in den Verhörraum.
Judith räumte eilig zwei Stühle von einem Stapel in der Ecke an die beiden Stirnseiten des Tisches. Nachdem wieder Ruhe eingekehrt war, gab Judith in kurzen Sätzen das bisher Gesprochene zwischen Herrn Volkmann und ihnen wieder. Ralph Volkmann saß derweil stumm auf seinem Platz und sah abwechseln Judith und Ole an.
»Darf ich bitte kurz allein mit meinem Anwalt sprechen?«, bat er, ohne jemand direkt anzusehen. Ole verdrehte die Augen, stöhnte äußerst auffällig, stand auf und verließ als Erster den Raum. Melanie Herbst erhob sich ebenfalls und gab Judith einen Wink mitzukommen. »Wir warten dann mal draußen«, sagte Judith kurz, schaltete noch das Aufnahmegerät aus und zog die Tür hinter sich zu.
Ole lief schon, sichtlich nervös, den Flur in kurzen Etappen auf und ab.
»Jetzt sei doch nicht so brammelig.« Sie hakte sich bei ihm unter, damit er endlich stehen blieb. »Der Typ regt mich dermaßen auf.« Die Damen wussten, wen er damit meinte. Judiths Handy vibrierte: *Beate ruft an …* Sie nahm das Gespräch entgegen, ging aber den Flur entlang bis zum Haupteingang. Im Windfang der beiden Türen blieb sie stehen und nickte immer mal wieder mit dem Kopf. Hörbar für die anderen bedankte sie sich bei der Gerichtsmedizinerin und versprach zurückzurufen.

Als sie herankam, mit erhobenem Daumen, und vom Gespräch mit Beate John berichten wollte, flog die Tür des Verhörraums auf und Jens Stübinger stürmte laut schimpfend heraus und verließ grußlos an den Kommissaren vorbei das Gebäude.
»Was war das denn jetzt?« Judith, von Jens Stübinger beinahe überrannt, sah Ole an, der wortlos mit den Schultern zuckte.
»Nach trauter Zweisamkeit zwischen Mandant und Anwalt sieht das aber nicht aus.« Melanie zuckte ebenfalls mit den Achseln. Judith ging als Erste wieder rein zu Volkmann und erkundigte sich, was denn nun los gewesen wäre. Volkmann winkte nur abfällig mit den Händen und wartete, bis alle wieder Platz genommen hatten. »Mir geht der Lackaffe auf den Keks, ich hab ihn rausgeworfen.«
Ole schlug sich auf die Oberschenkel und lachte lauthals heraus. »Da sind wir schon zu zweit.«
Melanie Herbst sah ihn erstaunt an.
»Das mit den *Lackaffen* meint er«, schob Judith erklärend hinterher und nahm das Gespräch von vorhin wieder auf, ohne weiter auf die Entlassung des Rechtsanwalts einzugehen. Sie bat Ralph Volkmann nun noch mal, sich bitte zu erinnern, wann Ben Johnson ihm die Äußerung seiner Frau Gerlinde gesteckt hatte. Volkmann schüttelte sich wieder und wiederholte, es sei vor seiner Reise nach Essen gewesen, denn er hätte davon auch Klaus Reichel in der Ruhrmetropole erzählt. Bereitwillig nannte er noch einige Details hinsichtlich seines Ehelebens und der Eifersucht seiner Frau auf Olga Holischek. Besonders schlimm seien die Anfeindungen gegenüber der Russin immer dann gewesen, wenn Gerlindes Schwester Birgit mit ins gleiche Horn blies, gab er immer wieder zu Protokoll.

»Herr Volkmann«, begann Ole, in fast schon väterlichem Tonfall, »ich würde Sie gern noch etwas näher zu Ihrem Geschäftspartner Klaus Reichel in Essen befragen.« Judith nickte beifällig und schaltete nebenbei das Aufnahmegerät wieder ein. »Wir würden gern wissen, womit sich Herr Reichel sonst so seinen Lebensunterhalt verdient.«

»Wie meinen Sie das?« Volkmann gab sich erstaunt. »Er handelt mit wertvollen Zubehörteilen für Luxuskarossen, solchen, die auch Reimann fuhr.«

»Und hatte er sonst noch irgendwelche Einkommen, zum Beispiel im Milieu?«

Volkmann sprang von seinem Platz auf und schrie Ole an: »Was bilden Sie sich ein? Wie kommen Sie darauf, dass Klaus etwas Unrechtes tun würde? Muss denn ein jeder, der im Rheinland wohnt, automatisch ein Zuhälter sein?«

Melanie Herbst erhob sich und führte Herrn Volkmann sanft zurück auf seinen Stuhl. »Niemand will Ihrem Freund etwas unterstellen«, versuchte sie wieder Ruhe in die Anhörung zu bringen. Volkmann sah Ole zornig an. Der bemerkte dieses gewisse Flackern in dessen blauen Augen – untrügliches Zeichen dafür, dass Volkmann entweder etwas verschwieg oder aber log.

»Ich glaube, fürs Erste reicht das heute«. Ich werde jetzt mit der Staatsanwaltschaft in Kontakt treten, dann sehen wir weiter, was mit Ihnen geschehen wird. Auf jeden Fall bleiben Sie vorerst hier bei uns im Präsidium, bis ich Nachricht von oben habe.« Judith ging raus, um einen uniformierten Kollegen zu bitten, Volkmann einstweilen in der Arrestzelle hier im Haus unterzubringen. Melanie Herbst und Ole zuckten mit den Schultern und folgten ihr. Der beauftragte Polizist

wollte, wie üblich, Ralph Volkmann die Handschließen anlegen, doch bekam dies Melanie noch mit und trat dafür ein, dies zu unterlassen und Herrn Volkmann nicht gefesselt in die Zelle zu begleiten.
Volkmann nickte dankbar und folgte dem Beamten. Als die beiden außer Sicht- und Hörweite waren, berichtete Judith ihren Kollegen von dem Gespräch mit Beate John.
Tatsächlich hatte Beate, wie schon in Fichtelberg vorausgesehen, Hautfetzen unter den Fingernägeln von Reimann gefunden, die auf Verletzungen im oberen Körperbereich, zum Beispiel an den Armen oder im Gesicht des Täters schließen ließen. »Ich bin dafür, alle unmittelbar Betroffenen in Fichtelberg auf etwaige Verletzungen zu überprüfen.« Judith sah abwechselnd Ole und Melanie an.
»Willst du wirklich alle Bewohner von Fichtelberg antreten lassen?« Ole trug wieder so ein unschuldiges Grinsen im Gesicht. »Depp!«, rutschte es Judith heraus, entschuldigte sich aber umgehend dafür. »Wo Sie recht haben, haben Sie recht«, sagte Melanie und klopfte ihr auf die Schulter. »Natürlich meine ich nur unsere Kandidaten aus der Alutec, aber bitte alle«, stellte Judith klar.
Ole nahm sein Handy und ging ein paar Schritte in Richtung der breiten Treppe, die in die Chefetage und zur Staatsanwaltschaft führte. Kurz davor blieb er stehen und fragte Robert nach dem Stand der Dinge im hohen Fichtelgebirge. Robert ließ Claudia mithören und berichtete vom Aufgreifen Frau Prandls in deren Wohnung. Er hatte schon Kollegen der PI Bayreuth Land informiert, um sie vorübergehend festzunehmen. Frau Prandl hatte nach Claudias Angaben versucht – als

sie bei ihr eintrafen – mit einer gepackten Reisetasche über die offene Terrassentür zu fliehen. Robert konnte dies mit einem beherzten Sprung über die Buchsbaumhecke, die das Gartengrundstück begrenzte, verhindern und so die Flucht der Frau stoppen.

Ole winkte Judith und Melanie heran, damit sie ebenfalls auf den neuesten Stand der Dinge kamen. Da rührte sich auch Judiths Handy. Sie nahm das Gespräch an und drückte die Freisprechtaste. Heinz Rütters hatte erste Ergebnisse der an der Fichtelnaab gefundenen Fußabdrücke.

»Es handelt sich dabei eindeutig um einen Frauenschuh. Wir konnten sogar den Schriftzug des Herstellers erkennen. Es handelt sich um einen Schuh der Marke Meindl, genauer um den Meindl Iowa Lady GTX, definitiv ein Schuh der Größe fünf, das entspricht bei uns der Größe achtunddreißig. Ich habe weiter recherchiert: Diesen Schuh gibt's beim Hersteller und in diversen Bergwanderläden nur in der Farbe Linde/Türkis. Ich glaube, damit könnt ihr eine Menge anfangen. Der Herrenschuh ist irgendein Allerweltsschuh, ich vermute ein Billigschuh von einem Discounter. Jedenfalls nicht so etwas Hochwertiges wie der Damenschuh. Die Größe des Abdrucks ist übrigens sechsundvierzig. Der Träger der Schuhe dürfte am Bachbett mehrmals ausgerutscht sein, es waren entsprechende Spuren des Öfteren an der Böschung zu finden. Zweifelsfrei kann ich aber sagen, dass die beiden eindeutig zusammen unterwegs waren. Die Spuren waren nie weiter als zwei Meter voneinander entfernt; sie verlieren sich erst an der Anhöhe zur Alutec, wo das Betriebsgelände wieder mit Granitsplit geschottert ist. Auch den Split habe ich analysiert, er stammt aus einem Steinbruch bei Tröstau. Die genaue Bezeichnung ist Split der Verkehrsbezeichnung *Zufurt Körnung acht bis sechszehn Millimeter.* Achtet bitte darauf, wenn ihr die Trägerin des Meindl-Schuhs findet, denn das Profil der Sohle ist sehr grob, ich kann mir gut vorstellen, dass sich Steinchen gern darin verstecken.«

»Heinz, du bist Gold wert, ich danke dir dafür. Denke, wir stehen kurz vor dem Durchbruch. Ole und Melanie sehen das genauso.« Judith entnahm Letzteres dem beifälligen Nicken der beiden.

»Robert, Claudia, habt ihr das auch mitbekommen?«, fragte Ole in sein immer noch offenes Telefon. »Ja, so einigermaßen habe ich verstanden, was Heinz gesagt hat. Wir werden jetzt noch mal zu Gerlinde Volkmann und Ben Johnson gehen und nachsehen, ob wir da etwas wegen der Schuhe herausbekommen.« – »Sehr gut, Robert«, sprach Judith nun in Oles Telefon, »wir werden Birgit und ... wie heißt der Mann von der Prandl nochmal ...?« – »Fred, Fred Prandl«, antwortete Robert. »Okay, wir werden Fred und Birgit Prandl unter Beschuss nehmen, die sind ja sowieso hier bei uns in Bayreuth, zumindest Herr Prandl.« – »Nun, seine Frau ist zumindest schon auf den Weg zu euch. Denke, so in einer halben Stunde sollte sie angekommen sein.« – »Gut, ihr zwei, machen wir's also wie besprochen, ihr lasst die Volkmann und den Johnson ebenfalls zu uns nach Bayreuth bringen.« – »Alles klar, Chefin, so long«, rief Claudia übermütig von hinten in Roberts Handy.

»So, jetzt aber hurtig wegen Volkmann zur Staatsanwaltschaft. Wer hat eigentlich von den beiden heute Dienst?« Judith sah Melanie Herbst fragend an, die dazu nichts sagen konnte, aber versprach, sich sofort persönlich darum zu kümmern.

»Sie unterrichten mich doch dann bitte gleich, wenn Sie etwas wissen?« Das klang sehr bestimmt und erlaubte keine Widerrede.
»Selbstverständlich, Frau Hauptkommissarin, wird gemacht, Frau Hauptkommissarin«, sagte Melanie und verbeugte sich spaßeshalber vor Judith, ging die Treppe hoch und verschwand im Zimmer der Staatsanwaltschaft.

KAPITEL 21

Nun saßen Ole und Judith wieder in ihrem Büro zusammen und beratschlagten das weitere Vorgehen, insbesondere die Vernehmung des Ehepaares Prandl. Zuvor wollte aber ein jeder noch kurz privat telefonieren, da das heutige Dienstende bis auf Weiteres nicht absehbar war.
Judith zog es vor, wieder nach draußen in den Park zu gehen, Ole schloss sich ihr an. Dort konnte man schließlich doch ungestörter telefonieren als drinnen, denn trotz des Samstags ging es bei der Kripo Bayreuth recht betriebsam zu.
Judith rief zunächst ihre Mutter in Kemnath an, hatte diese es doch schon zweimal versucht sie zu erreichen. Kerstin erkundigte sich nach dem Sachstand der Feier im Hans-Wild-Stadion morgen in Bayreuth. Judith konnte ihr aber trotz der Fortschritte in ihrem Fall noch immer keine Auskunft darüber geben, ob sie daran teilnehmen können würde. Kerstin versprach ihrer Tochter, auf jeden Fall mit Gerhard und Alexander dem feierlichen Gelöbnis morgen beiwohnen zu wollen. Judith war hierüber schon sehr erleichtert, konnte sie wenigstens Carsten diese gute Nachricht überbringen. Mit zittrigen Fingern drückte sie Carstens Kurzwahltaste. Würde er noch traurig oder ihr gar böse sein? Judith tat es unendlich leid, ihren Lebensgefährten bei einem für ihn so wichtigen Anlass im Stich zu lassen. Aber die Aufklärung von zwei Gewaltverbrechen hatte jetzt absoluten Vorrang vor privaten Interessen. *Dienst ist Dienst und Schnaps ist Schnaps,* dachte Judith und

seufzte. Carsten ging nach dreimaligem Klingeln ran, meldete sich – und ein Stein fiel Judith vom Herzen. Er ließ sich überhaupt nichts anmerken, ganz im Gegenteil zeigte er doch vollstes Verständnis für die Arbeit seiner Freundin. Alexander wollte auch noch unbedingt seine Mama sprechen und vermeldete ihr freudestrahlend, Carsten habe ihm ein neues Fahrrad mitgebracht. Was Judith doch etwas verwunderte, war es doch nicht unbedingt Carstens Art, einfach aus heiterem Himmel teure Geschenke zu machen. Alex aber meinte, das Fahrrad hätte einem Jungen gehört, dessen Papa auch in der Kaserne arbeite – und der habe es jetzt seinem *Papa* geschenkt. Judith war wie vom Donner gerührt. Hatte doch Alexander Carsten zum ersten Mal *seinen Papa* genannt. Völlig verwirrt fragte sie Carsten, nachdem sie ihn wieder am Telefon hatte, ob er dies auch mitbekommen habe, doch ging er bewusst nicht darauf ein, antwortete vielmehr nur mit einem knappen *Ja.*

Judith beendete das Gespräch, nachdem auch Ole mit seinem offensichtlich fertig war und sich auf eine Bank gesetzt hatte. Sie ließ sich neben ihm nieder und fragte, ob zu Hause alles in Ordnung sei. »Alles gut«, erwiderte er, »ich hoffe nur, dass wir bald mit diesem Fall durch sind, ich möchte doch noch ein wenig mit Sven unser Wiedersehen feiern.« – »Na, wenigstens in einem Fall zeigt sich doch schon ein Licht am Horizont«, spielte Judith auf den Mord an Frank Reimann an. »Ja, schon gut, aber ich glaube nun mal nicht an Wunder«, pflichtete Ole seiner Kollegin bei. Sie ließen das bisher Geschehene noch einmal Revue passieren und ermunterten sich auf diese Weise gegenseitig, wenigsten diesen einen Fall heute noch abschließen zu können und waren sich darin einig, Gerlinde Volkmann

und Ben Johnson sowie Fred und Birgit Prandl getrennt voneinander zu verhören.
In diesem Augenblick fuhren zwei Streifenwagen der Bayreuther Polizei vor. Judith und Ole standen auf und liefen auf die beiden Polizeifahrzeuge zu. Aus dem einen stieg Fred Prandl, aus dem anderen seine Frau Birgit, beide mit angelegten Handschellen. Der Gang von Herrn Prandl wirkte allem Anschein nach noch recht unsicher. Frau Prandl warf Judith und Ole einen vernichtenden, ja hasserfüllten Blick zu. Ole blieb kurz stehen, hielt Judith zurück und flüsterte ihr, unhörbar für Umstehende, etwas ins Ohr. Sie nickte zustimmend. Einer der beiden Polizisten, eine junge Polizeihauptmeisterin, fragte Ole, wohin sie die beiden bringen sollten. Judith lief voraus und öffnete die Tür zum Vernehmungsraum.
Drinnen bat Ole die beiden Polizeibeamten, noch eine Weile mit im Raum zu bleiben. Judith befahl dem Ehepaar Prandl, die Hände nach vorn zu strecken und die Ärmel hochzukrempeln. Birgit Prandl riss förmlich die Ärmel ihrer Bluse hoch. Ihr Mann – er hatte sichtlich Probleme gerade zu stehen – weigerte sich, die Arme geschweige denn, wie von ihm verlangt, den Oberkörper frei zu machen. Auf Letzteres verzichtete Judith bei Frau Prandl zunächst. Erst später, nachdem sie Fred Prandl begutachtet hatten, wollte sie im Beisein einer Polizistin auch die Frau genauer untersuchen.
Mit zwanghafter Gewalt, unterstützt von dem Polizisten, gelang es Ole, Herrn Prandl die Ärmel nach oben zu ziehen. Angesichts der beiden Unterarme Prandls war Judith nahe daran, vor Begeisterung laut zu jauchzen. Zwei etwa fünfzehn Zentimeter lange Furchen sowohl

auf dem linken als auch dem rechten Arm zeigten eindeutig die bei einem Kampf erlittenen Verletzungen.
Für Judith und Ole war die Sachlage eindeutig.
Auf Geheiß Oles brachten die beiden Polizisten Frau Prandl in eine der vier Arrestzellen im Keller des Präsidiums. Noch geraume Zeit vernahm man ihre heftige Gegenwehr und wüsten Beschimpfungen.
Ole schloss die Tür und nahm neben Judith Platz. Herr Prandl schien froh zu sein, endlich auch sitzen zu dürfen.
»Herr Prandl«, begann Judith, »woher haben Sie diese Verletzungen an den Armen?« Fred Prandl versuchte zwar mit fadenscheinigen Ausreden aus dieser Situation herauszukommen, aber für Ole und Judith war von Anfang an klar, woher diese Verletzungen stammen mussten. Es war also nur eine Frage der Zeit, bis Prandl gestehen würde.
Ole ging hinaus, kam aber gleich wieder mit einem Plastikröhrchen zurück. »Herr Prandl, wir werden jetzt eine DNA-Probe von Ihnen nehmen.« Er riss die Schutzhülle des Probenehmers auf … Fred Prandl versuchte zwar durch heftiges Bewegen des Kopfes den Abstrich aus seinem Rachen zu verhindern, Polizeihauptmeister Albrecht aber hielt Prandls Kopf trotz heftigen Widerstands so fest, dass Ole das einigermaßen ordentlich durchführen konnte. Er brachte die Probe raus zur ständig besetzten Pforte des Präsidiums und veranlasste die sofortige Überstellung nach Bamberg in die Gerichtsmedizin. Unterdessen rief er seine Kollegin Beate an und informierte sie über das Eintreffen der Probe bei ihr in etwa einer halben Stunde.
»Herr Prandl, in etwa zwei Stunden werden wir Ihnen nachweisen, dass Ihre DNA mit derjenigen

übereinstimmt, die wir bei Herrn Reimann unter den Fingernägeln gefunden haben.« Ole hoffte, Prandl würde auf den Bluff mit der geringen Zeitangabe hereinfallen. Judith schlug in die gleiche Kerbe: »Dann wird auch das Ergebnis der Fingerabdrücke auf der Tatwaffe hier sein. Eine Vergleichsprobe von Ihnen brauchen wir ja Gott sei Dank nicht. Ist ja nicht das erste Mal, das Sie Kunde bei uns sind.«

Prandl senkte den Blick und flüsterte, kaum hörbar: »Ich habe Durst.«

Ole schlug mit der Hand auf den Tisch. »Sie bekommen etwas zu trinken, wenn ich es für richtig halte, meine Kollegin und ich bestimmen hier die Regeln!« Er redete sich zunehmend in Rage. »Sagen Sie einfach, dass Sie Reimann erschlagen haben – und schon haben Sie für heute Ihre Ruhe. Ich kann Sie auch so einbuchten, keine Angst, das ist überhaupt kein Problem. Ein Wort zum Staatsanwalt – und der Haftbefehl ist hier.«

Judith stand auf und trat hinter Prandl. »Sagen Sie uns, woher die Striemen an Ihren Armen stammen, falls nicht von Reimann – und alles ist gut. Dann können Sie meinetwegen aufstehen und gehen. Aber erst will ich hören, woher diese Verletzungen stammen.«

Judith sah Ole an, der starr auf Prandl sah und keinerlei Regung zeigte.

Ihr war hier im Verhörraum noch nie aufgefallen, wie laut die analoge Uhr über der Tür tickte. Das nervte sie plötzlich ungemein.

Fred Prandl bemerkte Oles Blick und vermied es, ihn anzusehen. Sein linkes Augenlid zuckte heftig.

Judith setzte sich wieder und sah den Verdächtigen ebenfalls stumm und starr an.

Auf dem Flur war wieder Stimmengewirr zu vernehmen.

Prandl sah kurz hoch, nur um den Blick gleich wieder zu senken.
Es klopfte. Robert steckte den Kopf durch die Türe. »Nicht jetzt!«, beschied ihn Ole, ohne sich umzudrehen, und hob abweisend die Hand. Leise wurde die Tür zugezogen, die Stimmen auf dem Flur verstummten. Außer dem Ticken der Uhr und dem Brummen des Netzteils der Neonröhren – Stille. Sekunden schienen sich ewig auszudehnen.
»Ich war's.«
Ole und Judith atmeten gleichzeitig hörbar aus.
»Ich habe diesen Kerl erschlagen, aber ich wollte es nicht.« Prandls Blick war immer noch unverändert nach unten gerichtet.
Schweigen aufseiten der Kommissare.
Prandls Blick hob sich. »Birgit sagte, ich solle ihm eine Abreibung verpassen, damit er endlich wieder verschwindet.«
»Was wollte Frank Reimann bei Ihnen in Fichtelberg und weshalb sollte er wieder verschwinden?« Judith rückte das Mikrofon des Aufnahmegerätes näher an Fred Prandl ran. Das Gerät lief schon geraume Zeit mit, Judith hatte es während der langen stillen Pausen unbemerkt eingeschaltet.
Prandl lehnte sich nach hinten und sah zur Decke. »Er wollte Gerlinde mit nach Essen nehmen.« Wieder längere Zeit eisiges Schweigen.
»Wollen Sie uns nicht erzählen, warum er Frau Volkmann mit ins das Ruhrgebiet nehmen wollte?«
Prandl sah die Kommissare abwechselnd an und fragte abermals nach einem Glas Wasser. Ole bat den uniformierten Kollegen, der Bitte nachzukommen. Der nickte und verließ den Raum.

»Olga war schon seit Längerem clean, wenn Sie wissen, was ich meine.«
»Nein, erklären Sie es uns.«
»Na, sie hatte vor einem halben Jahr aufgehört mit den Spritzen.«
Judith sah Fred Prandl eindringlich an. »Sie meinen, Frau Holischek war drogenabhängig?«
Prandl nickte. »Als sie wieder mal so richtig high war von den giftigen Dämpfen in der Firma, da hat Birgits Schwester ihr noch eine Spritze gesetzt.«
»Ihre Schwägerin, Gerlinde Volkmann, hat Olga Holischek Drogen verabreicht?«
Ole stand auf und trat an die Stirnseite des Tisches, als könne er Prandl so besser verstehen.
»Ja, die hat sie bei dem Reimann bestellt, so wie immer.«
Judith bohrte weiter. »Also wenn ich das richtig verstehe, hat Herr Reimann schon immer Stoff für Olga gebracht?«
Prandl nickte wieder. »Gerlinde war mit Ralph öfters in Essen bei diesem Reichel, und da haben sie auch Reimann kennengelernt. Immer wenn sie oben waren, haben sie Stoff für Olga mitgebracht. Angeblich aber hat Ralph das nie mitgekriegt. Erst als er sie einmal fragte, woher sie das Zeug hat, hat sie ihm das erzählt. Ralph ist richtig ausgeflippt, er hat Gerlinde grün und blau geschlagen, bis meine Frau dazwischenging. Und dann hat Gerlinde gesagt, dass sie die Schlampe höchstpersönlich ins Jenseits befördern wird.«
»Und das hat sie dann auch getan?«, hakte Ole nach. Da kam der Polizist rein und brachte drei Plastikflaschen Mineralwasser. Gierig trank Fred Prandl eine davon auf einen Zug leer. Judith beobachtete ein starkes Zittern seiner Hände. Wohl deshalb benutzte er zum Trinken

beide. Judith vermutete das Fehlen des Alkohols als Grund für die Zittrigkeit.
»Ja«, fuhr Fred Prandl fort, »danach hat sie Olga ins Auto gepackt und ist mit ihr nach Schönlind gefahren, um sie dort zu verstecken. Aber sie ist wieder aufgewacht und im Wald rumgelaufen.«
»Und da hat Reimann sie gefunden und wieder nach Fichtelberg gebracht?« mutmaßte Ole.
»Nein. Gerlinde wusste nicht, dass Reimann dort hinten war. Erst als der bei ihr anrief und ihr sagte, dass er Olga gefunden und zum Arzt nach Weißenstadt gebracht hatte, sind Birgit und ich mit Gerlinde nach Weißenstadt gefahren und haben Olga gesucht. Reimann hatte sie irgendwo wieder aufgelesen und in die alte Wirtschaft gebracht. Gerlinde hat sie dann nach oben in das Büro gebracht. Ab dann weiß ich aber nichts mehr. Ich habe mir dann da hinten die Kanne gegeben.«
Judith ergriff wieder das Wort: »Jetzt müssen Sie uns aber noch erklären, warum Frank Reimann ihre Schwägerin mit nach Essen nehmen wollte, denn das ergibt für mich noch keinen Sinn.«
Prandl sah Judith an und grinste. »Weil Reimann schon immer etwas von Gerlinde wollte. Irgendwann hat er sie dann auch rumgekriegt. Gerlinde war geblendet von dem Geld, mit dem Reimann um sich warf. Alle wussten das, nur Volkmann nicht. Der war blind vor Liebe zu seiner Olga. Außerdem sollte Gerlinde untertauchen, um nicht bestraft werden zu können. Aber das wollte wieder Birgit nicht, sie hat immer gesagt, dass es Reimann nichts angeht. Dann hat er damit gedroht, zur Polizei zu gehen und alles auffliegen zu lassen. Letzte Woche ist er dann mit einem Mal aufgetaucht und wollte Gerlinde holen.«

Judith und Ole wechselten kurze Blicke. Sie verstanden sich auch ohne viele Worte, wie ein altes Ehepaar.
Judith stand auf und sah Fred Prandl an. »Herr Prandl, ich verhafte Sie wegen des Mordes an Frank Reimann. Herr Polizeihauptmeister, bringen Sie Herrn Prandl bitte nach unten.«
Herr Albrecht legte Prandl Handschellen an und hakte sich bei ihm unter.
Ole hatte unterdessen den Verhörraum verlassen und nahm noch auf dem Flur die völlig überraschte Gerlinde Volkmann wegen Mordes an Olga Holischek fest. Judith forderte Ben Johnson auf, der unter der Aufsicht der Polizeihauptmeisterin Jahnke gewartet hatte, sich am Montag pünktlich um neun Uhr hier im Präsidium zur Aufnahme einer Aussage zu melden. Birgit Prandl wurde sofort aus der Arrestzelle im Keller entlassen und ebenfalls zur Zeugenaussage am Montag einbestellt.

Robert und Claudia wollten Judith zu diesem Erfolg gratulieren, was sie jedoch von sich wies und meinte, es sei schließlich wieder ein Erfolg aller, diesen Fall doch noch so schnell gelöst zu haben.
Ole und Judith gingen wieder nach draußen und nahmen auf der einen Parkbank Platz – mittlerweile ihre *Stammbank*. Da saßen sie nun, gute fünfzehn Minuten lang, stumm nebeneinander.
Claudia, Robert, Melanie Herbst und Frau Reiter guckten zum Fenster des Büros der *Soko Rudolfstein* raus und sahen den beiden eine Zeit lang wortlos zu.
Leise verabschiedeten sie sich *bis zum Montag*. Die Glocken der nahen Erlöserkirche schlugen erst viermal, dann dreimal etwas tiefer.

»Ich glaube, das reicht für heute«, sagte Judith. Ole stand ebenfalls auf. »Reicht für heute.«
Schweigend gingen sie zu ihren Wagen und machten sich auf den Heimweg.

ENDE

DANKSAGUNG

Bis aus einer Idee ein fertiges, lesbares Buch wird, ist es ein längerer Weg, auf dem der Autor anfänglich allein dasteht. Im Laufe der Zeit gesellen sich mehr Leute hinzu, die ihn mit hilfreichen, oftmals sehr wichtigen Beiträgen unterstützen. Deshalb hier ein herzliches Dankeschön an meine Nichte Franziska, die sich nicht lange bitten ließ, mich in polizeifachlichen Fragen zu unterstützen.
Wie bereits bei meinem ersten Roman »Spitzenstrom« sind Sie es, liebe Leser und Leserinnen, denen mein herzlichster Dank gilt. Ohne die Animation seitens meines – mag es auch etwas überheblich klingen – *Fanclubs* weiß ich nicht, ob »Luftmassengewitter« zustande gekommen wäre. Sie, die Fans, waren es, die mein erstes Werk und die darin handelnden Personen erst richtig zum Leben erweckten. Viele positive, gelegentlich auch kritische Reaktionen verliehen dem Roman erst die richtige Würze und verhalfen dem Team der Soko Epprechtstein zum fiktiven Leben. Folglich nochmals mein Dank an euch, liebe Leser.

Herzlichen Dank auch wieder an meinen Verleger Heinz Späthling für die sofortige Zusage, auch diesen zweiten Roman zu veröffentlichen. Ohne Heinz wäre dies hier alles nicht möglich.
Mein Dank gilt auch dem Team des Antiquariats *Wilsbergensis* in Weißenstadt, Olga Hirschmann, Phillip Charaoui und Klaus Dietz für die tolle Unterstützung meiner Lesungen.
Vielen Dank auch meinen beiden Lektoren Birgit Freudemann und Karl-Heinz Düvel für die unglaubliche

Leistung, meine nur so heraussprudelnden Gedanken in ein lesbares Werk zu bringen.

Nicht zuletzt ein großes Dankeschön meiner Frau Beate, die stets Verständnis dafür aufbrachte, wenn ich abends scheinbar geistesabwesend an meinem Rechner saß und das Familienleben um mich herum kaum wahrnahm. Wenn es oftmals, vor allem beim Korrekturlesen, scheinbar nicht mehr voranging, war ich sehr froh über ihren Ratschlag.
Schließlich möchte ich all jenen Lesern aus Weißenstadt und Umgebung danken, die sich möglicherweise als handelnde Personen im »Luftmassengewitter« wiedererkannt haben, mir dies aber hoffentlich nicht übelnehmen. Ich darf zwar garantieren, alles Geschehen im Roman frei erfunden, aber dennoch so manche Figur nicht völlig aus der Luft gegriffen zu haben.

Hermann Michael
Weißenstadt, im Spätherbst 2021